mitteldeutscher verlag

Tim Herden
Gellengold

Ein Hiddensee-Krimi

mitteldeutscher verlag

Tim Herden, geboren 1965 in Halle (Saale), arbeitete nach dem Studium der Journalistik in Leipzig zunächst als wissenschaftlicher Assistent und Journalist, ehe er 1991 Redakteur beim Mitteldeutschen Rundfunk in Dresden wurde. Heute ist er Korrespondent im ARD-Hauptstadtstudio Berlin.
Im Mitteldeutschen Verlag ist von Tim Herden ebenfalls erhältlich: »Toter Kerl« (ISBN 978-3-89812-894-0).

Handlungen und Figuren entspringen der Fantasie des Autors. Darum sind eventuelle Übereinstimmungen oder Ähnlichkeiten mit lebenden oder verstorbenen Personen zufällig und nicht beabsichtigt.

2. Auflage 2012
© mdv Mitteldeutscher Verlag GmbH, Halle (Saale)
www.mitteldeutscherverkag.de

Alle Rechte vorbehalten

Gesamtherstellung: Mitteldeutscher Verlag, Halle (Saale)

ISBN: 978-3-89812-705-9

Printed in the EU

Für
Kati und Marianne

Selbst die Möwen fanden selten hierher, an den Südstrand. Nur ein paar Seeschwalben tobten sirrend wie Tiefflieger durch die Luft. Todesmutig stürzten sie sich senkrecht ins seichte Meer auf der Jagd nach verirrten Fischen im Flachwasser der Ostsee. Die Junisonne hatte das Meer aufgewärmt. Nun war sie mit rotem Schweif darin versunken. Ihre Spuren waren am Horizont noch zu sehen und nur langsam senkte sich die Dämmerung.

Er liebte diese Stimmung und auch die Einsamkeit um diese Zeit im Süden der Insel Hiddensee. Vielleicht noch bis zum kleinen Leuchtturm Gellen verirrten sich dann Touristen. Die Hiddenseer selbst hatten sich längst in ihre Häuser zurückgezogen. Der Sonnenuntergang im Meer war für sie so gewöhnlich wie das Anschlagen der Wellen am Strand.

Er hatte sein Fahrrad mit dem kleinen Anhänger mit an den Strand gezogen. Vorsichtig schaute er sich um, dass nicht doch noch der Naturparkwächter hier herumschlich auf der Suche nach irgendwelchen Vogelnestern. Nur der nahe Leuchtturm warf mit jeder Umdrehung immer weiter den Lichtkegel in seine Richtung.

Von der Sperre zum Nationalparkgebiet hatte er sechs Buhnen abgezählt. Hier zwischen der sechsten und siebten watete er in die Ostsee. Fünfzehn Meter musste er ins Wasser gehen. Da stieß er auf den ersten Stein, der ungefähr einen halben Meter unter der Wasseroberfläche sanft vom Meerwasser umspült wurde. Grüne Algen hatten sich angeheftet und ließen ihre Arme mit der Strömung treiben. Wenn er mit seiner Kopflampe in die Wellen leuchtete, glitzerte die Oberfläche des Steins. Er tauchte seine Hände ins Wasser und strich damit über den Stein. Das Wasser hatte die Kanten abgeschliffen in den letzten siebenhundert Jahren.

Er ging zurück zu seinem Fahrrad und löste die Plane vom Hänger. Ein kleiner Kompressor mit zwei Schläuchen kam zum Vorschein. Ein wenig sah das Gerät aus wie ein Staubsauger. Damit konnte man Fundstücke am Meeresboden von Sand und Schlick freispülen. Außerdem lag ein Unterwassermetallsuchgerät in dem Wagen. Er hob beide Gerätschaften heraus, hängte sie sich über die Schultern und ging wieder ins Wasser. Dort schaltete er das Metallsuchgerät ein und setzte sich einen Kopfhörer auf. Nur ein leises Brummen war zu hören, während er mit der Sonde den Meeresboden abschwenkte. Je weiter er vorwärtsging und mit der Stirnlampe den Meeresboden ableuchtete, desto deutlicher zeigte sich der Stein als Teil einer alten Mauer oder eines Fundaments, das in den Sandbänken versunken war. Plötzlich hörte er ein kurzes Klicken im Ohr. Er schaltete das Metallsuchgerät aus und begann mit dem Unterwasserstaubsauger den Sand abzusaugen. In einem grobmaschigen Netz fingen sich Kiesel und Muscheln, der Schlick und Sand wurden durchgepustet, zurück ins Meer.

Gebückt fächelte er mit der Hand den aufgewühlten Meeresboden vorsichtig in das Rohr. Mit den Händen tastete er immer wieder den schlammigen Boden neben den groben Felssteinen ab. Er kniete sich hin. Das Meer versank langsam in der Dunkelheit. Er war so in seine Arbeit vertieft, dass er die Positionslichter eines Schiffes kurz vor den Tonnen der Fahrrinne nicht bemerkte. Auch nicht den kurzen Blitz auf dem Boot, als sich der Lichtschein des Leuchtfeuers Gellen in den beiden Okularen eines Fernglases spiegelte. Er stand wieder auf, schaltete den Unterwasserstaubsauger ab. Hatte er wirklich ein Klicken im Kopfhörer gehört? Noch einmal fuhr er mit der Sonde den Boden ab. Im Kopfhörer tickte es wieder.

Er hörte nicht, wie sich eine Person durch das flache Wasser vorsichtig von hinten näherte, den Arm hob und ihn blitzschnell auf seinen Rücken niederfahren ließ.

Ein Schlag durchzuckte seinen Körper. Ruckartig richtete er sich auf, spürte zugleich, wie seine Kraft plötzlich schwand. Er verlor das Gleichgewicht, griff sich ans Herz, fühlte den warmen feuchten Fleck und wie jeder Pulsschlag Blut aus ihm herauspumpte. Dann brach er im Wasser zusammen. Er schaute in die dunklen Augen seines Mörders, der immer noch wie erstarrt neben ihm im Wasser stand. Sagen konnte er nichts mehr.

Seine Hände verkrampften sich im nassen Sand neben der Mauer im Wasser. Etwas Kühles, Glattes, ein Stück Metall griff seine rechte Hand im Todeskrampf. Als Letztes schmeckte er das Salz der Ostsee. Wind kam auf. Landeinwärts.

I

Stefan Rieder schaute auf die blühenden Heckenrosen. Sie hatten den schmalen Lattenzaun längst überwuchert. Eine Pferdekutsche mit gelber Plastikplane fuhr in leichtem Galopp vorbei über den brüchigen Beton des Wiesenweges. Ihr Ziel war der Hafen von Vitte. In einer Viertelstunde würde die erste Fähre mit Touristen von Rügen einlaufen. Dann wäre es 9.15 Uhr.

Nach der Kutsche konnte Stefan Rieder die Uhr stellen. Sie eilte seit Saisonbeginn zu Ostern jeden Morgen ihrem Ziel entgegen. Immer zur gleichen Zeit. Ob bei Sonne, Sturm oder Regen. Egal. Hier auf Hiddensee folgte das Leben der Einheimischen den An- und Ablegezeiten der Fähren von Schaprode und Stralsund. Fiel ein Schiff aus, kam auch gleich der heimliche Tagesablauf auf der Insel durcheinander. Und wie auch immer, die Nachricht von einem Motorschaden auf einer Fähre oder einem Ausflugsschiff verbreitete sich so schnell wie ein Lauffeuer.

Heute aber ging alles seinen Gang. Denn wie Rieder so versonnen eine halbe Stunde später immer noch aus dem Fenster auf den Wiesenweg blickte, kam vom Hafen her das kleine Elektromobil mit dem Hänger für die Post. Die Fähre war also pünktlich gewesen. Jetzt musste es 9.30 Uhr sein, denn das Ausladen der Transporthänger vom Schiff an Land dauerte immer so zehn Minuten. Die Fahrt hierher, zum alten Postgebäude nebenan, fünf. Und der Blick auf die alte Uhr bewies Rieder – es war Punkt 9.30 Uhr.

Rieder hatte dagegen noch nicht so richtig seinen Lebensrhythmus hier auf der Insel gefunden. Vor zwei Monaten war er mit drei Koffern in Vitte angekommen. Während die Urlauber von den

Pensionsbesitzern und Ferienhausverwaltungen schon am Hafen mit Wagen abgeholt wurden, wartete auf Rieder niemand. Er hatte nur eine Adresse und einen Namen: Malte Fittkau. Bei ihm sollte er sich melden und dort den Schlüssel für seine neue Bleibe bekommen. Übers Internet hatte er ein Kapitänshaus gemietet. Als er dann seine Koffer bis in den Wiesenweg gebuckelt hatte, entpuppte es sich weniger als repräsentatives Objekt, sondern vielmehr als gemütliche Kate mit Schilfdach, versteckt hinter einer gewaltigen wilden Rosenhecke. So konnten Bilder im Internet lügen, aber für Rieder war es Liebe auf den ersten Blick. Das würde ein idealer Rückzugsort sein.

Malte Fittkau wohnte auf dem Nachbargrundstück und betrieb dort mit seinem Bruder Holm verschiedene Ferienobjekte. Einen Zaun oder eine Hecke gab es nicht und die erste Begegnung mit Malte hatte Stefan Rieder schon einiges über die Mentalität der Hiddenseer erfahren lassen. Reden war nicht Maltes Sache. Er hatte Rieder angeschaut, als würde er auf etwas warten. Seinem Aufzug aus Schifferhemd, Hose, Stiefel – und nicht zu vergessen den Hosenträgern – hatte eigentlich nur noch die Pfeife im Mundwinkel gefehlt, um das Klischee vom Fischer abzurunden. Ihr erstes Gespräch, wenn man es überhaupt so nennen konnte, hatte aus zwei Sätzen bestanden: »Hier sind die Schlüssel. Wo's steht, haben Sie ja gesehen.«

Innen strahlte das Haus Gemütlichkeit aus. Unten gab es eine große Stube, eine kleine Küche und eine Kammer mit Waschbecken. Oben unterm Dach ein Schlafzimmer, vom dem ein kleiner Verschlag abgeteilt war, in dem ein Stoffkleiderschrank stand. Es war alles nett eingerichtet mit alten Möbeln. Rieder hatte in das Haus geschaut und sofort seinen Lieblingsplatz erkannt: in der Stube, auf der Eckbank am Esstisch mit dem Blick aus vier Fenstern auf den Wiesenweg von Vitte. Es war eine Art Hochsitz. So waren eben Polizisten. Beobachten war ihr Geschäft.

Auf einem Zettel hatte Rieder genaue Anweisungen gefunden. Erst einmal hatte er die Sicherungen einschalten, dann das Wasser anschließen müssen. Dazu gab es vor dem Haus eine abgedeckte Grube. Natürlich waren Wasseruhr und Ventile überspült vom Grundwasser. Nach einer halben Stunde des Schöpfens hatte endlich alles freigelegen, doch die Hähne waren nicht zu bewegen. Rieder hatte gerüttelt und sich die Finger wund gedreht, als er vor Schreck fast in die Grube gefallen wäre. Wie aus dem Nichts hatte plötzlich eine Stimme gesagt: »Ich könnte Ihnen auch eine Zange borgen.«

Als Rieder sich umdrehte, stand Malte Fittkau hinter ihm und hielt ihm schon eine Rohrzange entgegen. Während Rieder die Absperrhähne öffnete, ging Fittkau ins Haus und drehte die Wasserhähne auf, ließ das Wasser laufen, kam wieder heraus, bemerkte: »Wasser läuft. Duschen können Sie bei mir. Eine Duschmarke kostet zwei Euro.« Damit hatte er seine Zange genommen und war verschwunden. Rieder hatte ihm noch »danke« hinterhergerufen, ohne dass Fittkau sichtbar reagiert hatte.

Das war im April gewesen. Jetzt im Juni stand die Insel in voller Blüte. Hier in Vitte dominierte das Rosa der Röschen. Am Deich zum Bodden leuchteten die roten Blütenblätter des Mohns. Das Hochland hinter Kloster, der Ortschaft im Norden der Insel, erstrahlte im Gelb des blühenden Ginsters. Nachdem der Mai kalt und ungemütlich auf der Insel gewesen war, wärmte seit Tagen die Sonne die Luft und die Ostsee. Das Meer lud mit überraschend lauem Wasser zum ersten Badevergnügen ein. Eigentlich musste sich Rieder langsam auf den Weg machen zum Revier im Rathaus. Dort tat er seit zwei Monaten Dienst neben dem Hauptwachtmeister Ole Damp. Rieder in Zivil, Damp in Uniform. Rieder hatte zuvor als Ermittler in Berlin gearbeitet, doch nun wollte er nur noch Ruhe. Auch war er gesundheitlich nicht mehr so ganz auf dem Posten. Stress und Angst hatten ihren Tribut gefordert. Da war ihm die Stellenausschreibung der Polizeidirektion Stralsund wie ein Wink des Schicksals erschienen. Für Hiddensee suchte man einen Zivilbeamten, der sich der Urlauberbetreuung und Verbrechensvorbeugung widmen sollte.

Seine Hoffnung hatte sich erfüllt. Statt in verrauchten Berliner Kneipen Dealer oder Zuhälter zu observieren, spazierte er nun über die Inselstraßen und den Strand, machte Touristen darauf aufmerksam, auf ihre Wertsachen zu achten, wies auch schon mal den einen oder die anderen darauf hin, wo die unsichtbare Grenze zwischen Textil- und FKK-Strand verlief. Rieder glaubte, im Polizistenparadies angekommen zu sein, denn die Kriminalstatistik dieser Insel beschränkte sich auf Fahrraddiebstähle und Mundraub an Kirschen und Pflaumen. Höhepunkt war laut Aktenbestand des letzten Jahres eine versuchte Vergewaltigung. Allerdings hatte die betroffene Dame den Slip noch bereitwillig abgelegt, bevor sie sich überlegte, ihren Verehrer doch abzuweisen. Das Verfahren wurde eingestellt. Alles wäre perfekt gewesen, wenn nicht noch Hauptwachtmeister Ole Damp zum Polizeiposten Hiddensee gehört hätte. Damp war ein richtiger Hüne, über eins neunzig, hatte allerdings mit den Jahren auch ganz schön über den Hüften ausgelegt. Sein Gang war schlaksig und wenn er durch die Straßen von Hiddensee patrouillierte, kam seine Uniform schnell in Unordnung. Besonders das Hemd rutschte dann immer wieder aus der Hose.

Die Verkehrssicherheit der Fahrräder auf der Insel und deren ordnungsgemäße Beleuchtung waren mangels sonstiger Fälle Damps große Leidenschaft, zum Spott der Insulaner. Für die waren die Fahrräder auf der autofreien Insel ein Gebrauchsgegenstand, die nur eine Voraussetzung zu erfüllen hatten: nämlich fahren. Falls es funktionierte, auch mit Licht. Ansonsten ohne. Und das war der Normalfall.

Es kam nicht selten vor, dass an den Skattischen der Insel der Verlierer verpflichtet wurde, am nächsten Morgen sein Fahrrad Damp vorzuführen. Der nahm die Sache auch wirklich ernst, wenn wieder jemand an die Bürotür klopfte und meinte, er wolle gern mal seinen Drahtesel auf Verkehrssicherheit überprüfen lassen. Der untersetzte Wachtmeister stand dann auf, straffte die Uniform, setzte seine Sonnenbrille auf und marschierte, jawohl, marschierte nach draußen und dort um das Fahrrad herum. Unter dem fernen Gelächter der Skatbrüder ließ er sich die Funktionstüchtigkeit von Licht und Bremsen vorführen, nickte kurz, wenn alles okay war, oder griff in seine Brusttasche und schrieb einen Zahlungsbeleg aus, wenn nicht. Von denen war bisher allerdings keiner bezahlt worden, sondern sie hingen wie früher das beste Skatblatt an den Wänden über den Stammtischen der Hiddenseer Kneipen.

Damp war nicht gerade begeistert gewesen von seinem neuen Kollegen, dem Kriminalhauptkommissar Rieder, auch weil noch nicht entschieden war, wer zukünftig die Dienststelle Hiddensee leiten würde, Damp oder Rieder. In Stralsund wollte man erst einmal sehen, was bei diesem Versuch herauskäme. Damp jedenfalls setzte viel daran, Rieder das Leben auf der Insel nicht gerade angenehm zu machen. Mit kleinen Schikanen piesackte er den ungeliebten Neuen. Mit der Begründung, Rieder hätte noch keine Betriebsfahrerlaubnis für Mecklenburg-Vorpommern, nahm sich Damp das Recht, allein den Dienstwagen zu benutzen. Rieder musste, wohl oder übel, per Dienstfahrrad die Insel überqueren und war dabei gleich am zweiten Abend mit Damp aneinandergeraten. Als Rieder von einer Kontrollfahrt in der Dämmerung von Neuendorf nach Vitte zurückgeradelt war, war plötzlich Damp auf Höhe der Ferienanlage »Heiderose« aus dem Gebüsch gesprungen.

»Hauptwachtmeister Damp. Würden Sie bitte anhalten?«

Rieder hatte gebremst und gefragt, was los sei.

»Sie fahren ohne Licht! Das ist ein Verstoß gegen die Straßenverkehrsordnung.«

»Na okay, dann mache ich es eben jetzt an.«

»So einfach geht das aber nicht. Ich muss gegen Sie ein Bußgeld von zehn Euro verhängen.«

Rieder war etwas verstört von diesem Auftritt seines Kollegen. Damp solle doch nun mal nicht übertreiben. Aber dieser hatte sich weder aus der Ruhe, noch von seinem Vorhaben abbringen lassen.

»Auch Sie sind ein Bürger wie jeder andere und haben sich an die Verkehrsregeln zu halten. Wir sind hier nicht in Berlin, wo es vielleicht mit Ordnung und Sicherheit etwas laxer genommen wird. Also bitte, bezahlen Sie das Bußgeld sofort oder soll ich Ihnen einen Zahlungsbeleg ausstellen?«

Rieder hatte seine Geldbörse aus der Hose gekramt, zehn Euro rausgezogen und sie Damp in die Hand geklatscht. Dann war er wieder aufs Rad gestiegen und wutentbrannt davongefahren.

Über diesen Vorfall hatten sie zwar nie wieder ein Wort verloren, aber das zwischenmenschliche Klima im kleinen Büro der Polizeistation war seitdem auf den Gefrierpunkt gesunken. Dabei hätte Damp ganz gut etwas moralische Unterstützung gebrauchen können. Die Insulaner mochten ihn nicht, weil er keiner von ihnen war, sondern von Rügen kam. Und mit der Nachbarinsel und ihren Bewohnern verband die Hiddenseer eine regelrechte Hassliebe.

Rieder zog es also nicht besonders ins Büro. Aber bevor er heute den Norden der Insel umrunden wollte, um die Trittsicherheit der Treppenstufen am Steilufer zu prüfen, musste er sich bei Damp wenigstens kurz melden, falls noch etwas anderes zu tun anstand. Er räumte den Frühstückstisch ab, und wie er das Geschirr in das kleine Abwaschbecken stellte, sah er den Hiddenseer Polizeiwagen inklusive Damp und Blaulicht in hohem Tempo in Richtung Neuendorf vorbeifahren. Was war da los? Damp übertrieb zwar immer mal mit seiner Einsatzbereitschaft und ließ gern den Sheriff raushängen, aber das war nicht unbedingt seine Art und auf Blaulicht hatte er bisher auch immer verzichtet. Rieder ging hinaus und pumpte noch kurz sein Rad auf. Er winkte Malte Fittkau, der gerade seinen Rasen stutzte, und schob sein Rad zum Gartentor, da klingelte sein Telefon.

»Hallo.«

»Hier Damp. Kommen Sie schnell zum Strandabschnitt südlich des Leuchtturms Gellen, so kurz vor der Grenze zum Nationalpark. Es ist etwas passiert.«

»Ja was denn?«, fragte Rieder genervt zurück, aber Damp hatte schon aufgelegt.

Schöner Mist. Bei der Sonne jetzt nach Neuendorf. Rieder setzte sein Basecap auf, um seine schüttere Haarpracht, um nicht zu sagen Glatze, vor der Sonne zu schützen. Dann schwang er sich auf sein Rad und machte sich in Richtung Neuendorf auf den Weg. Am Deich hinter Vitte überholten ihn der Krankenwagen aus Kloster, ebenfalls mit Blaulicht, und der Arzt mit seinem Jeep. Es musste also wirklich etwas passiert sein. Vielleicht war jemand ertrunken oder hatte sich verletzt beim Baden? Hinter Neuendorf wurde der Weg sandig, und da es schon Tage nicht geregnet hatte, ließ sich das Rad schwer durch den staubigen Untergrund manövrieren. Hinter dem Leuchtturm Gellen sah Rieder schon den Streifenwagen mit rotierenden Blaulichtern und den Krankenwagen am Strandübergang stehen. Er sprang vom Rad.

Unten am Wasser standen Damp, der Arzt und die Sanitäter. Sie beugten sich über einen offenbar leblosen Körper im Sand. In einigem Abstand waren die ersten Strandgänger versammelt und beobachteten neugierig die Männer. Rieder tippte Damp auf die Schulter. »Was ist hier eigentlich los?«

»Ein Toter am Strand!«

»Und! Ist er ertrunken oder …«

»Ich schätze, er ist ermordet worden. Auf seinem Rücken klafft eine breite Wunde. Könnte von einem Messer stammen.«

Rieder blickte auf den Toten, hockte sich hin.

»Gibt es Papiere, einen Ausweis oder so etwas?«

»In seinen Taschen haben wir nichts gefunden.«

Die schwarzen Haare des Mannes waren noch nass und von Sandkörnern durchsetzt. Das karierte Hemd klebte an seinem Körper. Ohne Handschuhe wollte Rieder die Leiche nicht anrühren.

»Können Sie mal ein Paar Latexhandschuhe aus dem Polizeiwagen holen? Wir müssen aufpassen, dass wir nicht die wenigen Spuren verwischen, die uns das Wasser noch gelassen hat.

Alarmieren Sie die Spurensicherung von Stralsund. Die sollen so schnell wie möglich herkommen.«

Damp schnaufte.

»Ich bin doch nicht ihr Laufbursche ...«

Rieders Blick brachte Damp zum Schweigen. »Jetzt nicht. Wer hat die Leiche überhaupt gefunden?«

Damp zeigte auf einen Mann in grüner Uniform. Rieder erkannte in ihm einen der Nationalparkwächter. Sein Name war Gerber. Rieder hatte schon einmal mit ihm zu tun, als er in der Heide ein totes Reh entdeckt hatte. Gerber war gekommen, um es wegzuschaffen.

Rieder ging zu ihm hin, während Damp zum Streifenwagen eilte, so schnell es ihm sein massiger Körper erlaubte.

»Sie haben den Mann gefunden?«

Gerber hob etwas die Schultern, als würde er frösteln. »Ja! Er trieb da im seichten Wasser. Ich kam grade vorbei, wollte zum Sperrgebiet, die Nester am Strand kontrollieren. Da sah ich ihn liegen. Ich bin gleich hingerannt, aber der war tot. Das hab ich gleich gesehen. Ich hab ihn dann weiter hoch an Land gezogen und Damp angerufen.«

»Haben Sie sonst noch was bemerkt?«

»Erst dachte ich, er wäre vielleicht angetrieben worden. Vielleicht besoffen von einem Segler gefallen. Aber dann sah ich das Rad da stehen.« Rieder sah es jetzt auch. Inzwischen kam auch Damp wieder zurück. »Die Stralsunder machen sich auf den Weg. Sie werden mit dem Boot in einer Dreiviertelstunde hier vor Ort sein.« Er reichte Rieder die Handschuhe.

Beim Überziehen meinte er: »Wir sollten den Strandabschnitt sperren, mindestens zwei Strandabgänge von hier nach Norden und Süden. Oder was meinen Sie?«

»Ich kümmere mich mal drum«, klang Damp etwas versöhnlicher und begann die Schaulustigen vom Strand wegzutreiben. Rieder wandte sich an einen der Sanitäter. »Können Sie mir mal helfen, den Mann umzudrehen?«

Vorsichtig legten sie den Toten auf den Bauch. Da sah auch Rieder den Riss im Hemd.

»Doktor Müselbeck, was schätzen Sie, wie lange er schon tot ist?«

»Ich bin zwar kein Pathologe und dann ist es immer schwer, bei einer Wasserleiche den genauen Todeszeitpunkt festzulegen, aber nach der ersten Untersuchung würde ich sagen, noch vor Mitternacht, vielleicht so gegen 22 oder 23 Uhr.«

Rieder fiel auf, dass die rechte Hand zur Faust geballt war, aber nicht völlig geschlossen. Und es schimmerte etwas durch die Finger.

»Was hat er da in der Hand?«

Müselbeck versuchte die Faust zu öffnen. Etwas Goldenes wurde sichtbar. Er nahm es aus der Hand und gab es in eine kleine durchsichtige Plastiktüte, die ihm Rieder entgegenhielt.

»Es scheint so etwas wie eine Münze zu sein.«

»Das ist eine Münze«, meinte Müselbeck, »mein Vater hat mal solche Dinger gesammelt.«

»Und ist die wertvoll?«

»Schwer zu sagen, ich hab mich nicht dafür interessiert, aber alt ist die bestimmt, ziemlich alt.«

Rieder steckte das Beweisstück in die Jackentasche und wandte sich dem Rad zu. Ein grau-grünes Herrenrad, Marke Diamant, noch aus DDR-Zeiten. Er hatte als Kind selbst solch ein Rad besessen. Es musste mindestens dreißig Jahre alt sein, wenn nicht noch älter, denn Rieder erinnerte sich, dass er es von seinem Bruder geerbt hatte. Und der war zwölf Jahre älter als er. Anfassen wollte es Rieder nicht, bis die Spurensicherung aufgetaucht war. Vielleicht war ja da noch etwas rauszuholen.

Damp hatte die Strandzugänge mit Band abgesperrt und kam nun durch den Sand zurückgestapft.

»Alles okay. Ich habe die freiwillige Feuerwehr herangeholt. Die kontrollieren jetzt die Zugänge, damit hier keiner herkommt.«

»Gute Idee. Vielleicht nehmen wir, bis die Kollegen aus Stralsund eintreffen, die Aussage von Herrn Gerber auf.«

»Ich hole mal den Laptop aus dem Auto.«

Rieder riss die Augen auf. »Welchen Laptop?«

»Na für operative Einsätze haben wir natürlich einen Laptop an Bord, für Aussagen oder Kennzeichenabgleiche.«

»Aha.« Eigentlich wollte Rieder Damp fragen, warum er erst jetzt erfuhr, dass das Revier hier auf Hiddensee über einen Laptop verfügte, andererseits stellte er sich vor, wie viele Kennzeichen bereits auf der autofreien Insel per Laptop abgefragt worden waren.

Während er noch den Kopf schüttelte über seinen Kollegen Damp, fragten die Sanitäter, ob sie noch gebraucht würden. Und auch Müselbeck meinte, er müsse sich eigentlich mal wieder seinen Patienten zuwenden, die in der Praxis in Vitte auf ihn warten würden.

»Ich werde euch hier noch brauchen, auch um die Leiche abzutransportieren.«

»Wir sind aber kein Bestattungsunternehmen. Da sollen die mal einen von Rügen rüberschicken.«

»Wie läuft das denn, wenn hier auf der Insel sonst jemand stirbt?«

»Dann kommt der Sarg aus Rügen und mit der Kutsche geht es in die Kapelle auf dem Friedhof in Kloster. Aber wir haben damit nichts zu tun. Und so wie der aussieht, macht der uns nur den ganzen Wagen dreckig. Die Arbeit, die Kiste wieder sauber zu kriegen …«

Rieder merkte, wie er schlechte Laune bekam. Müselbeck zuckte bei den Worten des Sanitäters nur resigniert mit den Schultern.

»Ihr wartet auf alle Fälle, bis die Kollegen aus Stralsund hier sind und wir entschieden haben, wohin die Leiche gebracht wird«, erwiderte Rieder leicht gereizt auf den Klagegesang der Sanitäter.

In diesem Moment klingelte Rieders Handy.

»Hallo, Rieder hier.«

»Polizeiinspektion Stralsund, Moment bitte, ich verbinde Sie mit dem Leiter der Dienststelle, Herrn Bökemüller.«

Bökemüller hatte Rieder eingestellt. Er war zunächst nicht sehr überzeugt gewesen von Rieders Bewerbung, aber dann nach einem ersten Gespräch hatte er es eigentlich ganz gut gefunden, dass Rieder zwar aus der Großstadt kam und somit die Eigenheiten der Menschen kannte, die die Ostseeküste als Touristen besuchten, ihm aber andererseits auch Rügen und Hiddensee durch eigene Urlaubsreisen nicht ganz fremd waren.

»Hallo, Rieder!«, meldete sich Bökemüller mit seiner ruhigen und bedächtigen Stimme am Telefon, »Ihnen folgt wohl das Verbrechen von Berlin nach Hiddensee?«

Was sollte Rieder darauf antworten?

»Mir liegt die Meldung vom Kollegen Damp vor, dass am Strand südlich von Neuendorf eine tote Person aufgefunden wurde, wahrscheinlich das Opfer eines Gewaltverbrechens.«

»Ja, das ist richtig. Der Mann ist offenbar erstochen worden, meint der hiesige Arzt nach einer ersten Untersuchung, wahrscheinlich letzte Nacht.«

»Identität?«

»Konnten wir noch nicht klären. Der Mann hatte keine Papiere bei sich. Am Strand findet sich nur noch ein Fahrrad. Wir nehmen an, dass es ihm gehört.«

»Hm, ich habe die Kollegen der Spurensicherung zu Ihnen in Marsch gesetzt. Aber mehr Unterstützung kann ich Ihnen nicht bieten. Wie Sie wissen, laufen hier die Vorbereitungen für den Staatsbesuch des amerikanischen Präsidenten auf Hochtouren und Mann und Maus sind damit beschäftigt, Kanaldeckel zu kontrollieren und die Fenster an der Protokollstrecke zu versiegeln. Und auf Rügen habe ich alle Kollegen ohne Kinder in den Urlaub geschickt, damit wir dann zur Hochsaison genügend Leute zur Verfügung haben. Sie müssen also erst mal allein klarkommen. Sie haben ja auch noch Damp.«

Rieder kannte solche Sätze aus Berlin zur Genüge. Entweder Staatsbesuch oder Loveparade, immer fehlten Kollegen, wenn es um die Überwachung von Verdächtigen ging. Hängen blieb es an den Kriminalbeamten, die aber zugleich in Aktenbergen und Bürokratie ertranken. Doch was sollte er jetzt jammern. Es war immerhin mal wieder ein Fall.

»Okay, alles klar. Wir versuchen zunächst, die Identität des Mannes zu klären und eine Witterung aufzunehmen.«

»Halten Sie mich auf dem Laufenden. Wenn der Zirkus hier vorbei ist, schicke ich Verstärkung. Versprochen.«

Rieder erinnerte sich schwach, in der Zeitung gelesen zu haben, dass der Staatsbesuch erst Anfang Juli stattfinden sollte. Bis dahin waren es noch zwei volle Wochen. Er schüttelte den Kopf. Bökemüller konnte es ja nicht sehen.

»Dann kann man es nicht ändern. Was sollen wir mit der Leiche machen?«

»Klären Sie das mit der Spurensicherung. Aber ich würde vorschlagen, sie in die Rechtsmedizin Greifswald zu bringen. So viele Tötungsverbrechen haben wir hier oben nicht, die machen das dann immer für uns. Ich sag dort Bescheid, dass eine Lieferung in Anmarsch ist. Also bis dann und viel Glück. Sie kriegen das schon hin«, meinte Bökemüller und setzte nach einer kurzen Pause und nicht ohne einen süffisanten Unterton hinzu: »Sie sind doch ein Mann mit Erfahrung.«

Bökemüller legte auf und Rieder steckte mit einem kurzen Seufzer das Handy in seine Jackentasche. Damp hatte inzwischen begonnen, die Aussage von Peter Gerber aufzunehmen, nachdem er zuvor die Sanitäter mehr angewiesen als gebeten hatte, den Toten mit einer Plane abzudecken. Mit einem weiteren Murren hatten sie den Auftrag erledigt.

Rieder gesellte sich zu Damp und Gerber, die sich etwas abseits in den Sand gesetzt hatten. Der Nationalparkwächter ließ sich von dem Dorfpolizisten jedes Wort aus der Nase ziehen. Damp hämmerte mit Zweifingersuchsystem die Angaben in den Laptop. Als Rieder neben beiden stand, schaute Damp auf.

»Herr Gerber hat den Toten vorher auch noch nie hier gesehen, obwohl er jeden Tag zweimal hier vorbeikommt.«

Gerber hob wieder, wie zur Bestätigung, fast unscheinbar die Schultern. Erst schien es, als wollte er anfangen zu sprechen. Dann blieb er aber doch stumm.

»Tja, da kann man wohl nichts machen«, meinte Damp, »Sie können gehen. Die Vögel werden schon auf Sie warten. Aber am Nachmittag müssten Sie im Revier vorbeikommen und Ihre Aussage unterschreiben.«

Rieder nickte. Nachdem sich Gerber in Richtung Nationalparkbarriere aufgemacht hatte, erzählte er Damp von seinem Gespräch mit Stralsund.

»Unterstützung können wir von da erst mal nicht erwarten. Wir sind auf uns angewiesen.«

»Wir sind doch keine Kriminalbeamten«, wandte Damp ärgerlich ein, »ich jedenfalls nicht«, setzte er noch als kleinen Hieb gegen seinen Kollegen nach.

»Wir sind allerdings auch nicht nur dazu da, Leute ohne Licht am Fahrrad aufzuschreiben«, konterte Rieder.

Damp, sichtlich getroffen, brauste auf. »Was soll denn das heißen? Wollen Sie sich über mich lustig machen?«

Rieder winkte ab, obwohl er wusste, dass er jetzt auf Damp angewiesen war, denn allein konnte er hier auf der Insel nicht viel ausrichten.

»Ich meinte ja bloß, dass Sie als Polizist Ihr Licht nicht unter den Scheffel stellen sollen. Wir können damit beginnen, rauszukriegen, wer der Mann ist, wo er gewohnt hat. Das würden wir bei einem angespülten Toten auch tun. Dort kommt übrigens die Spurensicherung.«

Auf der Ostsee näherte sich ein Schnellboot der Wasserschutzpolizei mit Blaulicht. Die Gischt schlug an den Bordwänden empor. Während Rieder durch Winken versuchte, die Männer an Bord an den Fundort der Leiche am Strand zu lotsen, zog Damp eine Signalpistole aus seinem Gürtel und schoss eine rote Kugel in den Himmel. Sofort nach dem Signal bremste das Schiff und lenkte in ihre Richtung. Rieder konnte sich wieder einmal nur wundern über seinen Kollegen.

»Wir sind doch nicht in Seenot.«

»Wollten Sie sich weiter den Arm auskugeln mit Ihrem Gewinke?«, gab Damp zurück und ging hinunter an die Wasserkante. Aus dem Polizeiboot war inzwischen ein Schlauchboot zu Wasser gelassen worden, in das nun vier Männer kletterten. Einer startete den Heckmotor und das Boot schoss vorwärts in Richtung Strand. Damp wies die Kollegen an, weiter nach links zu steuern, damit sie nicht genau dort landeten, wo man den Toten gefunden hatte und dadurch vielleicht die letzten Spuren verloren gingen.

Am Strand gingen die Männer von der Spurensicherung nach einer kurzen Begrüßung gleich an die Arbeit. Ihr Chef, Holm Behm, meinte mürrisch: »Viel werden wir hier nicht finden. Ist schon alles ganz schön zertrampelt. Und bei dem Toten kann uns nur die Pathologie weiterhelfen. Der Messerstich könnte natürlich tödlich gewesen sein, aber vielleicht hat er auch noch gelebt, als er ins Wasser fiel oder gestoßen wurde, und ist dann ertrunken?«

Einer der Kriminaltechniker winkte seinen Chef zu dem gefundenen Fahrrad. Er zeigte Rieder und Behm die beiden parallelen Reifenspuren hinter dem abgestellten Fahrrad. »Sieht aus wie die Spur von einem Handwagen«, vermutete Behm.

»So eine Art Fahrradanhänger vielleicht, wie man sie hier auf der Insel benutzt, um das Gepäck von den Feriengästen zu transportieren«, bemerkte Rieder.

»Aber der muss ganz schön beladen gewesen sein, denn die Spuren gehen ziemlich tief in den Sand und hier ist der Strandboden eigentlich recht fest.« Der Beamte deutete auf ein kleines, kaum erkennbares Loch im Sand. »Da wurde er abgestellt. Man sieht noch den Einstich des Wagenständers.«

Rieder und Behm verfolgten die Abdrücke der Wagenräder. Behm berührte leicht die Spuren im Sand. »Sehen Sie mal hier.«

Rieder kniete sich neben den Kriminaltechniker. »Das Profil der Reifen ist nicht klar zu erkennen. Es wirkt wie verwackelt, wie bei einem Foto. Wer auch immer wollte den Wagen auf der gleichen Spur zurückbringen, auf der er hergekommen ist. Aber sehen Sie! Da ist der Wagen ausgebrochen, wahrscheinlich weil der Sand weicher wurde.« Zwischen dem Abstand der Räder entdeckten die Polizisten auch eine Fußspur. »Er muss ganz schön gebuckelt haben an dem Wagen, bedeutet, der Wagen war ziemlich schwer«, mutmaßte Behm. »Die Fußspuren gehen tiefer in den Sand. Er muss barfuß gewesen sein. Die Sohlenspur ist leicht nach unten gebogen in den Sand. Man sieht sogar fast noch die Zehenabdrücke.« Behm stand auf und demonstrierte Rieder, was er meinte. »Er hat Widerstand und Halt gesucht im Sand, um den Wagen voranzubekommen, aber was kann er transportiert haben? Den Toten?«

Rieder schüttelte den Kopf. »Kann ich mir nicht vorstellen. Warum hat er das Fahrrad dann nicht wieder mitgenommen, falls er den Toten mit Rad und Wagen hierhertransportiert hat? Ich schätze, unser Toter ist mit dem Fahrrad gekommen und der Wagen hing hinten dran. Und den Wagen hat der Täter mitgenommen. Vielleicht haben sie sich um den Inhalt gestritten?«

Behm zuckte ratlos mit den Schultern. »Alles Vermutungen.«

Sie waren der Spur noch weiter gefolgt und jetzt schon oben am Strandzugang angekommen. Dort verloren sich auf dem kleinen Fahrradparkplatz die Wagenspuren zwischen hundert anderen, weil es täglich eine Menge Touristen gab, die mit Fahrrad und Hänger zum Strand fuhren und hier viele Spuren neben- und ineinanderliefen.

»Sollten wir vielleicht einen Spürhund einsetzen, um die Spur weiterzuverfolgen?«, fragte Rieder.

Behm wog den Kopf hin und her. »Vom Strand bis hierher kann der Hund vielleicht eine Witterung aufnehmen, aber hier sehe ich schwarz. Es sind zu viele Sachen in der Luft und zu viele Reifenspuren durcheinander. Ich glaube, das bringt nichts.«

Beide Polizisten gingen zurück an den Strand.

»Wir nehmen das Fahrrad mit nach Stralsund«, meinte Behm. »Vielleicht erzählt uns der alte Drahtesel noch ein paar Geschichten, die er hier am Strand nicht ausspucken will. Seine gut zwanzig, vielleicht dreißig Jahre hat der auch schon auf dem Buckel. Wisst ihr denn eigentlich schon, wer der Tote ist?«

Statt Rieder antwortete Damp, der immer in der Nähe der beiden geblieben war, um nur kein Wort zu verpassen. »Die Identität ist noch nicht geklärt. Er hatte keine Papiere bei sich. Nur Kollege Rieder hat etwas in seiner Hand gefunden. Vielleicht hilft das ja weiter.«

Rieder zog den Plastikbeutel mit der Münze aus der Tasche und gab sie Behm. Der hielt sie gegen das Licht. »Eine Erkennungsmarke ist das auch nicht«, spöttelte Behm in Richtung Damp, »aber schon merkwürdig.«

»Wollen Sie die Münze mitnehmen?«

»Ich denke, ihr beide könnt die hier besser brauchen. Vielleicht hat sie jemand von der Insel schon mal gesehen.«

Es war deutlich wärmer geworden. Die Sonne stand jetzt, so knapp vor Mittag, fast senkrecht über dem Strand. Behms Leute hatten ihre Arbeit beendet und waren dabei, das Fahrrad im Schlauchboot zu verstauen.

»Und die Leiche?«, fragte Damp.

»Euer Problem, würde ich sagen«, gab Behm zurück, »aber ihr solltet euch beeilen, ihn ins Kühlfach zu bringen, sonst bekommen die Möwen noch Appetit.«

»Na toll«, brauste Damp auf, »ihr könnt uns doch mit dem Scheiß hier nicht sitzen lassen.«

Aber Behm war schon auf dem Weg zum Boot. Er winkte noch kurz. »Ich schicke euch den Bericht per Mail rüber. Da sind dann auch Bilder von dem Fahrrad und dem Toten dabei. Braucht ihr ja sicher für eure Fahndung.« Und damit sausten die Kriminaltechniker mit dem Schlauchboot zurück zum Schiff der Wasserschutzpolizei.

Die beiden Inselpolizisten blieben ziemlich verdutzt mit ihrer Leiche am Strand zurück. Damp tobte. Er war sowieso schon ziemlich rot angelaufen durch die Stunden in der Hitze, aber nun drohte er förmlich zu explodieren. »Wofür halten die uns eigentlich«, brüllte er den Kollegen noch hinterher.

»Für zwei blöde Inselpolizisten«, gab Rieder zurück.

Damp starrte ihn an, als wollte er sich gleich auf Rieder stürzen. Seine Augen funkelten vor Wut. »Tun Sie nur nicht so cool, Rieder, und spielen Sie hier nicht den Großstadtpolizisten. Das nervt. Vielleicht begreifen Sie jetzt endlich mal, dass Hiddensee nicht Berlin ist, also nicht der Mittelpunkt, sondern der Arsch der Welt.«

Rieder hatte mit diesem Ausbruch nicht gerechnet, den auch die Hiddenseer Feuerwehrleute, angelockt durch die Lautstärke von Damps Attacke, mitbekommen hatten. Amüsiert blickten sie von ihren Absperrungen zu den beiden Streitenden herüber.

Rieder konnte sich nur mit Mühe durchringen, Ruhe zu bewahren. »Das gehört jetzt nicht hierher. Wo sind eigentlich die Sanitäter?«

»Die haben sich aus dem Staub gemacht. Ebenso der Arzt. Als Sie mit Behm angefangen haben, nach den Wagenspuren zu suchen, sind sie los. So läuft das hier. Begreifen Sie das endlich!«

»Dann, denke ich, sollten wir ein Bestattungsunternehmen von Rügen organisieren, das den Leichnam nach Greifswald in die Rechtsmedizin bringt.«

Rieder holte sein Handy aus der Tasche und ließ sich über die Auskunft mit einem Bestattungsunternehmen in Bergen verbinden. Man versprach ihm, in circa zwei Stunden vor Ort zu sein und den Toten dann nach Greifswald zu überführen.

»Okay, ich bleibe hier und warte. Sie könnten ja vielleicht schon mal nach Vitte fahren und schauen, ob eine Vermisstenanzeige vorliegt?«

Damp nickte bloß stumm und zog ab.

Rieder setzte sich in den Sand. Allein mit dem Toten überkam ihn eine depressive Stimmung. Zum ersten Mal, seit er hier auf der Insel angekommen war, fühlte er sich einsam. Eigentlich kannte er auf Hiddensee keinen Menschen. Und er war auch nicht der Typ, der schnell Bekanntschaften schloss. Vielleicht war seine Flucht aus Berlin unüberlegt gewesen? Alles zurückzulassen. Mit Damp verstand er sich nicht, er sah auch keine Chance, dass dies anders werden könnte. Und für die Insulaner war er ein Fremder. Das hatte er auch schon von anderen gehört, die hierhergezogen waren, um sich eine neue Existenz aufzubauen. Man war und blieb der Fremde. Und dann noch dieser Fall. In Berlin wäre sofort der ganze Apparat ins Laufen gekommen, aber hier war nicht einmal geklärt, wie eine Leiche vom Fundort zur Pathologie kam. Er schaute zu der Plane mit dem Toten. »Wer bist du? Woher kommst du? Was wolltest du hier?«

Rieder griff nach der Münze in seiner Tasche und sah sie sich lange an. Das Metall glänzte golden in der Sonne. Auf der einen Seite war ein König zu sehen, mit einem Zepter in der Hand. Auf der Rückseite eine Art Wappen. Rieder blickte auf die Ostsee hinaus, als würde er dort Antworten auf seine Fragen finden. Doch dort rollten nur die Wellen in ihrem ewigen Rhythmus und Möwen hatten es sich auf den Buhnen bequem gemacht.

II

Als Rieder am Nachmittag aufs Revier in Vitte kam, hatte Damp schon die Aussage von Gerber ausgedruckt. Auch die Fotos von dem Toten und dem Fahrrad waren angekommen. Damp hatte davon eine CD gebrannt und wollte sich gerade aufmachen, um die Bilder im Fotoladen ausdrucken zu lassen. »Ich mach gleich ein paar Kopien mehr.«

»Das ist eine gute Idee. Gibt es denn irgendeine Vermisstenanzeige? Fehlt irgendwo ein Urlauber oder Feriengast?«

»Fehlanzeige. Aber das muss nichts heißen, nicht jeder Gast muss sich jeden Tag bei seinem Pensionswirt melden.«

»Vielleicht fangen wir in Neuendorf damit an, die Pensionen und Ferienanlagen abzuklappern, einschließlich der Kneipen. Wir könnten erst die Bilder abholen und dann dorthin fahren.«

»Könnten wir, aber schauen Sie mal auf die Uhr. Für mich ist in einer Stunde Feierabend. Im Gegensatz zu Ihnen bin ich bereits seit 8 Uhr im Dienst. Und Überstunden müssen genehmigt werden. Aber Sie haben erst um 10 Uhr angefangen zu arbeiten. Da hätten Sie ja noch Zeit für einen Abstecher nach Neuendorf.«

»Dann lassen Sie mir die Autoschlüssel hier.«

»Haben Sie eine Betriebsfahrerlaubnis?«

»Sie wissen doch, dass ...«

»Sehen Sie. Ich kann Sie gern mit nach Neuendorf nehmen, wenn ich nach Hause fahre. Wie Sie zurückkommen, müssen Sie dann schon allein sehen, denn mit dem Hundekäfig im Kofferraum können wir Ihr Rad nicht mitnehmen.«

Rieder riss nun endgültig der Geduldsfaden. Seine Kopfhaut unter den kurzen Stoppelhaaren schwoll rot an.

»Passen Sie mal auf, Damp! Hören Sie auf, mich zu schikanieren und hier auf Dienst nach Vorschrift zu machen! Es kotzt mich an, wie Sie sich aufspielen.«

In diesem Moment klopfte es, und ohne eine Antwort abzuwarten, öffnete sich die Tür. Bürgermeister Durk und Kurdirektor Sadewater stürmten aufgeregt ins Zimmer.

»Dürften wir auch mal erfahren, was hier auf der Insel passiert ist, und würden sich die Herren Polizisten herablassen, uns die näheren Umstände um den Mord in Neuendorf mitzuteilen?«, brach es wütend aus dem Bürgermeister heraus.

Rieder war am Rande der Verzweiflung. Das entwickelte sich hier zu einem Mehrfrontenkrieg.

»Wenn sich schon Herr Damp nicht bequemt, mich zu informieren, dann hätte ich wenigstens von Ihnen, Herr Rieder, mehr Übersicht erwartet. Sie sind hier nicht irgendwo, sondern auf einer Ferieninsel. Und ein Mord auf Hiddensee, das verbreitet Panik unter den Urlaubern. Und wie sollen wir beruhigend auf die Leute einwirken, wenn wir die Letzten sind, die etwas erfahren.«

Rieder blickte starr vor Schreck den Bürgermeister an, fand aber dann doch schnell seine Fassung wieder. »Wir waren bis jetzt am Fundort am Gellen und haben momentan keine Unterstützung durch die Zentrale in Stralsund. Da ist es uns sicher durchgerutscht, mit Ihnen zu telefonieren«, entgegnete er dem Ortsvorsteher so ruhig es ging.

»Aber Damp springt doch hier schon seit mindestens zwei Stunden rum. So lange steht das Polizeifahrzeug neben dem Gebäude«, polterte nun auch Sadewater los. Lars Sadewater, ein braun gebrannter blonder Endzwanziger, der eher in eine Surfschule als auf den Posten des Kurdirektors gepasst hätte, war bekannt für sein gespanntes Verhältnis zu Damp. Er nahm Damps Versuche, auf der Insel Verkehrssicherheit an Fahrrädern durchzusetzen, nicht wie die Insulaner von der humorvollen Seite, sondern sah in dem Polizisten nur einen Querulanten. Er bedrängte den Bürgermeister nicht selten mit der Forderung, doch dafür zu sorgen, dass man Damp aufs Festland versetzte. Und die Spannungen zwischen Rieder und Damp waren ihm sehr recht.

Damp war seit dem Eintreten von Durk und Sadewater in seinem Sessel deutlich zusammengeschrumpft. Er ahnte, woher der Wind wehte. Rieder stand auf und lehnte sich an seinen Schreibtisch.

»Herr Bürgermeister, Kollege Damp musste hier Unterlagen abrufen, die uns aus Stralsund zugesandt wurden, und gleichzeitig versuchen, die Bilder von dem Toten zu vervielfältigen, damit wir seine Identität klären können. Das braucht seine Zeit. Wir waren gerade dabei, unsere Arbeit weiter zu koordinieren und dabei wäre sicher auch einer unserer nächsten Wege zu Ihnen oder zu Herrn Sadewater gewesen. Aber wie gesagt, wir sind hier momentan allein zugange. Und …«, Rieder machte eine kurze Pause, »… Mordfälle gehören hier sonst nicht zu unserer Arbeit.«

Sadewater wollte zwar noch etwas einwenden, aber Durk hielt ihn zurück. »Sie müssen uns verstehen. Wir hatten in der Touristeninformation mehrere aufgeregte Gäste, die wissen wollten, wie gefährlich es jetzt auf der Insel sei. Und unsere Damen wussten gar nicht, von was die reden. Da sehen wir schlecht aus. Vielleicht könnten wir unsere Kommunikation in Zukunft verbessern. Dazu haben wir Sie ja auch auf die Insel geholt.«

»Wir werden uns bemühen, aber wir stehen auch noch am Anfang. Wir wissen nicht mal, wer der Tote ist. Aber Sie können gleich mal einen Blick auf die Bilder werfen. Vielleicht kommt er Ihnen bekannt vor?«

Rieder gab Damp einen Wink. Der lud auf seinem Computer die vorhandenen Bilder hoch. Durk und Sadewater schauten darauf, aber beide schüttelten den Kopf. Den Mann würden sie nicht kennen, meinte Durk.

Als sie wieder allein waren, meinte Damp: »Ich bringe Sie nach Neuendorf und Sie können dann mit dem Wagen zurückfahren.

Wäre nett, wenn Sie mich morgen früh abholen könnten. Wir werden dort ja mit den Befragungen weitermachen, falls Sie heute nichts rausbekommen. Ich fahre jetzt aber erst mal zum Fotoladen, um die Abzüge machen zu lassen.«

Das war zwar noch kein Waffenstillstand, aber zumindest ein Anfang. »Okay. Ich warte dann hier auf Sie.«

Damp verließ das Büro der Polizeistation. Rieder setzte sich wieder an seinen Schreibtisch. Aus seiner Jackentasche holte er die Plastiktüte mit der Münze und legte sie auf seine Schreibtischunterlage. Er schaltete seinen Computer an und versuchte unter dem Stichwort »Münze« einen Hinweis oder eine Spur zu finden. Aber Tausende Einträge konnte er so schnell nicht durchforsten. Rieder erinnerte sich an das Inselmuseum in Kloster. Vielleicht konnte man ihm dort weiterhelfen. Er steckte die Münze wieder ein.

Damp kam zurück, blieb aber gleich in der Tür stehen. »Lassen Sie uns losfahren. Vielleicht nehmen wir uns ein Gastgeberverzeichnis mit.«

Rieder und Damp gingen über den Flur in die Touristeninformation und schreckten dort die drei angestellten Damen beim Plausch mit zwei Insulanerinnen auf. Die Unterhaltung erstarb sofort, als die beiden Polizisten durch die Tür traten. Rieder war sich über das Gesprächsthema im Klaren. In die eingetretene Stille hinein sagte er: »Wir brauchen ein vollständiges Gastgeberverzeichnis mit allen Vermietern auf der Insel. Aber vielleicht könnten Sie kurz einen Blick auf dieses Bild werfen. Es zeigt den Toten. Es ist sicher kein schöner Anblick, aber vielleicht hat eine von Ihnen den Mann schon einmal gesehen.«

Damp nahm das Foto aus seiner Jacke. Die Frauen stürmten geradezu auf den riesigen Mann zu, der leicht zurückwich, und rissen ihm das Foto aus der Hand. Nacheinander schüttelten sie dann jedoch den Kopf, wie bereits zuvor der Bürgermeister und der Kurdirektor. Keine der fünf hatte den Mann auf dem Foto gesehen, jedenfalls nicht bewusst. Es seien einfach schon zu viele Touristen auf der Insel. Da könne man sich nicht mehr jedes Gesicht merken.

Nachdem sie die Unterlagen über die Vermieter auf der Insel bekommen hatten und froh waren, mit heiler Haut aus der Touristeninformation herausgekommen zu sein, weil sie von den Frauen mit Fragen bestürmt worden waren, gingen die beiden Polizisten zu dem Einsatzwagen. Damp startete den Motor.

»Kleine Änderung«, bemerkte Rieder. »Ich will erst mal zum Inselmuseum nach Kloster.«

Damp sah ihn fragend an. »Wegen der Münze?«

Sie bogen also nach links in Richtung Kloster auf die Inselstraße ein, umkurvten einige Kutschen und Touristen und waren nach knapp fünf Minuten vor dem Inselmuseum am Ortseingang von Kloster. Am Eingang saß ein älterer Herr, der sein Kreuzworträtsel weglegte, als die beiden Beamten hereinkamen. »Mensch Damp, was treibt dich denn hierher? Du bist doch eher ein Kulturbanause.«

Damp straffte seinen Körper und gab sich ganz dienstlich.

»Das ist Kollege Rieder. Wir hätten da eine Frage zu einer Münze.«

Rieder zeigte das Geldstück.

»Können Sie uns sagen, ob Sie hier solche Münzen haben?«

»Da kann ich Ihnen nichts zu sagen. Bin hier nur auf Ein-Euro-Job beschäftigt.«

»Gibt es vielleicht einen Museumsdirektor, der uns weiterhelfen kann?«

»Nö, ich schließ früh auf und abends zu, kassiere den Eintritt und in drei Monaten macht das wieder ein anderer, wenn mein Job ausgelaufen ist. Da müssen Sie bei den Studierten in Stralsund nachfragen, beim Kulturhistorischen Museum. Da gehören wir ja auch zu.«

»Haben Sie da einen Namen, an den wir uns wenden können?«

»Ich kann Ihnen die Einwahl geben.« Damit begann der Mann in einer Schublade zu wühlen, in der sich vor allem ein Stapel weiterer Kreuzworträtselhefte befand.

Rieder winkte resigniert ab. »Lassen Sie mal. Die finde ich auch noch selbst raus.«

Aber dann startete er doch noch einen Versuch. Er bat Damp um das Foto von dem Toten. »Kennen Sie vielleicht diesen Mann?«

Der Mann an der Kasse des Inselmuseums setzte seine Lesebrille auf und drehte das Foto hin und her. »Ist das der Tote von Neuendorf?«

Rieder und Damp nickten. Noch einmal schaute der Mann intensiv auf das Bild, schob die Brille hoch, um es genauer betrachten zu können. Die beiden Polizisten sahen sich schon erwartungsvoll an, doch dann gab der Kassierer das Bild zurück. »Nö, kenn ich nicht.«

Auf der Fahrt nach Neuendorf über die holprige Straße sprachen die beiden Polizisten kein Wort. Jeder hing seinen Gedanken nach. Die Insel leerte sich gerade. Die Tagestouristen strömten den Häfen entgegen, um mit den letzten Fähren, die jetzt im Frühjahr schon gegen 17 Uhr ablegten, noch nach Rügen zu kommen. Und wer auf der Insel blieb, kam vom Strand zurück. Denn am Nachmittag frischte immer eine kühle Seebrise auf und ließ das Sonnenbad ungemütlich werden.

Rieder hatte sich über die Auskunft die Nummer vom Kulturhistorischen Museum in Stralsund besorgt, dort aber außer dem Pförtner niemanden erreicht, denn heute war Schließtag und alle wissenschaftlichen Mitarbeiter hatten das Museum schon verlassen. Er hoffte, morgen Vormittag mehr Glück zu haben.

In Neuendorf hielt Damp den Wagen am Schabernack an, der ersten Häuserzeile aus reetgedeckten alten Fischerhäusern, gleich hinterm Deich.

»Hier sind die Schlüssel. Viel Erfolg. Ich würde morgen um acht hier an der Bushaltestelle warten. Falls noch was ist, können Sie mich auf meinem Handy erreichen.«

Damit schlug er die Autotür zu und verschwand zwischen den Siedlungshäusern in Richtung Strand. Rieder blieb noch im Auto sitzen. Der Tag hatte ihn ziemlich geschafft. Eigentlich wollte er nur das Auto wenden, nach Vitte zurückfahren und dort seinen Frust in einer oder mehreren Flaschen Bier ertränken. Aber die Pflicht rief. Er wechselte auf den Fahrersitz und fuhr ans Ende von Neuendorf. Der Ortsteil nannte sich Plogshagen. Rieder wollte sich vom Ortsende vorarbeiten. Vielleicht war es auch ganz gut, erst einmal die Kneipen abzuklappern.

Rieder stoppte den Streifenwagen vor dem »Strandrestaurant«, kurz hinter dem Deich, der Neuendorf umschloss. Vor der Gaststätte verlief der einzige Weg zum Leuchtturm Gellen. Hier konnte der Tote mit seinem Fahrrad vorbeigekommen sein und vielleicht hatte ihn jemand dabei beobachtet. Es gab zwar auch die Möglichkeit, über den Deich zu fahren, aber die hohen Betonfugen zwischen den Steinen auf der Deichkrone machten das Fahren dort fast unmöglich, besonders wenn man mit einem beladenen Hänger unterwegs war.

Rieder stieg aus und ging in das Lokal. Die blonde Frau am Espressoautomaten lächelte, als er eintrat. »Na, hat Sie Damp auch mal fahren lassen?«

Rieder blickte etwas verwirrt, kramte nach seinem Dienstausweis.

»Lassen Sie mal. Ich weiß schon, wer Sie sind. Der Polizist aus Berlin. Die Insel ist ein Dorf, und Damp trinkt hier ab und zu mal ein Bier und plaudert dann, gefragt oder ungefragt, über seinen Job. Und in den letzten Wochen hatte er da eigentlich nur ein Thema – nämlich Sie, den Aussteiger.«

»Aha.« Rieder zuckte resigniert mit den Schultern. »Viel Gutes wird er an mir nicht gelassen haben.«

»Das können Sie laut sagen. Aber ich mach mir lieber selbst ein Bild. Und jetzt sind Sie hier und wollen wissen, ob ich den Toten vom Strand kenne.«

Rieder zeigte ihr das Bild von dem Toten.

»Der war mal hier, hat was gegessen und getrunken.«

»Kennen Sie vielleicht auch seinen Namen?«

»Wie er heißt, weiß ich nicht.«

Bei dem Wort »essen« fiel Rieder ein, dass er seit dem Frühstück nichts mehr zu sich genommen hatte, und er spürte, wie sein Magen aufjaulte bei dem Gedanken an Nahrung.

»Könnte ich einen Tee bekommen? Und haben Sie irgendwas zu essen, was schnell geht?«

»Eigentlich gibt's erst ab 18 Uhr wieder warme Küche, aber von heute Mittag wäre noch frischer Matjes mit Remoulade zu haben. Nur statt Bratkartoffeln müsste es eine Scheibe Brot tun.«

»Klingt gut.«

»Setzen Sie sich mal hier an den Rand der Theke. Müssen die anderen Gäste ja nicht mitkriegen, sonst wollen wieder gleich alle eine Extraportion. Ich heiße übrigens Dobbert. Charlotte Dobbert.«

»Stefan Rieder.«

Charlotte Dobbert verschwand in der Küche und kam kaum zwei Minuten später mit einem Teller Matjes zurück, dick mit Remoulade bedeckt, dazu zwei Scheiben Brot. Rieder stürzte sich auf das Essen. Unaufgefordert stellte sie ihm statt Tee ein Bier hin.

»Fisch muss schwimmen.«

Während Rieder den Fisch mehr verschlang als aß, bediente Charlotte Dobbert einige Gäste auf der Terrasse. Als sie sein Geschirr wegräumte, kam er noch einmal auf den Fall zurück.

»Wann war der Mann denn hier?«

»Ich würde sagen, so vor zwei oder drei Tagen.«

»Sie haben doch sicher mit ihm gesprochen. Haben Sie vielleicht rausgehört, wo er herkam? War er Sachse, Berliner, Rheinländer …?«

»Keine Ahnung. Er las aber in einem Buch über die Geschichte Hiddensees. Daran kann ich mich erinnern. Entschuldigen Sie, aber ich muss mich um die anderen Gäste kümmern. Ich habe den Laden noch nicht lange und kann mir keinen schlechten Ruf leisten. Dafür gibt's zu viel Konkurrenz.«

Rieder beobachtete Charlotte Dobbert beim Hantieren an der Espressomaschine. Ihr blondes Haar fiel ihr über die Schultern.

Sie war vielleicht Anfang, Mitte dreißig, schlank, aber nicht dürr. Eben gut gebaut. Ihr blassgrünes T-Shirt und die enge Jeans betonten ihre Figur. Und sie hatte freundliche Augen. Charlotte Dobbert schaute zu ihm rüber und lächelte.

»Hallo, Sheriff. Einen Penny für ihre Gedanken?«

Rieder wurde rot. Ihm fiel nicht mehr ein als: »Ich muss los. Noch die anderen Kneipen abklappern.«

»Lassen Sie das nur nicht die anderen *Kneiper* hören. Die halten sich nämlich alle für Edel-Gastronomen. Viel Erfolg. Kommen Sie mal wieder vorbei auf Ihrer Spurensuche oder auch so.«

»Mach ich gern.« Er zahlte.

In der Tür drehte er sich um und kehrte noch einmal zur Theke zurück. »Hat der Mann auf dem Foto vielleicht mit EC- oder Kreditkarte bezahlt, dann könnte ich über die Nummer auch den Namen rauskriegen?«

Charlotte Dobbert lachte auf. »Sie sind wirklich noch nicht lange auf der Insel. Hier ist nur das Bare das Wahre. Entweder cash oder gar nicht. Der Fischer will am Kutter für seinen Fisch ja auch gleich Geld sehen.« Dann aber fügte sie in sanftem Ton hinzu: »Tut mir leid, dass ich Ihnen nicht helfen konnte«, und lächelte ihn freundlich an.

Rieder dankte und machte sich auf den Weg zu den anderen Lokalen in Neuendorf. Aber auch dort kam er nicht weiter. Man hatte den unbekannten Toten in den letzten Tagen dort zwar ab und zu gesehen, aber immer allein. Er war ein unauffälliger Gast gewesen. Allen Befragten war jedoch aufgefallen, dass er immer in einem dicken Hiddensee-Buch gelesen hatte. Rieder konnte sich nur schwer konzentrieren. Zwischen seine Gedanken schob sich immer wieder das Bild von Charlotte Dobbert.

III

Am nächsten Morgen schien über der kleinen Insel wieder die Sonne. Rieder wollte noch kurz ins Büro schauen, bevor er sich in Neuendorf mit Damp traf. Er hoffte, dass der Bericht von der Spurensicherung schon angekommen war. Als er seine Mails durchsah, klingelte das Telefon.

»Hier Krüger. Ich hatte gestern einen Ihrer Kunden auf dem Tisch.«

Rieder war kurz verwirrt, dann fiel der Groschen. »Ah, der Pathologe. Und was hat er Ihnen erzählt?«

»Sauberer Stich ins Herz, durch den Rücken. Sehr scharfes, langes, spitzes Messer. Sieht man an den Wundrändern und dem Austritt der Waffe im Brustbereich. Schneller, möglicherweise überraschender Tod.« Krüger lachte mit einem tiefen Grunzen über seinen eigenen Witz.

Rieder verleierte die Augen. »Und können Sie mir sagen, ob er dort am Strand getötet wurde oder an einem anderen Ort?«

»Der Fundort ist auch der Tatort, vorausgesetzt die Aussage Ihres Zeugen stimmt. Unser Mann hat ein wenig Wasser in der Lunge, bedeutet, er muss dort ins Wasser gestürzt und mit Mund und Nase unter Wasser geraten sein, als er noch lebte. Ihre Kollegen von der Spurensicherung bewiesen jedenfalls selten gewordene Übersicht. Die Wasserprobe vom Fundort stimmt mit dem aus der Lunge unseres Herrn ›XY unbekannt‹ überein. Also Bingo! Er wurde im Wasser am Strand umgebracht.«

»Haben Sie sonst noch was gefunden?«

»Nö, das war's. Keine Spuren von einem Kampf. Auch keine DNA-Spuren unter den Fingernägeln. Wäre wahrscheinlich auch schwierig, denn er hat eine ziemlich lange Zeit gebadet.« Wieder kam Krügers grunzendes Lachen durch den Hörer. »Den Bericht schicke ich Ihnen und den Kollegen in Stralsund. Wenn Sie noch Fragen haben, rufen Sie einfach an. Aber ich denke, es ist alles gesagt.«

Rieder notierte sich kurz die wichtigsten Erkenntnisse. Vielleicht sollten sie doch noch mal zum Tatort fahren und nach Spuren suchen? Viel Hoffnung, dort noch etwas zu finden, hatte er zwar nicht, aber er durfte keinen Strohhalm auslassen, um in dem Fall voranzukommen. Dann musste er noch etwas telefonisch mit der Polizeidirektion Stralsund regeln und auch ein Fax dorthin schicken. Im Museum anzurufen hatte wahrscheinlich noch keinen Zweck. Es war noch nicht mal 8 Uhr. Beim Hinausgehen traf er Bürgermeister Durk. »Na, schon eine Spur. Hat der Unbekannte schon einen Namen?«

»Leider Fehlanzeige. Ich bin gerade auf dem Weg nach Neuendorf, um die Unterkünfte abzuklappern.«

Durk wollte schon weitergehen, blieb dann aber doch noch einmal stehen. »Entschuldigen Sie noch mal unseren Auftritt von gestern. Es war nicht so gemeint. Aber Damp ist irgendwie ein rotes Tuch und da sind mir die Sicherungen durchgebrannt.«

Rieder nickte nur und ging hinaus.

Damp stand schon an der Bushaltestelle in Neuendorf, als Rieder vorfuhr. »Alles heil. Keine Schramme. Und die Betriebsfahrerlaubnis ist schon auf dem Weg.« Es kam etwas frecher rüber, als sich Rieder vorgenommen hatte. Er warf Damp den Schlüssel zu. Der fing ihn auf. »Dann ist ja alles in bester Ordnung. Und was machen wir nun?«

»Die Kneipen haben nur so viel gebracht, dass er in dreien gesehen wurde. Aber immer allein. Und da hier keiner EC- oder Kreditkarten nimmt, kommen wir auch damit nicht weiter. Und keiner wusste, ob und wo er hier in Neuendorf gewohnt haben könnte.«

»Hier in Neuendorf gibt's kaum Hotels oder Pensionen. Wenn er also eine Ferienwohnung hatte, müsste er sich was zu essen gekauft haben«, gab Damp zu bedenken. »Kann mir kaum vorstellen, dass er dafür nach Vitte gefahren ist, in den Supermarkt. Wir sollten mal in den beiden Geschäften hier nachfragen, ob er da gesehen wurde.«

»Gute Idee.«

Sie ließen den Wagen am Ortseingang von Neuendorf stehen und machten sich zu Fuß auf den Weg. Beide Lebensmittelgeschäfte lagen gleich um die Ecke in Richtung Bodden. Im ersten Kiosk konnte sich der Verkäufer nicht an den Mann auf dem Foto erinnern. Auch das Bild vom Fahrrad half nicht weiter. Der zweite Laden lag unter alten Bäumen versteckt, direkt neben dem »Hotel am Strand«. Im Laden überkamen Rieder bei dem Geruch nach alten Kartoffeln und Kohl ostalgische Gefühle. Auch der Blick in die Regale war wie ein Blick in die Vergangenheit. Goldene Dosen mit Schweine- oder Rindfleisch im eigenen Saft, Schlagersüßtafel und Cottbusser Keks. Vieles hatte ja die DDR nicht überlebt, doch Rieder war immer wieder erstaunt, was überlebt hatte. Er fragte Damp leise, ob er hier einkaufen ginge. Damp antwortete ebenfalls im Flüsterton: »Selten. Meistens bringe ich mir mein Zeug aus Vitte mit. Dort ist die Auswahl größer.« Trotzdem war der Laden belebt und an den Stimmen und dem vertrauten Umgang zwischen Kunden und Personal erkannte Rieder, dass die Neuendorfer hier Stammkunden waren und ihnen das vorhandene Warenangebot nichts ausmachte. Damp und Rieder mussten einige Zeit warten, bis die dicke, blondierte Frau in einer Nylonkittelschürze an der Kasse Zeit für sie hatte.

»Hallo, Damp, wo brennt's denn. Habe ich gegen den Ladenschluss verstoßen?«

»Guten Tag, Frau Bantow. Wir brauchen eine Auskunft von Ihnen.« Damp zeigte ihr das Foto.

»Das ist wohl der Tote vom Strand. Was macht ihr denn für ein Gewese darum. Fällt doch immer wieder mal einer hintern Deich, ohne dass gleich die Polizei großes Geschrei drum macht. Vielleicht ist er ja besoffen in die See geplumpst?«

Ihre beiden Kolleginnen, die in blaue Kittel gekleidet waren, kicherten. Ilse Bantow reichte ihnen das Bild weiter, dann wandte sie sich wieder an die Polizisten. »Aber damit ihr euch beruhigt: Der war hier. Und zwar öfters. Hat immer Wasser ohne Sprudel gekauft und solche Sachen.«

»Was heißt ›solche Sachen‹?«, fragte Rieder nach.

»So ein Biotyp eben. Dreht jede Dose dreimal hin und her oder räumt das halbe Kühlfach aus, bis er eine Milchtüte gefunden hat, die einen Tag länger haltbar ist.«

»Wissen Sie möglicherweise auch, wo er wohnt oder vielmehr gewohnt hat, hier in Neuendorf?«

Ilse Bantow verschränkte die Arme oberhalb ihres üppigen Vorbaus und sah die beiden Beamten mit skeptischem Blick an. »Was hätte ich davon, wenn ich's wüsste? Nix als Ärger. Und ich will hier keinen Ärger.«

»Frau Bantow, hier geht es nicht um irgendeinen lächerlichen Ladendiebstahl oder eine andere Lappalie. Hier geht es um Mord. Also sagen Sie, was Sie wissen!«, forderte Rieder.

Die Bantow sah Rieder mitleidig an. »Nun spielen Sie sich nicht auf. Nur weil sie aus Berlin kommen, tanze ich nicht gleich nach ihrer Pfeife. Merken Sie sich das. Und bei uns Neuendorfern ist Nachbarschaft noch etwas wert. Und wir mögen es nicht, wenn jemand aus Vitte daherkommt und seine Nase in unsere Angelegenheiten steckt.«

Rieder fixierte Ilse Bantow, als wären ihre Worte an ihm abgeprallt. »Ihre Befindlichkeiten sind mir ziemlich egal. Sie behindern offensichtlich die Ermittlungen, dafür können Sie belangt werden. Wenn Sie Druck brauchen, kriegen Sie Druck.«

»Vergessen Sie es«, entgegnete die Ladenbesitzerin schnippisch.

Damp war die Situation sichtlich unangenehm. Er schaute auf den nicht gerade sauberen Fußboden und drehte sein Notizbuch nervös zwischen seinen Händen. »Ilse, nun komm, stell dich nicht so an …«

»Ach Damp, jetzt bin ich wieder Ilse, so wie am Sonntag, wenn du hier an mein Fenster kloppst und noch zwei Bier willst. Aber wenn's um größere Beträge geht, bin ich Frau *Bantow*.« Sie sprach ihren eigenen Namen betont und mit einer gewissen Verachtung aus. »Du musst dich nicht wundern, wenn keiner von dir ein Stück Brot nimmt.«

Damp war schon dabei, sich für eine entsprechende Antwort aufzupumpen, als ihm Rieder zuvorkam, dem die Frau, aber auch das Gezerre ziemlich auf die Nerven gingen. »Also, Frau Bantow, wenn wir so nicht weiterkommen, dann würde ich Sie bitten, nachdem Sie ja die Person auf dem Foto erkannt haben, heute Nachmittag, 14 Uhr aufs Revier in Vitte zu kommen, damit wir Ihre Aussage protokollieren können. Damp, kommen Sie. Wir verschwenden hier offensichtlich unsere Zeit. Oder haben vielleicht die anderen Damen etwas zum Sachverhalt beizutragen?« Doch die schüttelten nach einem kurzen Blickwechsel mit ihrer Chefin im Takt ihre Köpfe.

Damp und Rieder wandten sich zum Gehen. Ilse Bantow baute sich auf der obersten Stufe der Eingangstreppe auf, um ihren Rückzug zu beobachten.

»Blöde Ziege«, meinte Rieder, als er sich aus Hörweite wähnte.

»Nun sehen Sie mal selbst, wie es hier so läuft.«

»Was heißt, ›wie es hier so läuft‹?«

»Die Hiddenseer lassen sich ungern in die Karten schauen. Und dann sind sich noch dazu die Leute aus Vitte mit denen aus Neuendorf nicht grün. Die haben schon früher alles unter sich ausgemacht.«

»Das ist mir egal. Ich bin hier nicht dafür da, lokale Neurosen zu therapieren. Wir müssen endlich den Namen des Toten rauskriegen. Uns rennt die Zeit weg.«

»Hier rennt gar nichts, Rieder. Das müssen Sie endlich begreifen.«

Rieder merkte, dass Damp sich durchaus bewusst war, dass er als der neue Kollege aus Berlin auf ihn angewiesen sein würde, um an die Leute hier heranzukommen. Damp war immerhin schon ein paar Jahre länger auf der Insel und hatte oft genug am eigenen Leib erfahren, wie es um die Mentalität der Hiddenseer bestellt war. Jetzt gab er nicht ohne Stolz und Befriedigung seine Lektionen an Rieder weiter. Dem fiel es schon schwer, Damp auch nur innerlich recht zu geben. »Trotzdem müssen wir irgendwie weitermachen. Oder?«

»Wie wäre es, wenn wir das Wort Nachbarschaft wörtlich nehmen?«, entgegnete Damp und wies auf ein imposantes Gebäude unter Platanen.

Das »Hotel am Strand« hatte sicher auch schon bessere Zeiten gesehen. Und wo früher im Sommer wahrscheinlich die Urlauber den Rasen im Biergarten vor dem Haus plattgetreten hatten, wucherte jetzt eine saftige Wiese hinter rostigem Zaun.

Zwei leere Betonkübel flankierten den Weg zum vermeintlichen Eingang des Hotels. An der Eingangstür offenbarte ein selbst gemaltes Schild: »Restaurant geschlossen, Hotel geöffnet.« Ein Blick durch das Fenster ließ Rieder in eine vergangene Zeit eintauchen. Da stand auf der Fensterbank sogar noch ein altes Holzbrett, auf dem zu lesen war: »Mittwoch Ruhetag. Nur Reisebüro- und Hausgäste werden versorgt.« Drinnen waren niedrige Holztische mit Eierschalensesseln zu sehen. Eine Theke, die sicher ihre dreißig oder gar vierzig Jahre auf dem Buckel hatte, wollte sich nicht so recht an die neue Werbung darüber für »Warsteiner« gewöhnen. Das Parkett davor war abgetreten von Kellnern, die mit schweren Tabletts zwischen Theke, Küche und Gästen ununterbrochen während der lange zurückliegenden Öffnungszeiten hin und her gependelt waren. Zwar lagen auf den Tischen noch Decken, aber darüber hatte sich der Staub der Zeit gelegt. Hier wurden schon lange kein Steak Letscho oder Soljanka mehr serviert.

»Offiziell vermietet der alte Eckardt ja nicht mehr. Jedenfalls hat er das Gewerbe abgemeldet«, weckte Damp Rieder aus seinen Gedanken, »aber wo kein Kläger …«

Rieder wusste, dass es auf der Insel nicht wenige gab, die am Finanzamt vorbei ihre Zimmer und Ferienwohnungen vermieteten oder es mit den Eintragungen ins Gästebuch nicht so genau nahmen. Das »Hotel am Strand« war ihm auch im Vorbeifahren schon aufgefallen. Denn hier in Neuendorf war es in seiner Größe außergewöhnlich.

»Früher soll das mal das erste Haus am Platz, wenn nicht sogar auf der ganzen Insel gewesen sein«, meinte Damp. »Hier gab es immer Musik, eine Bar, erzählen die Neuendorfer, und die Promis gaben sich die Klinke in die Hand. War auch so fast das einzige richtige Hotel hier, nachdem alles andere unter die Fuchtel des FDGB geraten war oder irgendwelche Betriebe aus den alten Hotels Ferienheime gemacht hatten.« Rieder selbst fuhr fast täglich an einer dieser Hinterlassenschaften in Vitte vorbei. Da standen drei Blöcke eines ehemaligen sogenannten FDGB-Heims der Volkswerft Stralsund, die noch immer auf einen neuen Eigentümer warteten. Aber der Zahn der Zeit hatte schon das Reetdach zernagt und der Putz blätterte an vielen Stellen in Brocken ab.

Rieder konnte sich schon vorstellen, dass dieses »Hotel am Strand« bewegte Zeiten erlebt hatte. Damp schob seine Mütze in den Nacken und wischte sich den Schweiß von der Stirn.

»Die Bantow und der Eckardt sind sich nicht grün. Das weiß ich von der Bantow. Die ärgert sich darüber, dass der Eckardt nichts mehr auf seinem Grundstück macht und seine Bäume bei ihr über den Zaun wachsen und sie damit immer weniger Sonne auf ihrem Grundstück hat. Sie hat mich mal gefragt, ob man da von Amtswegen nicht was machen kann.«

»Dann lassen wir doch mal einen Ballon steigen.«

Die Polizisten gingen nach rechts zu einem Nebeneingang. Dort waren zwei Klingeln: Auf einer stand »Hotel«, auf der anderen »Eckardt«. Rieder drückte bei »Hotel«.

Nach einiger Zeit hörten sie drinnen Schritte, die eine knarrende Holztreppe herunterkamen. Dann wurde die Tür von einem stattlichen alten Herrn geöffnet. Sein Gesicht zierte ein kleiner grauer Schnurrbart. Das silbergraue Haar war gepflegt und leicht gewellt. Der einstige Hotelier trug eine alte Cordhose und über einem grauen Hemd eine Lederweste. »Ja, bitte?«

»Guten Tag. Herr Eckardt, nehme ich an. Damp und Rieder von der hiesigen Polizei. Wir hätten ein paar Fragen an Sie.«

»Und die wären?« Eckardt hatte eine tiefe Stimme. Er sprach klares Hochdeutsch, ohne jeden norddeutschen Einschlag. Eher klang es etwas nach deutlich unterdrücktem Sächsisch. Jedenfalls machte Eckardt keine Anstalten, die Polizisten ins Haus zu bitten.

»Wir haben gestern am Südstrand einen Toten gefunden und wollten Sie fragen, ob Sie ihn auf dem Foto vielleicht erkennen?«, begann Rieder.

Eckardt schaute kurz auf das Foto. »Ich kenne diesen Mann nicht. Woher auch? Ich verlasse kaum noch das Haus und wir vermieten auch seit Jahren nicht mehr.«

»Da ist uns aber anderes zu Ohren gekommen«, mischte sich Damp ein.

»Was wollen Sie damit sagen?«

»Dass Sie schwarz vermieten. Das pfeifen die Spatzen von den Dächern in Neuendorf.«

»Und. Können Sie es beweisen?«

Damp zeigte vielsagend auf das Schild an der Eingangstür.

Rieder hatte beobachtet, dass Eckardt nur kurz auf das Bild geschaut hatte. Eigentlich zu kurz, um wirklich etwas erkennen zu können. Sein kriminalistischer Spürsinn sagte ihm, dass es an der Zeit war, den Versuchsballon steigen zu lassen.

»Wir haben aber Zeugen, die gesehen haben, wie dieser Mann in Ihr Hotel ging.«

Eckardt stutzte. Dann brach es aus ihm heraus: »Wer hat denn da wieder gequatscht? Die Alte von nebenan mit ihrem Kramladen? Die will mir doch nur was anhängen. Ich kenne den Mann nicht!«

Rieder fasste nach, auch wenn er eigentlich im Nebel tappte. »Kommen Sie, Sie kennen den Mann ganz genau. Sie mussten gar nicht erst auf das Bild schauen, um zu wissen, dass es Ihr Gast ist, den Sie seit gestern vermissen – oder?«

»Was heißt hier ›vermissen‹? Kommt vor, dass einer weg ist.«

»Also war er Ihr Gast?«

Eckardt schaute kurz nach unten, als müsste er sich sammeln. »Wir sollten das vielleicht drinnen besprechen und nicht hier zwischen Tür und Angel.« Er gab den Weg frei. Die beiden Beamten traten ein in die vereinsamte Gaststube. Sie setzten sich an einen der Tische. Rieder nahm wieder das Foto von dem Toten zur Hand.

»Herr Eckardt, wir haben diesen Mann gestern Morgen tot am Strand gefunden, hinter dem Leuchtfeuer Gellen.«

Eckardt seufzte kurz. »Als hätte ich es geahnt. Ich habe davon gehört. So was bleibt hier in Neuendorf nicht geheim.« Er machte eine kurze Pause, strich über den abgeschabten Stoff der Stuhllehne. »Ab und zu, wenn einer klingelt, drücke ich mal ein Auge zu und lasse ihn hier zwei oder drei Nächte übernachten. Alles nicht der Rede wert«, erklärte Eckardt.

»Sie wissen aber schon, dass das illegal ist«, versetzte Damp in strengem Ton. »Ich bin verpflichtet, darüber beim Finanzamt in Bergen Meldung zu machen.«

Eckardt brauste auf. »Was verdiene ich denn schon daran! Die paar Euro! Meine Rente ist niedrig. Machen Sie doch mal darüber Meldung. Was bliebe mir denn von einem Euro, den ich hier einnehme, wenn ich noch das Gewerbe angemeldet hätte. Nicht mal fünfzig Cent. Wie heißt es so schön neudeutsch: Das rechnet sich nicht. Über fünfzig Jahre habe ich dieses Hotel geführt. Schauen Sie mal ins Gästebuch. Da lesen Sie Namen aus Film und Fernsehen. Die sind hier ein und aus gegangen, aber Sie wollen mich melden, weil ich mal ein paar Euro mit zwei, drei Übernachtungen eingenommen habe.«

»Aber Gesetz ist Gesetz«, beharrte Damp, »und das gilt auch für Sie, Herr Eckardt.«

Rieder ärgerte sich über seinen Kollegen und versuchte zu beschwichtigen, auch weil es hier nicht um Pfennigfuchserei, sondern um Mord ging. »Herr Eckardt, wir sind nicht vom Finanzamt, sondern von der Polizei.« Für diesen Satz erntete er von Damp einen verächtlichen Blick. Trotzdem ließ er sich nicht beirren. »Was wissen Sie über den Toten?«

Eckardt schaute Rieder in die Augen.

»Er kam letzte Woche hier an. Irgendwer am Hafen hat ihm den Tipp gegeben, bei mir mal nach Unterkunft zu fragen.«

»Wie ist sein Name?«

Der Hotelier holte sein Portemonnaie aus der hinteren Hosentasche und zog eine Visitenkarte heraus. »Ich war nicht gleich überzeugt. Wie Sie merken, man muss vorsichtig sein, denn die Missgunst lauert überall.«

Rieder las »Dr. Rainer Thies, Kunsthistoriker«, dazu eine Adresse in Berlin. Er gab die Karte an Damp weiter.

Rieder wandte sich wieder an Eckardt: »Und was hatten Sie für einen Eindruck von Herrn Thies?«

»Er wirkte seriös, trug einen dunklen Leinenanzug. Er wolle hier seine kunsthistorischen Studien fortführen. Und er hat im Voraus bezahlt, für acht Tage, wollte sich aber offenhalten, noch länger zu bleiben.«

»Hatte er in der Zeit Besuch?«

»Besuch hatte er nicht, soweit ich das beurteilen kann. Ich halte mich meistens im hinteren Teil des Hauses auf. Aber er wollte hier mit Leuten sprechen, ob nicht doch noch irgendwo Bilder der Inselmalerin Elisabeth Büchsel rumhängen oder andere wertvolle Kunstschätze. Er hat auch mich gefragt, aber wir hatten so etwas nicht in unserem Besitz. Und wenn, weiß ich nicht, ob ich es früher nicht irgendwann gegen geräucherten Aal oder gegen russischen Kaviar eingetauscht hätte für meine Gäste. Und hier im Ort habe ich ihm wenig Hoffnung machen können. Die Leute sind verschlossen. Wenn da einer klingelt und meint, ich will mich mal in eurer Wohnstube umsehen, dann fällt die Tür gleich wieder ins Schloss. Er sagte etwas von einer Ausstellung in Stralsund über die Künstler der Insel Hiddensee. Und dafür wollte er gern noch ein paar unbekannte Werke ausgraben. Aber ob er fündig geworden ist? Keine Ahnung.«

Damp notierte alles, wollte aber auch nicht nur als uniformierte Sekretärin erscheinen. »Vielleicht könnten wir das Zimmer von Herrn Thies sehen?«, mischte er sich in das Gespräch.

»Haben Sie denn einen Durchsuchungsbefehl? Früher war das ja nicht üblich, wenn sich die Herrschaften über die Ostsee abgesetzt hatten und sich die sogenannten staatlichen Organe der verbliebenen Habseligkeiten annahmen. Aber die Zeiten haben sich ja wohl geändert?«

»Einen Durchsuchungsbefehl brauchen wir nicht, da es sich hier um den Sachverhalt ›Gefahr im Verzug‹ handelt«, belehrte Damp den Hotelbesitzer. »Aber wir können natürlich auch anders, wenn Sie sich weigern.« Der Ortspolizist glaubte wieder Oberwasser zu bekommen, aber Eckardt stand auf. »Kommen Sie mit. Wir müssen ins Obergeschoss.«

Sie stiegen über die knarrenden Holztreppen nach oben. Eckardt machte am Ende der Stufen Licht. Der Flur brauchte eigentlich auch dringend eine Renovierung, das einstige Kreideweiß der Wände hatte oben und unten graue Schmutzränder. Die Holztüren zu den Zimmern waren nur lackiert. Sicher waren sie einst ein schöner Kontrast gewesen zu den hellen Wänden. Das Seebäderflair aus den frühen Jahren des letzten Jahrhunderts schimmerte noch durch. Offenbar hatte Eckardt versucht, diesen Charme über die Jahre zu erhalten. Rieder empfand etwas wie Mitleid mit dem alten Hotelier. Die Zeit war über ihn und sein Hotel hinweggegangen. Jetzt, wo alles hier modernisiert wurde, hatte er wahrscheinlich nicht mithalten können. Und die Saison war eben zu kurz, um so ein großes Hotel mit Restaurant, gerade hier in Neuendorf, halten zu können.

Eckardt öffnete die Tür mit einer aufgemalten Zwei.

»Da wären wir.«

»Die Tür ist nicht verschlossen?«, fragte Rieder.

»Ich habe gestern schon mal nachgeschaut, ob Herr Thies in seinem Zimmer ist, nachdem ich den ganzen Tag keinen Ton von ihm gehört hatte. Aber er war nicht da.«

»Und das hat Sie nicht beunruhigt?«

»Wissen Sie, mit den Jahren als Hotelier ist man so etwas gewöhnt. Leute finden im Dorf oder auf der Insel eine Urlaubsbekanntschaft und teilen dann dort das Bett, kommen nur noch mal am Abreisetag zurück, um ihre Sachen zu holen.«

Eckardt wollte ins Zimmer vorausgehen, aber Damp hielt ihn zurück. Er konnte auch einen gewissen feindseligen Ton wieder nicht unterdrücken. »Das ist jetzt unsere Sache, damit keine weiteren Spuren verwischt werden.«

Rieder versuchte einzulenken. »Haben Sie irgendetwas verändert oder vielleicht mitgenommen, als Sie gestern im Zimmer waren?«

»Ich bitte Sie! Das ist nicht mein Stil. Das Zimmer gehört dem Gast und selbst unsere Reinigungskraft räumt nicht auf, wenn es nicht gewünscht wird, sondern legt höchstens die Sachen zusammen, macht die Betten und nimmt die schmutzigen Gläser mit.«

»Hat Ihre Reinigungskraft gestern hier sauber gemacht?«

»Nein. Sie kommt nur, wenn Gäste länger als eine Woche bleiben.«

»Wann haben Sie denn Herrn Thies definitiv das letzte Mal gesehen?«, hakte Damp ein und holte sein Notizbuch wieder aus der Tasche.

»Vorgestern Nachmittag. Er kam offenbar von einer kleinen Exkursion zurück. Er hatte ein Fernglas dabei und eine Landkarte. Und er fragte mich, ob man noch irgendwo in Neuendorf Lebensmittel einkaufen könne, weil Frau Bantow am Sonntag nicht aufmacht. Ich sagte ihm, er müsse dann schon nach Vitte in den Supermarkt fahren. Der hat jetzt in der Sommersaison auch sonntags auf.«

»Und danach?«

»Ich habe ihn gegen Abend gehört, wie er die Treppe runterging. Er muss durch den Seitenausgang raus sein, weil er auch sein Rad mitgenommen hat.«

Rieder holte die Fotografie aus dem Jackett und reichte sie Eckardt.

»Dieses Rad?«

»Ja genau, dieses Rad. Er hat außerdem noch den Wagen mitgenommen, den ich ihm geborgt habe, falls er irgendetwas Brauchbares für seine Ausstellung findet. Er fragte mich auch, ob ich die Sachen vorübergehend in Verwahrung nehmen könnte, für den Fall, dass er zwischendurch noch mal zurück nach Stralsund muss.«

»Können Sie den Wagen beschreiben?«

»Na, so ein typischer Fahrradanhänger, den hier alle haben. Er ist auch schon einige Jahre alt. Die Wanne ist aus Metall, silbergrau, wie es früher üblich war und nicht aus diesem Plastikzeug.«

Eckardt gab Rieder das Foto zurück.

»Das Rad haben wir am Strand gefunden, in unmittelbarer Nähe von Thies' Leiche, aber von dem Anhänger gibt's nur Spuren. Hat er denn besondere Kennzeichen oder haben Sie vielleicht sogar ein Foto von dem Wagen?«

Eckardt überlegte und schüttelte dabei den Kopf. Dann hob er die Hand, als wollte er irgendetwas aufhalten. »Warten Sie, hinten steht ›Überbreite‹ drauf. Ein Freund aus Kloster, ein Maler, der ihn sich immer mal ausgeborgt hat, um seine Staffelei durch die Gegend zu kutschieren, hat das hinten draufgemalt.«

»Könnten Sie doch mal nachschauen, ob Sie nicht doch noch ein Foto finden, wo der Wagen drauf ist? Wir würden in der Zeit mal das Zimmer inspizieren.«

Während Eckardt wegging, nahmen die beiden Polizisten das Zimmer in Augenschein. Das kleine Fenster ging nach hinten raus, Richtung Schabernack. Das Zimmer war keine fünfzehn Quadratmeter groß. In der Mitte dominierte ein dunkles Holzbett den Raum. Auch schon etwas älter. In die Fuß- und Kopfbretter waren geflochtene Korbteile eingelassen. Decke und Kissen waren gemacht, wenn auch nicht gerade ordentlich. An beiden Seiten des Bettes standen kleine Nachttischschränke. Über dem Bett hing ein altes Seemannsbild. Ein Schiff in heftigem Sturm.

Oben an der Decke eine kleine Deckenleuchte, die am Abend sicher kein gleißendes Licht warf. Um zu lesen, war man wohl eher auf die Nachttischleuchten mit gebogenen Ständern und matten runden Schirmen angewiesen. Aber auch eine Sitzdecke mit rundem Tischchen und zwei Korbstühlen am Fenster lud zu gemütlichen Lesestunden an trüben Regentagen ein. Gleich links neben dem Eingang stand ein gewaltiger dunkler Schrank, rechts war die Waschecke, darunter ein kleiner Kühlschrank. Rieder öffnete ihn und fand darin Milch, Vollkornbrot und eine Bioleberwurst.

Über den Korbstühlen lagen Kleidungsstücke, auf dem kleinen Tischchen und den Nachtschränken waren Papiere, Landkarten und Bücher verstreut. Rieder und Damp streiften Latexhandschuhe über, doch Rieder hielt seinen Kollegen zurück, als dieser anfangen wollte, die Sachen zu durchsuchen. »Wir müssen die Spurensicherung rufen. Bis dahin sollten wir vorsichtig sein und so wenig wie möglich verändern.« Dann nahm er sein Telefon und wählte die Nummer von Holm Behm. Behm versprach ihm, sofort einen Trupp loszuschicken. Er würde versuchen, auch selbst mitzukommen. Während Damp begann, die herumliegenden Hosen, T-Shirts und Hemden nach Papieren zu durchsuchen, rief Rieder auch noch bei Bökemüller an. Er wurde auf das Handy des Chefs der Polizeiinspektion durchgestellt. Bökemüller machte einen gestressten Eindruck, als er sich meldete. Um ihn herum erklang ein wahres Sprachgewirr aus Deutsch, Englisch und Platt.

»Mensch Rieder, ich bin gerade wieder bei einer dieser nervigen Vorbesichtigungen. Die Amis wollen jeden Tag alles wieder auf den Kopf stellen. Ich kann Ihnen sagen, da macht man was mit.«

»Ich kann es Ihnen nachfühlen. Ich will auch nicht groß stören. Aber wir haben den Toten identifiziert. Es handelt sich mit größter Wahrscheinlichkeit um einen Rainer Thies, Kunsthistoriker aus Berlin.«

»Das ist ja sehr gut. Aber hätte das nicht Zeit gehabt, bis ich wieder im Büro bin?«

Rieder merkte, dass dies wohl kein so guter Zeitpunkt war, um sein Anliegen vorzubringen. »Ich bräuchte aber Ihre Hilfe, um die Berliner Kollegen um Amtshilfe zu bitten.«

»Also Rieder, nun hören Sie mal. Dafür gibt es den Dienstweg und die Berliner werden sich der Sache schon annehmen. Bereiten Sie den Schreibkram vor und senden Sie ihn mir per Mail ins Büro.«

Rieder hatte das erwartet und eigentlich versuchte er immer, an seine Vorgesetzten keine Bitten zu richten. Er gab sich innerlich einen Ruck.

»Ich würde aber gern einen ganz bestimmten Kollegen in Berlin anfordern und dachte, bei Ihren Verbindungen zur Berliner Polizei könnten Sie es vielleicht deichseln, dass sich mein früherer Partner Tom Schade der Sache annimmt.«

Bökemüller hatte beim Einstellungsgespräch durchblicken lassen, dass er natürlich in Berlin Referenzen über Rieder eingeholt habe, auf hoher Ebene wohlgemerkt. Wozu spiele er denn seit einigen Jahren mit dem stellvertretenden Berliner Polizeipräsidenten immer mal eine Runde Golf auf Rügen, auch wenn er diesen Sport ziemlich langweilig fände. Aber in seinen Kreisen der höheren Polizeioffiziere sei das eben so üblich.

Jetzt hörte Rieder zunächst nur ein Räuspern in der Leitung.

»Ich werde mal sehen, was ich tun kann. Versprechen kann ich Ihnen aber nichts. Das ist ja nun eher ein Routinefall und da würde ich die Trümpfe echt mal für eine größere Sache in der Hinterhand halten. Aber schreiben Sie den Namen des Kollegen sicherheitshalber mit in die Mail hinein. Jetzt muss ich weiter.«

Und schon legte er auf. Rieder steckte seufzend sein Handy ein. Damp hatte die ganze Zeit über so getan, als hätte er nicht zugehört, aber sein leicht spöttischer Blick verriet Schadenfreude darüber, dass Rieder bei Bökemüller auf Granit gebissen hatte.

»Keine Papiere sonst gefunden«, erklärte Damp, der mittlerweile alle Kleidungsstücke und jede Schublade durchsucht hatte.

»Gibt's nicht so etwas wie einen Koffer?«, fragte Rieder.

»Ich habe nichts gefunden. Ich schau noch mal in den Schrank.«
Der Polizist öffnete den dunklen Schrank und buckelte einen riesigen Aluminiumkoffer heraus.

»Schauen Sie mal, Rieder! Der ist ja riesig.«

Damp stellte den Koffer in die Mitte des Raumes, öffnete die Schlösser und klappte ihn auf. Beide Polizisten staunten, denn im Inneren des Koffers befand sich ein Futteral aus Schaumstoff mit vielen verschiedenen Fächern, die sich um eine Art runden Hohlkörper gruppierten.

»Was war hier wohl verpackt?«, fragte Rieder mehr sich selbst als seinen Kollegen, der das Innere des Koffers befühlte.

»Sehen Sie den vielen Sand in den Ritzen überall. Was hier drin war, muss im Sand gestanden haben. Und ich würde sagen irgendwo am Strand, so fein, wie der Sand ist.«

»Hm, keine Ahnung. Ich kann keine Sandkörner vom Strand und vom Dorf unterscheiden. Lassen wir das die Jungs von der Spurensicherung prüfen.«

»Die werden sich freuen, denn wie kriegen sie das ganze Zeug erst mal nach Stralsund?«

»Nicht unsere Sache«, sagte Rieder und zuckte mit den Schultern, »Ist Ihnen sonst noch was aufgefallen?«

Damp wischte sich die Stirn, denn hier unter dem Dach war es jetzt so kurz vor Mittag bei dem Sonnenschein draußen richtig heiß. »Ich habe ja nicht viel Ahnung von so was, aber ich denke die Sachen sind alle nicht billig gewesen.«

Rieder inspizierte selbst noch einmal die Kragen der Hemden und T-Shirts und entdeckte dann auch auf der Kleidung die Zeichen bekannter Modelabels. Bei den Büchern fiel Rieder auf, dass es offenbar in allen um die Insel Hiddensee ging. Thies hatte sich scheinbar intensiv mit der Geschichte der Insel beschäftigt. Als Rieder die Bücher etwas anhob, um die Titel zu lesen, fiel aus einem Buch eine zusammengefaltete Landkarte heraus. Er faltete sie auseinander: eine Art topografische Karte oder Seekarte. Die Wege und Häuser auf der Insel waren viel genauer eingezeichnet als auf normalen Touristenkarten. Genau waren die unterschiedlichen Erhebungen und Ausbuchtungen benannt, die oft nur die Einheimischen kannten. Kein Verlag für Touristenkarten machte sich die Mühe, alle diese Angaben einzuzeichnen. Die Karte konnte von der Bundeswehr stammen oder von der Bundesmarine, denn es waren auch viele Markierungen auf See zu erkennen. Aber besonders fielen ihm Kreuze mit Buchstaben und Zahlen ins Auge, die offenbar nachträglich eingetragen worden waren. »SM4 am Strand von Vitte« oder »StM2 am Krakensee, auf der Boddenseite, kurz vor dem Gellen.« Im Vogelschutzgebiet Gellen fanden sich auf der Karte aber neben den Einträgen viele Kreuze. Auch direkt vor der Küste. Zum Beispiel in der Nähe vom kleinen Leuchtfeuer Gellen. Also ganz in der Nähe vom Fundort der Leiche. Rieder drehte die Karte um und entdeckte einen Stempel. »Eigentum der Nationalparkverwaltung Vorpommersche Boddenlandschaft. Außenstelle Hiddensee.«

»Damp, sehen Sie sich das mal an.«

Damp nahm Rieder die Karte aus der Hand, drehte sie hin und her. »Das ist eine Vogelkarte.«

Rieder schaute den Kollegen fragend an.

»Damit ziehen die Vogelwächter los und markieren, wo sich Nester und Brutstätten von Vögeln befinden. Manchmal verändern sie danach die Absperrungen des Schutzgebietes.«

»Aber wie ist Thies an diese Karte gekommen?«

Damp legte seine Stirn in Falten und setzte sich aufs Bett, das unter dem Gewicht des Polizisten laut ächzte. »Keine Ahnung«, doch dann hellte sich sein Gesicht auf. »Aber ich habe da einen Verdacht. Erinnern Sie sich an Gerber. Den Mann, der Thies gefunden hat.«

»Stimmt. Der kam mir sowieso etwas komisch vor. Wir sollten ihm noch mal auf den Zahn fühlen.«

Als Damp wieder aufstehen wollte, rutschte der Läufer vor dem Bett unter seinen Füßen weg. Eine Plastikfolie kam zum Vorschein. Er hob sie auf. In der Hülle befand sich ein Stück Papier, offenbar ein Brief, und was Damp richtig aufmerken ließ, war das

Wappen der Insel Hiddensee. Er studierte den Inhalt und stieß ein triumphierendes »Das kann doch nicht wahr sein!« aus.

Rieder, der damit beschäftigt war, die Bücher durchzusehen, drehte sich zu seinem Kollegen um.

»Was meinen Sie, Damp?«

»Sehen Sie selbst. Unser Freund, der Herr Kurdirektor, kannte Thies.«

Rieder las das Dokument. Kurdirektor Sadewater hatte darin ein Schreiben von Thies bestätigt. Offenbar hatte Thies archäologische Forschungen auf der Insel betreiben wollen. Sadewater hatte Thies vorgeschlagen, sich doch auf der Insel zu treffen, um vor Ort sein Anliegen zu besprechen. Das Interessante war der Termin für das Gespräch. Es hatte am Freitag, den 13. Juni stattfinden sollen. Drei Tage später hatte Thies tot am Strand gelegen.

Rieder konnte verstehen, dass dieser Fund Damp Befriedigung verschaffte, und warum sollte der Polizist nicht auch einmal seinen Triumph auskosten.

»Ich denke, das ist ein Fall für Sie, Damp. Reden Sie mit dem Kurdirektor, was er dazu zu sagen hat.«

Ein Lächeln ging über Damps Gesicht. Rieder konnte sich schon vorstellen, wie er mit seiner ganzen Autorität, inklusive Polizeiauto und Blaulicht, bei Sadewater vorfahren würde. Und bevor Damp dann auch gleich über das Ziel hinausschießen würde, bremste er ihn etwas.

»Das heißt aber nicht, dass er auch der Mörder ist beziehungsweise sein kann.«

»Schon klar, aber ...«

»Damp, ich will gar nicht wissen, was Sie jetzt denken, aber vergessen Sie nicht die Regeln. Die gelten auch für Sadewater.«

Damit reichte er Damp den Brief zurück, der ihn wie eine Jagdtrophäe sorgfältig auf dem Tisch platzierte.

Rieder sah sich noch einmal im Zimmer um. »Komisch, dass wir gar keine Papiere oder irgendetwas anderes gefunden haben. Kreditkarten, Geld oder so was.«

»Wahrscheinlich hatte sie Thies am Strand dabei. Dann muss sie der Mörder mitgenommen haben.«

»Könnte sein. Aber würden Sie Ihr Portemonnaie samt Ausweis, Kreditkarten und Geld mit an den Strand schleppen, wenn Sie dort ins Wasser gehen?«

»Aber er hatte doch eine Wathose an, als wir ihn gefunden haben. Die sind eigentlich ziemlich wasserdicht.«

»Trotzdem. Die Spurensicherung soll hier alles auf Fingerabdrücke oder sonstige Spuren untersuchen. Ich werde den Verdacht nicht los, dass hier schon jemand gewesen ist.«

»Aber Eckardt hat doch gesagt, dass er niemanden gesehen hat«, widersprach Damp, »und der hat bestimmt immer ein Auge auf sein Hotel.«

»Sie mögen ja recht haben, aber …« Es war mehr Intuition, denn auch sonst hatten sie nichts gefunden, was außer der Karte oder den Büchern auf Thies' Aktivitäten auf der Insel hinwies. Keine Notizen, keine Aufzeichnungen. Gerade das machte Rieder stutzig.

»Ich frage Eckardt noch mal. Es lässt mir irgendwie keine Ruhe. Wo bleibt der eigentlich?«

Die beiden Polizisten nahmen die Karte und den Brief, ansonsten ließen sie alles so, wie es war. Sie klebten ein Polizeisiegel an die Tür und gingen hinunter ins Erdgeschoss. Dort saß der Hotelier an einem der alten Tische, vor sich mehrere Schuhkartons voller Fotos. Eckardt war völlig vertieft in die Erinnerungen an vergangene Zeiten und bemerkte gar nicht, wie die beiden Polizisten das Restaurant betraten. Tränen waren ihm über die Wangen gelaufen. Rieder bedeutete Damp, schon mal vorauszugehen und noch einmal bei Behm anzurufen, wann denn mit dem Eintreffen der Spurensicherung zu rechnen sei. Eigentlich wollte er aber Eckardt nicht ein zweites Mal mit der geballten Staatsmacht konfrontieren.

Rieder schaute Eckardt über die Schulter. Die Bilder zeigten kostümierte Menschen bei einem Faschingsball.

»Hier ist mal viel los gewesen?«

Eckardt schreckte hoch, wischte sich die Tränen ab. »Hier war früher eigentlich jeden Abend, wie sagt man bei Ihnen in Berlin, der Bär los.«

»Sie wissen, dass ich aus Berlin komme?«

»Erstens hört man es, zweitens bleibt auf Hiddensee nichts ein Geheimnis, jedenfalls nicht unter uns Einheimischen.«

Der Hotelier legte die Bilder zurück in die Kiste.

»Früher waren viele Leute aus Berlin hier. Künstler, Schauspieler. Hiddensee war für sie ein Zufluchtsort. Hier konnten sie sich austoben, ihre Feste feiern. Das war schon vor dem Krieg so und ist auch lange nach dem Krieg so geblieben. Und wir bekamen doch für unsere Inselwährung alles, was sie begehrten. Für Aal und Hering gab es alles. Krimsekt, russischen Kaviar, Roastbeef. Wir nahmen ihr Geld, obwohl es für uns eigentlich keinen Wert hatte. Damit konnte man in Sassnitz, Stralsund und auch Berlin nichts kaufen. Aber wir ließen sie in dem Glauben, es würde all diese Herrlichkeiten möglich machen. Wir wollten die Leute hierhalten und nicht, wie später, diese ganzen Proleten auf der Insel haben, die dann mit dem FDGB eingeritten sind und aus Hotels Ferienheime gemacht haben. Na ja, vorbei.«

Eckardt seufzte auf und nahm ein Foto vom Tisch.

»Hier ist der Wagen drauf. Da sehen Sie auch die Schrift ›Überbreite‹.«

»Vielen Dank. Wir haben das Zimmer versiegelt und würden Sie und Ihre Mitarbeiter bitten, es nicht zu betreten. Ich kann Ihnen leider nicht ersparen, dass hier gleich noch ein Trupp der Spurensicherung ins Haus kommt und das Zimmer noch einmal unter die Lupe nimmt. Tut mir leid.«

»Wenn es sein muss.«

»So sind die Vorschriften in einem Mordfall. Man wird Ihnen auch Fingerabdrücke abnehmen. Wir sind nämlich nicht sicher, ob nicht doch schon jemand das Zimmer durchsucht hat. Wenn also Ihnen oder Ihren Mitarbeitern noch etwas einfallen sollte, dann rufen Sie mich bitte an.« Damit gab Rieder Eckardt seine Visitenkarte.

»Haben Sie momentan noch andere Gäste?«

Der alte Mann schüttelte den Kopf und begann die Fotos wieder in die Kartons zu räumen.

»Ach übrigens, da ist so ein riesiger Koffer aus Aluminium. Wissen Sie zufällig, was Thies darin transportiert hat?«

»Ich denke seine Kleidung«, antwortete Eckardt. »Solche Dinger zum Hinterherziehen haben doch jetzt alle.«

»Da muss aber etwas anderes drin gewesen sein. So etwas wie eine Druckflasche vielleicht. Wissen Sie, wie früher die Propangasflaschen waren? So ähnlich jedenfalls, aber wahrscheinlich etwas kleiner.«

»Das ist mir nicht aufgefallen. Er hat sich den Wagen geborgt, aber ich habe ihn damit auch nicht wegfahren sehen. Ich bin, wie gesagt, meistens im hinteren Teil des Grundstücks. Was hier vorne passiert ...« Eckardt zuckte mit den Schultern. »Wissen Sie, jedes Mal, wenn ich diese Räume betrete, werde ich traurig. Deshalb vermeide ich es immer mehr, mich darin aufzuhalten. Und wenn hier mal jemand übernachtet, zahlt der vorher bei mir und dann ist die Sache für mich erledigt. Die können tun und lassen, was sie wollen.«

Rieder gab Eckardt die Hand. »Wenn Ihnen noch etwas einfällt, rufen Sie mich bitte an.«

Eckardt brummte etwas, was Rieder nicht verstand, nickte ihm aber zu.

Draußen atmete Rieder auf. Damp hatte Behm erreicht. Die Männer von der Spurensicherung hatten mit dem Polizeiboot gerade die erste Tonne an der Einfahrt von Neuendorf passiert. Sie würden in zehn Minuten am Hafen sein. Damp schlug vor, sie abzuholen, denn es wäre doch ein ganz schönes Stück Weg durch den Ort.

»Hallo, Sheriffs, geht's voran?«

Rieder und Damp schreckten aus ihrem Gespräch auf. Charlotte Dobbert stand plötzlich neben den beiden Beamten. Sie trug ein dunkles Sommerkleid aus dünnem Stoff. Nicht ganz ladylike war das Basecap. Sie hatte ihren Pferdeschwanz durch die hintere Öffnung gezogen. Die Sonnenbrille war über den Mützenschirm geschoben. In ihrem Fahrradkorb lagen Einkäufe.

»Sie werden doch wohl Ihre Gäste nicht mit Wurst und Käse aus dem Laden da drüben verwöhnen wollen?« Rieder wies mit dem Kopf in Richtung des Ladens von Ilse Bantow.

»Nö, aber für den Eigenbedarf reicht es. Und nicht jeder hat die Zeit zu einer Spazierfahrt nach Vitte in den Supermarkt und nicht jeder auf der Insel hat ein Auto, nicht wahr?«, gab Charlotte Dobbert schnippisch zurück. »Die Herren Kommissare sind wohl nicht gut drauf?«

»Es geht so. Wir glauben zu wissen, wer der Tote ist. Und wenn Sie schon hier sind: Sagt Ihnen der Name Rainer Thies etwas?«

Charlotte Dobbert schüttelte den Kopf. »Nie gehört. Heißt so eure Wasserleiche?«

»Wir nehmen es an. Papiere haben wir zwar nicht gefunden, aber Eckardt hat den Toten auf dem Foto als seinen Gast identifiziert. Und er hatte eine Visitenkarte von ihm.«

»Das ist doch schon mal was. Tja, dann will ich mal wieder zurück ins Restaurant. Übrigens, falls Herr Kommissar mag und keine Angst um seinen Magen hat, heute Abend gäbe es bei mir Hering, fangfrisch. Sie mögen doch Fisch?«

»Aber nur ohne Gräten. Na ja, bei Hering ist das mit den Gräten ja recht übersichtlich.«

»Also dann, bis heute Abend.«

»Mal sehen, ob ich es schaffe. Wir müssen auch noch ein bisschen was tun«, erklärte Rieder, obwohl er schon jetzt genau wusste, dass er, ganz egal was heute noch passierte, alles versuchen würde, um noch am Abend ins »Strandrestaurant« in Neuendorf zu fahren, weniger wegen des Herings.

Während Rieder der jungen Frau nachsah, konnte Damp ein wissendes Lächeln nicht unterdrücken. »Wollen Sie mit zum Hafen?«

»Nö, fahren Sie mal. Die Jungs werden gerade so in das Auto passen mit ihrem ganzen Zeug. Ich wollte auch noch mal mit Stralsund telefonieren.«

»Na dann, viel Glück«, meinte Damp und fuhr los.

Rieder wählte die Nummer vom Kulturhistorischen Museum in Stralsund. Die weibliche Stimme in der Vermittlung gab sich zunächst ziemlich zugeknöpft. Es könne nicht jeder im Museum anrufen und dann noch nicht einmal wissen, wen man sprechen möchte. Rieder bat darum, mit der Münzabteilung verbunden zu werden oder mit dem Museumsdirektor. Nach weiterem Widerspruch machte Rieder klar, dass er kein Hanswurst sei, sondern von der Polizei und nun endlich die Museumsleitung sprechen wolle. Die Melodie in der Leitung erschien ihm schon fast endlos und hatte schon mehrere Male ihre Schleife absolviert, als sich offenbar die Sekretärin des Direktors meldete. Aber Pech gehabt. Der Museumsdirektor war außer Haus, zu einer Besprechung wegen des Besuchs des amerikanischen Präsidenten. Da stünde doch auch das Museum auf dem Programm. Und wenn möglich, möge Rieder sein Anliegen zurückstellen, bis der ganze Trubel vorbei sei. Rieder versuchte noch ein letztes Mal Druck zu machen, dass es sich hierbei um die Ermittlung in einem Mordfall handeln würde und er eine Auskunft über eine Münze benötige. Vielleicht könnte ja auch jemand anders als der Direktor ihm weiterhelfen. Doch die Sekretärin blockte endgültig ab: »Gerade in so einem Fall muss erst der Direktor befragt werden. Es gibt einen Dienstweg, auch für Sie.« Klicken in der Leitung.

In diesem Moment kam Damp mit den Leuten von der Spurensicherung. Behm stieg aus. »Das ist ganz schön schnell gegangen. Gratuliere. Wir brauchen hier oben sonst bei unseren Wasserleichen etwas länger.«

Rieder freute sich zwar über das Lob, wollte aber auch seinem Kollegen einmal etwas Gutes tun. »Es war eher Damps Intuition, hier mal nachzufragen. Er kennt sich eben auf der Insel aus. Was man von mir nicht behaupten kann.«

Damp, der heftig beim Ausladen der Ausrüstung der Spurensicherung schwitzte und dessen Kopf schon richtig rot gefärbt war, glühte bei Rieders Worten noch ein bisschen mehr. Dann nuschelte er etwas von Teamwork und man müsse das hier schon zusammen hinkriegen und schleppte die Koffer in das alte Hotel.

Behm blieb noch bei Rieder stehen. »Na, ihr rauft euch wohl doch noch zusammen. Gestern hatte ich einen anderen Eindruck. Der Damp ist schon kein schlechter Kerl, aber vielleicht nicht ganz der Richtige hier für die Insel.«

Rieder hatte keine Lust auf Kollegenklatsch. Er erzählte dem Chef der Spurensicherung vielmehr von seiner Annahme, dass schon jemand vor ihnen das Zimmer durchsucht haben könnte und zeigte Behm die gefundene Landkarte.

»Holla, die ist aber ziemlich heiß.«

»Wieso?«

»Das ist eine Art Militärkarte, vielleicht nicht mehr taufrisch. Aber ehrlich gesagt kann man die nicht im Laden kaufen. Und wenn das bekannt wird, mit der Karte, dann brennt hier die Luft. Gerade jetzt, wo ›Mister President‹ kommt.« Seinen letzten Worten gab Behm einen ironischen Unterton. Allerdings überraschte ihn noch mehr der Stempel vom Nationalparkamt. »Aber wie kommt der Nationalpark an solche Karten?«

»Gute Frage.«

IV

Nachdem Rieder mit Damp zum Revier zurückgefahren war, fand er in seinem Computer eine Mail vom Polizeipräsidium in Stralsund. Die Kollegen hatten die wichtigsten Daten über Rainer Thies recherchiert, sogar ein Foto vom Einwohnermeldeamt in Berlin besorgt. Es stimmte mit dem Bild des Toten überein.

Thies war erst dreiundvierzig Jahre alt, geschieden, hatte keine Kinder, von Beruf Historiker. Seine letzte Arbeitsstelle war das Historische Museum in Berlin, dort hatte er aber schon vor einem halben Jahr gekündigt. Damit verlor sich seine berufliche Spur. Die Kollegen waren aber richtig fleißig gewesen, denn auch die Adresse der geschiedenen Ehefrau war dabei, inklusive einer Telefonnummer. Rieder hatte nicht wenig Lust, selbst nach Berlin zu fahren und sich auf die Spur von Rainer Thies zu begeben. Er hielt nicht viel von sogenannter Amtshilfe. Er vertraute lieber seinen eigenen Ohren und Augen, gerade wenn es in Mordfällen um Zeugen oder Angehörige ging. Aber jetzt ging es wohl nicht anders. Er konnte Damp hier nicht allein lassen, abgesehen davon wäre ihm Bökemüller wahrscheinlich auch aufs Dach gestiegen, hätte er ihm einen entsprechenden Dienstreiseantrag vorgelegt. Also blieb ihm nichts weiter übrig, als Bökemüller per Mail noch einmal eindringlich zu bitten, sich dafür einzusetzen, dass die Berliner Kripo seinen ehemaligen Partner Tom Schade mit den Recherchen beauftragte. Er machte sich allerdings keine großen Hoffnungen, dass dieser Wunsch in Erfüllung gehen würde. Ein Klick auf »Senden« und die Mail nahm ihren Weg durch die Mühlen der Polizeibürokratie. Dann setzte sich Rieder aufs Rad und machte sich auf den Weg zur Nationalparkverwaltung. Aus den Augenwinkeln sah er Ilse Bantow geradezu kämpferisch über die Dorfstraße herannahen. Er beneidete Damp nicht unbedingt um den bevorstehenden Besuch der Ladenbesitzerin, um ihre Aussage zu machen, und trat noch etwas schneller in die Pedale.

Das Nationalparkhaus befand sich am nördlichen Ortsausgang von Vitte. In dem Neubau gab es ausgestopfte Vögel zu sehen und Schautafeln über Flora und Fauna der Insel. Hinter dem Tresen saß ein junges Mädchen, ein Teenager und las in einem Fantasy-Roman. Die Kopfhörer eines MP3-Players steckten in ihren Ohren. Sie wippte im Takt der Musik. Ein Namensschild wies sie als Praktikantin aus. Rieder grüßte, zog seinen Dienstausweis und wartete, bis das Mädchen wenigstens einen Kopfhörer herausgenommen hatte.

»Ich hätte gern mal den Leiter des Nationalparkamtes gesprochen.«

»Herrn Förster?«

»Wenn Herr Förster der Chef ist …«

»Herr Förster ist unterwegs auf dem alten Bessin. Er inspiziert da unseren Aussichtspunkt.«

»Kann man Herrn Förster irgendwie über Handy erreichen, damit man sich mit ihm treffen kann?«

»Ich glaube nicht. Ich habe jedenfalls keine Telefonnummer. Ich bin hier nur Praktikantin.«

Rieder war nah am Verzweifeln über so viel Unbeholfenheit. Das Mädchen glaubte, damit wäre die Unterhaltung beendet und steckte den Kopfhörer wieder ins Ohr. Rieder ließ sich nicht so leicht abwimmeln. »Wie erreichen Sie denn Herrn Förster, wenn hier irgendetwas passiert?«

Diesmal nahm das Mädchen für ihre Antwort den Kopfhörer gar nicht erst heraus. »Hier passiert nichts. Ist doch nicht mal ein Besucher hier. Was soll hier auch schon passieren?«

Das mit den Besuchern stimmte. Eigentlich schade, aber bei so viel Gastfreundschaft durchaus zu verstehen. Eigentlich hatte Rieder auch keine Lust, zum alten Bessin zu fahren, denn der Weg zu der lang gestreckten Halbinsel hinter Kloster war ganz schön weit. Seit der Wende gehörte die Halbinsel zur Kernzone des Nationalparks und man musste das Rad am Beginn der Halbinsel abstellen und durfte nur zu Fuß weiter. Der Alte Bessin hatte mittlerweile noch zwei weitere Arme bekommen, die in die Meerenge zwischen Hiddensee und der Halbinsel Bug von Rügen hineinragten. Alles in allem viel Platz, um nach Förster zu suchen.

Zu viel, fand Rieder. Vielleicht sollte er auch gleich mit Gerber wegen der Karte sprechen? Aber wahrscheinlich weckte er damit auch schlafende Hunde, und viele Möglichkeiten, Gerber auf der Insel zu halten, hatte er nicht. Beweise gab es nicht, außer dieser Karte. Und wer sagte, dass es Gerbers Karte war. Es half nichts. Er musste zuerst mit Förster reden, um wenigstens erst einmal zu klären, ob die gefundene Karte wirklich von Gerber stammte.

Rieder wandte sich noch einmal an das Mädchen, das schon längst wieder in sein Buch vertieft war und ihn offenbar völlig vergessen hatte. Er schlug einfach kurz mit der Hand auf den Tresen. Sie schreckte auf und riss sich die Kopfhörer aus den Ohren.

»Sind Sie verrückt?«

»Wohl kaum. Sagen Sie Herrn Förster, dass ich ihn umgehend sprechen muss. Er soll mich unter dieser Handynummer anrufen oder ins Revier im Rathaus in Vitte kommen. Verstanden?«

Die Praktikantin nahm Rieders Visitenkarte und legte sie zur Seite, was nicht unbedingt das Vertrauen des Polizisten in ihre Zuverlässigkeit stärkte. Aber was sollte er machen. Er schwang sich auf sein Rad und fuhr zurück ins Revier.

Auf dem Weg zurück ging Rieder noch einmal die bisherigen Erkenntnisse durch. Gerber hatte sich verdächtig gemacht, falls die Karte von ihm stammte, obwohl er behauptet hatte, den Toten nicht zu kennen. Vielleicht würde auch das Gespräch mit Kurdirektor Sadewater etwas Neues bringen. Damp müsste schon unterwegs sein. Jedenfalls nahm Rieder das an, denn sein Kollege war weg, als er im Revier angelangte.

Sein Blick fiel wieder auf die Goldmünze aus der Hand von Thies. Rieder schaltete seinen Computer an, loggte sich ins Internet ein und versuchte etwas über die Münze zu erfahren. Er suchte unter Numismatik, durchblätterte Seite für Seite des weltweiten Gewirks und die Suchmaschinen boten ihm Tausende von Treffern an. Es war aussichtslos, dort etwas zu finden, ohne mehr Anhaltspunkte zu haben. Und die Inschriften auf der Münze konnte er auch nicht entziffern, um seine Suchergebnisse weiter einzugrenzen. Er brauchte professionelle Hilfe. Da fand er einen Link ins Münzkabinett der Berliner Museumsinsel mitsamt Telefonnummer. Rieder blickte auf die Uhr. Schon fast 17 Uhr. Da würde wohl auch keiner mehr im Büro sein. Trotzdem wählte er die Nummer. Das Telefon klingelte ein paar Mal, Rieder wollte schon auflegen, da wurde abgehoben.

»Reifenstein.«

Rieder stellte sich vor. Er erklärte kurz sein Anliegen und versuchte die Münze zu beschreiben.

»Tja, aus der Ferne ist das schwer zu beurteilen. Ich habe zwar eine Vermutung, aber ich müsste die Münze schon vor mir haben.«

»Ich könnte sie unter den Kopierer legen und Ihnen ein Fax senden.«

»Um Gottes willen«, rief Reifenstein ins Telefon, »sind Sie verrückt. Die Hitze könnte die Münze zerstören.«

»Schicken kann ich Sie Ihnen natürlich nicht, Sie ist ja ein Beweisstück. Vielleicht …« Da kam Rieder eine Idee. »Fotografieren geht aber?«

»Ja. Das ginge.«

»Dann mache ich mit meiner Digitalkamera ein paar Bilder und maile Sie Ihnen.«

»Gute Idee. Aber ich habe momentan wirklich viel um die Ohren. Wir stecken noch mitten in der Sanierung und in wenigen

Monaten soll das Münzkabinett neu eröffnet werden. Ich weiß nicht, wann ich dazu komme, mich genauer damit zu beschäftigen.« Reifenstein nannte seine Mail-Adresse und legte dann auf.

Rieder kramte die Kamera aus seinem Rucksack. Er hatte sie eigentlich immer bei sich. Schon in Berlin hatte sie praktisch zu seiner Polizeiausrüstung gezählt. Wenn ihm an Tatorten etwas aufgefallen war, hatte er seine eigenen Fotos gemacht und in ein paar Fällen hatten die Bilder ihm für die Aufklärung Ideen geliefert. Er konnte sich so besser in die Situation am Tatort hineinversetzen.

Er legte die Münze auf seine grüne Schreibtischunterlage. Durch den Kontrast kamen die Details gut zum Vorschein. Er lud die Bilder in seinen Computer und schickte sie an Reifenstein, verbunden mit der dringenden Bitte, doch so bald als möglich einen Blick draufzuwerfen.

Gerade als er die Mail gesendet hatte, ging die Tür auf und Damp kam herein.

»Auch wieder hier?«

»Der Chef vom Nationalparkamt war nicht da und ich hatte keine Lust, ihm auf den Alten Bessin nachzuradeln.«

Damp setzte sich an seinen Schreibtisch und blies in die Luft, als müsse er ein Ventil öffnen. »Übrigens hat Stralsund angerufen, der Polizeipräsident. Er wollte aber nur mit Ihnen sprechen.«

Rieder merkte, dass sich Damp dadurch zurückgesetzt fühlte. Der Polizist sah seinen Traum, Leiter der Dienststelle zu werden, zerplatzen. Rieder wechselte das Thema.

»Wie war es denn mit Frau Bantow?«

»Hören Sie bloß auf. Eine Stunde hat die mich beschimpft. Und das alles für drei Zeilen.«

Damp reichte Rieder die Aussage herüber. Darin bestätigte die Ladenbesitzerin, den Mann auf dem Foto gesehen zu haben, als dieser bei ihr Lebensmittel eingekauft hatte. Über seinen Aufenthaltsort konnte sie keine Angaben machen.

»Ist wirklich nicht gerade umfangreich«, meinte Rieder.

Damp winkte nur ab. »Eckardt hat ihr gleich, nachdem wir weg waren, eine Szene direkt im Laden gemacht. Waren wohl auch gerade ziemlich viele Neuendorfer einkaufen, sodass die Bantow jetzt als Denunziantin in Neuendorf verschrien ist. Und ich kann mir mein Bier jetzt aus Vitte mitnehmen.«

»Es gibt Schlimmeres, Kollege! Haben Sie auch schon mit Sadewater gesprochen?«

Damp hatte plötzlich viel damit zu tun, die Dinge auf seinem Schreibtisch umzusortieren, Stifte wegzupacken in einen kleinen Würfelbecher und Papiere zu ordnen.

»Hallo! Was haben Sie bei ihm erreicht?«

»Noch nichts. Ehrlich gesagt, ich habe auch noch nichts unternommen.«

Rieder sah seinen Kollegen fragend an.

»Ich ziehe sowieso wieder den Kürzeren. Der Sadewater ist mir doch über. Der hat Verbindungen bis sonst wohin. Ich will mir da einfach nicht die Finger verbrennen.«

»Damp, was ist denn mit Ihnen los. Vorhin waren Sie doch noch Feuer und Flamme.«

»Vorhin war vorhin und jetzt ist jetzt.«

»Aber es geht doch nur um eine Überprüfung. Eine Frage nach dem Brief.«

»Das kann bei Sadewater schon eine Frage zu viel sein. Ich höre schon, wie er mich in den Senkel stellt, was ich mir anmaßen würde, dass er sich in Stralsund über meinen Ton beschweren würde, und, und, und …«

Rieder überlegte. »Dann machen wir es zusammen, aber Sie führen die Befragung durch. Wo wohnt der Knabe?«

Damp schaute Rieder erstaunt an, als hätte er die Worte nicht richtig verstanden.

»Also, wo wohnt Herr Sadewater? Oder ist er jetzt noch im Büro? Bei dem Wetter glaube ich kaum.«

Damp sah im Computer nach.

Der Kurdirektor wohnte in einem kleinen Häuschen im oberen Teil von Kloster, in der Nähe der Lietzenburg.

Bevor sich die Polizisten auf den Weg machten, rief Rieder noch in Stralsund an. Wieder wurde er von der Sekretärin auf das Handy von Bökemüller verbunden. Der war gerade auf dem Weg in eine Ortschaft bei Stralsund, wo sich die Kanzlerin und der amerikanische Präsident mit ostdeutschen Bürgern treffen wollten bei Spanferkel und Wurst vom Rost.

»Mensch Rieder, ich habe gute Nachrichten. Die Berliner geben Ihrem Ex-Partner den Auftrag. Müsste schon alles laufen. Rufen Sie einfach an und klären Sie den Rest selbst. Sie scheinen bei ihrem alten Arbeitgeber noch einen Stein im Brett zu haben.« Damit legte er auf.

»Es geschehen noch Zeichen und Wunder«, sagte Rieder mehr zu sich selbst und sah dabei das fragende Gesicht von Damp. »Es geht um die Amtshilfe der Berliner. Wir kriegen dort wenigstens optimale Unterstützung. Aber jetzt fahren wir zu Sadewater.«

Unterwegs versuchte Rieder seinen Berliner Kollegen Tom Schade zu erreichen.

»Schade.«

»Hallo, hier ist Rieder.«

Am anderen Ende der Leitung hörte er, wie Schade ins Großraumbüro des Reviers in Berlin-Charlottenburg rief: »Jungs, der Kurkommissar ist am Telefon!«

Daraufhin gab es in der Ferne des Telefonäthers lautstarke Beifallsbekundungen und Pfiffe.

Schade und Rieder waren gut fünf Jahre ein Team gewesen und Schade hatte es ziemlich frustriert, als sein Partner seinen Job in Berlin aufgab und an die Küste ging. Sie hatten sich gut verstanden. Während Rieder eher gesetzt wirkte, strahlte Schade als Mensch aus dem Ruhrgebiet immer eine gewisse Herzlichkeit und Fröhlichkeit aus. Immer umspielte ein Lächeln seinen Mund. Und mit seinen zum Zopf gebundenen langen Haaren hatte er Schlag, vor allem bei weiblichen Zeugen. Die jungen Kollegen blickten zu

Schade auf und war Rieder mal nicht da, drängelten sie sich danach, mit ihm auf Tour zu gehen, auch wenn es kein Zuckerschlecken war und Schade kein Blatt vor den Mund nahm, wenn ihm etwas gegen den Strich ging. Er hasste Raserei, selbst im Einsatz. Trägheit und Desinteresse waren ihm ein Graus. Schade nahm die Jungs ran. Aber sie ließen es sich gefallen. Doch am besten waren Schade und Rieder miteinander ausgekommen. Irgendwie hatten sie sich blind verstanden, wenn sie unterwegs waren. Sie interessierten sich für die gleichen Themen, sodass selbst bei tagelangen Beobachtungen nie Langeweile aufgekommen war. Und sie hatten sich in Gefahr immer aufeinander verlassen können. Nachdem sie sich an Rieders letztem Tag verabschiedet hatten, hatte Rieder eine tiefe Traurigkeit empfunden. Tom Schade fehlte ihm einfach. Und Rieder wusste, mit dem Spott kämpfte auch Schade nur gegen seine Gefühle an.

»Mensch Rieder, ist ein Ruderboot abhandengekommen?«, meldete sich Tom Schade wieder.

»Tom, ich brauche deine Hilfe.«

»Oh, warte. Ein Gutmensch hat mir schon ein Hilfeersuchen der Polizeidirektion Stralsund auf den Schreibtisch gelegt und da tauchte dein Name auf. Ich werde dich nicht los. Das ist die Macht des Schicksals.«

»Könntest du mal die Wohnung von dem Toten checken, den wir hier am Strand gefunden haben? Er heißt Rainer Thies und wohnt in der Nähe vom Lietzensee in Charlottenburg.«

»Junge, du hast es hier nicht mit einem Hiddenseer Dorfpolizisten zu tun. Ich war schon dort und habe mal mein Siegel an die Tür geklebt. Wollte nur warten, ob du mir auch noch einen Schlüssel sendest oder ich den Hausmeister bemühen muss, um mich dort umzusehen.«

»Schlüssel haben wir nicht gefunden. Ich kann nur noch mal bei der Stralsunder Spurensicherung nachfragen, ob sie einen entdeckt haben. Aber das dauert vielleicht zu lange. Also setz den Hausmeister in Bewegung.«

Rieder erklärte Schade kurz den Fall, den bisherigen Ermittlungsstand und nach was er suchen sollte. Er wollte mehr über die Geschäftsaktivitäten von Rainer Thies wissen. Außerdem sollte Schade die Ex-Frau von Thies befragen. Sein ehemaliger Kollege versprach, sich sofort zu kümmern. Momentan sei sowieso nicht viel los und wenn, würden sich die Jungs immer gleich nach vorn drängeln. Mit Anfang vierzig müsse er auch nicht mehr unbedingt im Kugelhagel oder zwischen den fliegenden Messern der Jugendgangs stehen. Da sei diese kleine Recherche genau sein Ding.

Die beiden Hiddenseer Polizisten waren mittlerweile in Kloster angekommen. Damp machte wieder einen verkniffenen Eindruck, seit Rieder nach ein paar verbalen Kabbeleien mit seinem Ex-Kollegen Schade aufgelegt hatte. Mit dem Auto konnten sie Sadewaters Grundstück nicht erreichen. Sie mussten den Wagen an einem Stromhäuschen parken und dann zu Fuß bergauf die letzten rund dreihundert Meter laufen. Rieder und Damp kamen ganz schön ins Schwitzen. Auch jetzt am Spätnachmittag war es noch recht warm. Der Sommer schickte seine ersten Vorboten über die Insel. Rieder hatte irgendwo gelesen, dass Hiddensee der sonnenreichste Ort Deutschlands ist. Wenn dem so wäre, hätte sich der Umzug von Berlin hierher schon gelohnt.

Das Haus des Kurdirektors lag versteckt hinter einer hohen Hecke. Es war ein altes Ferienhaus, wahrscheinlich aus den zwanziger oder dreißiger Jahren. Rieder fragte sich, wie Sadewater an dieses Kleinod herangekommen war. Er hatte zwar schon hin und wieder von seinem Nachbarn Malte Fittkau gehört, dass dieses oder jenes Haus in Vitte zu verkaufen sei, aber die Preise überstiegen Rieders Möglichkeiten bei Weitem. Und wer wusste, ob er hier wirklich Wurzeln schlagen wollte? Sadewaters Haus hatte eine dunkle Holzfassade, die in der Sonne leicht nach Firnis duftete. Rote Fensterrahmen gaben dem Gebäude ein freundliches Aussehen.

Damp blieb vor der Tür stehen und musste sich sichtlich überwinden, anzuklopfen. Erst schaute Sadewater durch das Fenster, dann kam er zur Tür.

»Guten Tag. Was treibt Sie denn zu mir? Gibt es Neuigkeiten in dem Mordfall?«

Sadewater trug eine helle Sommerhose und ein rotes Poloshirt, dazu leichte Bootsschuhe. Wie Rieder mit seinen Berliner Modekenntnissen erkannte, alles hochwertige und teure Markenware.

Damp war noch immer zur Salzsäule erstarrt. So übernahm zunächst einmal Rieder.

»Die gibt es. Aber dürfen wir vielleicht hereinkommen. So zwischen Tür und Angel lässt sich irgendwie schlecht reden.«

»Warten Sie. Es ist noch so schön warm. Lassen Sie uns doch auf die Terrasse gehen. Sie müssen nur außen herum. Ich komme durchs Haus.«

Die beiden Polizisten gingen um das Haus und Rieder raunte Damp zu, er solle sich nun mal zusammennehmen. »Es bleibt ihr Job, verstanden?«

»Lassen Sie das. Ich bin hier nicht auf der Polizeischule und Sie sind nicht mein Ausbilder.«

Die Terrasse lag voll in der Sonne, die nun langsam von Südwesten über die Insel schien. Auch die Teakmöbel auf den Holzplanken der Terrasse ließen nicht nur auf Geschmack, sondern obendrein auf Geld schließen. Sadewater verdiente bestimmt nicht wenig mit seinem Job, obwohl sich Rieder manchmal fragte, was eigentlich ein Kurdirektor auf dieser Insel den lieben langen Tag zu tun hatte. Denn eigentlich ging hier immer alles seinen Gang, wahrscheinlich schon seit Jahrzehnten. Und wenn er den aalglatten Sadewater sah, konnte er sich kaum vorstellen, dass die eingesessenen Kneiper oder Fuhrleute irgendwie nach seiner Pfeife tanzen würden. Und das sogenannte Kurprogramm strotzte auch nicht gerade vor Abwechselung. Mittwochs gab es den Vortrag vom Inselmeteorologen, donnerstags die Wanderung durch die Heide und am Samstag lud das Hauptmann-Haus zu mittelmäßigen Konzerten ein, wo sich neben einigen Urlaubern die »besseren Kreise« der Insel zeigten und in der Pause mit billigem Rotwein zu überteuerten Preisen anstießen.

Sadewater kam mit einer Flasche Wasser und drei Gläsern auf die Terrasse. Ungefragt goss er den Polizisten und sich etwas ein. Rieder nippte daran. Es war lauwarm und schmeckte dadurch ziemlich fad. Auch Damp verzog das Gesicht. Rieder sah seinen Kollegen an und nickte ihm unauffällig zu, als sich Sadewater einen Liegestuhl heranzog.

Damp straffte seinen großen starken Körper, als wollte er über sich hinauswachsen.

»Wir konnten den Toten identifizieren.«

»Das ist ja toll. Ich gebe zu, ich hatte meine Bedenken, ob unser kleines Revier in Vitte mit dem Fall nicht etwas überfordert ist. Aber der Polizeipräsident in Stralsund hat mir zugesichert, dass besonders Herr Rieder absolut derartigen Anforderungen gewachsen sei. Wer ist denn der Tote?«

Damp sackte nach dieser kleinen Attacke seines Intimfeindes schon wieder zusammen, als hätte man ihm die Luft herausgelassen. Rieder sprang ihm zur Seite.

»Der Mann heißt Rainer Thies. Dr. Rainer Thies. Kommt Ihnen dieser Name bekannt vor?«

»Thies? Nie gehört. Und was hat er auf der Insel gemacht?«

»Er ist, besser gesagt, er war Historiker. Angeblich hat er auf Hiddensee nach Bildern von bekannten Künstlern der Insel für eine Ausstellung in Stralsund gesucht. Also Ihnen ist der Mann nicht bekannt?«

»Nein. Völlig unbekannt. Und ehrlich gesagt, die besten Bilder sind doch längst verkauft. Und wie ich die Hiddenseer kenne, würden die doch keinem Mann aus der Stadt, einem Fremden, ihre Bilder anvertrauen.«

Sadewater schaute die beiden Beamten mit einem überlegenen Lächeln an, das ausdrücken sollte, dass sie darauf doch selbst hätten kommen können. Dann blickte er übertrieben auf seine Uhr.

»War das alles?«

Damp und Rieder wechselten einen Blick und einem kurzen Kopfschütteln seines Kollegen entnahm Rieder, dass er weitermachen sollte. Rieder konnte sich nicht eines gewissen Gefühls der Genugtuung erwehren, als er jetzt seinen Trumpf ausspielte.

»Genau, Herr Sadewater. Das haben wir uns auch gedacht. Und vor allem haben wir ein Dokument gefunden. Es beweist, dass Thies hier auf der Insel ganz andere Pläne hatte.«

»Ach, und welche?«

»Da dachten wir, Sie könnten uns vielleicht weiterhelfen.«

Rieder machte eine Pause und im Gesicht Sadewaters begann es deutlich zu arbeiten. Er ließ den Kurdirektor noch einen Augenblick zappeln. Dann zog er aus seiner Jacke den Brief des Kurdirektors an Thies.

»Thies ist nun wirklich kein gewöhnlicher Name und ich könnte mir vorstellen, wenn man an einen Herrn Thies einen Brief schreibt, vergisst man das nicht so schnell.«

Sadewater wirkte verstört und nervös.

»Was wollen Sie andeuten.«

»Ich habe hier einen Brief von Ihnen an Herrn Thies. Und der Inhalt dieses Briefes legt den Schluss nahe, dass Ihnen der Tote wenigstens durch einen Brief bekannt war.«

Sadewater setzte sich in seinem Liegestuhl auf. Das sonnengebräunte Gesicht wurde blasser. Schweißtropfen zeigten sich auf der Stirn.

»Aber es kommt noch besser. Laut dieses Briefes haben Sie sich am 13. Juni auch mit Thies getroffen, in Ihren Amtsräumen im Rathaus.«

»Also ich kann mich daran nicht erinnern. Was denken Sie, was an Post über meinen Schreibtisch geht«, begann Sadewater.

»Aber Ihre Sekretärin kann sich erinnern«, platzte plötzlich Damp, praktisch aus der zweiten Reihe, ins Gespräch und überraschte damit nicht nur Sadewater. »Ich habe mich vorhin bei ihr erkundigt. Thies war am 13. Juni am frühen Nachmittag bei Ihnen.«

Durch Damps Einwurf machte sich eine gewisse Sprachlosigkeit breit. Rieder starrte seinen Kollegen an. Sein Gesichtsausdruck war eine Mischung aus Bewunderung und Unverständnis. Sadewater blickte auf die Holzplanken seiner Terrasse, als hoffte er, dort eine Antwort auf die Fragen finden. Dann hob er den Kopf, schaute die beiden Beamten einen langen Moment an. »Ich möchte meinen Anwalt sprechen, denn ich lasse es mir nicht gefallen, welchen Unterton Sie in dieses Gespräch bringen.«

Rieder rieb sich mit der Hand die Stirn. »Herr Sadewater, wir sind hier nicht im Fernsehkrimi. Natürlich steht ihnen anwaltlicher Beistand zu. Allerdings würde das bei uns den Verdacht verstärken, dass Sie mit dem Ableben von Herrn Thies etwas zu tun haben. Oder ich drücke es etwas vorsichtiger aus, dass Sie etwas zu verbergen haben.« Der Polizist machte eine Pause, um zu beobachten, ob die Worte eine Wirkung auf den Kurdirektor hatten. Sadewater schaute ihm noch immer in die Augen »Und Sie werden verstehen, dass wir dann hier nicht einfach wegfahren und warten, bis Sie mit uns reden wollen. Wir würden Sie dann jetzt in unsere Mitte nehmen, Sie zum Polizeiwagen führen und mit Ihnen aufs Revier ins Rathaus Vitte fahren, dort aussteigen, Sie rechts und links von Damp und mir flankiert, und zusammen in der Dienststelle warten. Es ist jetzt 17.45 Uhr und wir wären genau 18 Uhr vor der Tür, wenn die Touristeninformation schließt und Ihre Kollegen den Heimweg antreten. Klar so weit?«

Sadewater schaute wieder nach unten auf die Holzplanken. Dabei fielen die nach hinten gekämmten blonden Haare nach vorn. Die Polizisten wechselten einen Blick. Sadewater räusperte sich. »Meinen Sie nicht, Herr Rieder, dass Sie Ihre Kompetenzen überschreiten ... weit überschreiten? Welche Beweise haben Sie außer diesem Schreiben.«

»Herr Sadewater, Beweise habe ich vielleicht keine, aber Ihre Lügen von gestern und heute sind für mich Indizien, die Sie belasten.« Rieder machte noch mal eine Pause. Wieder kam es zu einem Kräftemessen Auge in Auge. »Aber noch sind wir ja auch hier und nicht auf dem Revier.«

Sadewater presste die Finger aneinander, dass sie eine Art Zelt bildeten. »Gut. Ich habe Herrn Thies gekannt.«

Rieder setzte nach: »Und warum haben Sie uns dann gestern belogen?«

»Lassen Sie mich gefälligst ausreden«, entgegnete der Kurdirektor wütend. »Wie gesagt, ich habe Herrn Thies gekannt. Er war hier vor einem Jahr auf der Suche nach Ausstellungsstücken für eine Ausstellung über Urlaubsziele der Berliner in den letzten hundert Jahren für das Historische Museum in Berlin. Da war er bei mir und fragte nach alten Plakaten, Postkarten. Ich verwies ihn an das Inselmuseum, sagte ihm aber, dass wir von den Exponaten dort nicht viel entbehren könnten. Und wenn, brauche er die Zustimmung des Museums in Stralsund.«

Damp schrieb die Antwort Sadewaters mit. Auch Rieder machte sich Notizen. Stichpunkte für weitere Fragen.

Sadewater fiel wieder in einen leichten Plauderton. »Und in diesem Frühjahr meldete sich Herr Thies erneut bei mir. Er teilte mir mit, dass er sich selbstständig gemacht habe. Er arbeite jetzt auf eigene Rechnung und wolle an der Ostseeküste archäologische Untersuchungen vornehmen. Die möglichen Funde wollte er den einschlägigen Museen, zum Beispiel in Stralsund übergeben. Und deshalb suchte er auch auf Hiddensee nach Stellen, wo wir ihm Grabungen erlauben würden.«

»Wenn ich auch kein Archäologe bin, aber solche Grabungen sind doch sicher nicht ganz billig. Wie wollte Thies das finanzieren?«

»So weit waren wir noch nicht. Wie gesagt, wir hatten ein Telefonat und diesen Briefwechsel und das Treffen am 13. Juni.«

»Was war dann bei dem Treffen am 13. Juni.«

»Herr Thies unterbreitete mir ein paar Vorschläge für Grabungsorte in Plogshagen und an der Steilküste in der Nähe vom Tietenufer. Das ist in der Nähe der Holztreppe, die zum Restaurant Klausner vom Strand ins Hochland am Leuchtturm Kloster führt.«

»Und warum dort?«

Sadewater legte ein leichtes Lächeln auf. »Herr Rieder. Sie sind wahrscheinlich noch nicht so gut mit der Geschichte unserer Insel vertraut. Aber in der Vergangenheit wurden an diesen beiden Stellen Funde gemacht, wahrscheinlich aus der Wikingerzeit. Außerdem gab es am Steilufer auch Spuren eines bronzezeitlichen Steingrabs. Also Gründe gäbe es durchaus genug, dort mal ein bisschen zu graben. Ich habe Herrn Thies mitgeteilt, dass ich mit dem Bürgermeister darüber sprechen würde. Leider hat sich die Gelegenheit noch nicht, oder besser, nicht mehr ergeben.«

Nun schaltete sich Damp wieder ein. »Das wäre ja auch blöd gewesen, dem Bürgermeister davon zu erzählen und dann auf den Bildern von dem Toten, in Anwesenheit von Bürgermeister Durk, Thies nicht erkennen zu wollen. Also: Warum haben Sie uns belogen? Bisher kann ich nichts Verwerfliches an Ihrem Gespräch mit Thies erkennen.«

Sadewater schüttelte mit einem Lächeln den Kopf, als wären Rieders und Damps Fragen völlig unverständlich. »Wie lange sind Sie jetzt auf der Insel, Herr Rieder. Dass Ihr Kollege mir am Zeug flicken will, kann ich verstehen. Aber ich dachte, Sie wären eher von der helleren Sorte. Ich hatte Durk noch nichts davon gesagt und dachte auch, die Verbindung zu Thies würde nicht bekannt werden. Ich befürchtete, Durk würde sich übergangen fühlen, wenn er von der ganzen Geschichte mit den Ausgrabungen erfahren würde. Das hätte meine Stellung bei Durk bestimmt nicht gestärkt. Und glauben Sie mir, Kollege Damp ist nicht der Einzige, der mich am liebsten mit der nächsten Fähre von der Insel verschwinden sehen würde.«

Sadewater lächelte zwar, aber Rieder spürte, dass sich dahinter eine eiskalte Maske verbarg.

»Vielleicht werden Sie mich bald besser verstehen, Herr Rieder. Abgesehen davon, dass jeder weiß, dass Damp und Sie wie Katz und Maus sind, kommt es auf der Insel auch nicht besonders gut an, einheimischen Geschäftsleuten, oder besser gesagt, eingeborenen Geschäftsleuten auf die Füße zu treten.«

Rieder kostete es viel Selbstbeherrschung, die Attacke des Kurdirektors wegzustecken und andererseits bei der Vernehmung konzentriert zu bleiben.

»Herr Sadewater, warum drohen Sie mir jetzt? Um ehrlich zu sein, das weckt noch mehr meine Zweifel an Ihrer Geschichte.«

»Ich drohe Ihnen nicht. Ich versuche Ihnen nur klarzumachen, dass Sie hier nicht in Berlin sind. Sie können hier nicht in einen Supermarkt reinmarschieren und die Besitzerin mal kurz unter Druck setzen. In der Hauptstadt kommen Sie vielleicht nie wieder in diesen Supermarkt und es ist egal, was Sie gemacht oder getan haben. Aber auf Hiddensee bleiben Sie auf der Insel. Und was Sie scheinbar noch nicht begriffen haben, was Sie hier tun oder lassen, wird registriert und auch nicht vergessen. Für nähere Auskünfte steht Ihnen sicher Ihr Kollege zur Verfügung.«

Rieder wurde im Inneren immer wütender über diese Arroganz. Sicher musste er zugeben, dass dieses Inseldasein die Arbeit nicht leichter machte, aber sollte er deshalb davor zurückschrecken, Fragen zu stellen? Damp drehte seinen Bleistift zwischen den Fingern hin und her und beobachtete interessiert das Kräftemessen.

»Haben Sie noch weitere Fragen oder könnte ich jetzt meinen Feierabend genießen?«, wandte sich Sadewater wieder an die beiden Beamten.

Rieder erhob sich. »Ich würde Sie bitten, morgen im Revier vorbeizuschauen und Ihre Aussage zu Protokoll zu geben.« Auch Damp war aufgestanden. Ohne Gruß verließen die beiden Polizisten das Grundstück.

Bis zum Polizeiwagen sagten beide kein Wort. Als sie die Türen öffneten, schlug ihnen aus dem Innern des Wagens ein Hitzewall entgegen. Damp wollte trotzdem einsteigen.

»Warten Sie. Es ist zu heiß im Auto.«

»Nicht nur dort«, erwiderte der Inselpolizist trocken.

»Das können Sie wohl laut sagen.« Dann schwiegen beide, obwohl Rieder überlegte, Damp zu sagen, dass er ihn nach diesem Gespräch schon manchmal verstehen könne. Wie die Drähte auf der Insel funktionierten, hatte schon fast mafiaähnliche Züge. Jeder kannte jeden. Die ehrenwerten Familien waren die Einheimischen. Wer von außen kam, würde immer ein Fremder bleiben. Das wurde Rieder klar. Er wollte aber auch nicht weiter darüber nachdenken, denn es würde die Ermittlungen nur erschweren, wenn er mit einer Schere im Kopf nach dem Täter suchen würde.

Rieder zog sein Handy aus der Tasche und tippte seinen Pin ein. Das Gerät zeigte ihm eine Nachricht auf der Mailbox an. Da fiel ihm auf, dass sie weder bei Thies' Leiche noch in seinem Hotelzimmer ein Mobiltelefon gefunden hatten. Rieder konnte sich beim besten Willen nicht vorstellen, dass man als selbstständiger Kunsthistoriker oder Archäologe nicht ein Handy brauchen würde, wo man doch eigentlich immer unterwegs war. Dem musste er noch einmal nachgehen.

Rieder hörte die Nachricht ab. Der Anruf kam von Thomas Förster vom Nationalparkamt. Bis 7 Uhr sei er noch im Nationalparkhaus zu erreichen. Damp hatte sich inzwischen neben das Auto ins Gras gesetzt. Er sah geschafft aus. Rieder setzte sich neben ihn. Für die vorbeikommenden Touristen mussten sie ein merkwürdiges Bild abgeben. Ein uniformierter Beamter und sein ziviler Begleiter hocken neben ihrem Polizeiwagen, der mit offenen Türen auf einer Hiddenseer Kreuzung steht. Was gab es hier zu beobachten? Rieder und Damp machten sich nichts aus den fragenden Blicken. Damp riss Gräser aus dem Boden und begann die Blätter abzupflücken.

»Was habe ich Ihnen gesagt. Bei Sadewater ziehen wir den Kürzeren. Jetzt hat er nicht nur mich, sondern uns beide in den Senkel gestellt.«

Rieder winkte ab, doch Damp lamentierte weiter: »Sie werden sehen. Wie sagt man so schön: Das Imperium schlägt zurück. Hätte nicht gedacht, dass der Sadewater hier auf der Insel schon so fest im Sattel sitzt. Aber die fressen dem alle aus der Hand ...«

Rieder fiel Damp ins Wort: »Jammern hilft uns nicht weiter. Lassen Sie uns zum Nationalparkhaus fahren. Förster wartet dort auf uns und vielleicht kriegen wir noch was über diese Seekarte raus. Dann reicht es auch für heute.«

Nachdem sie in ihren Wagen eingestiegen waren, klingelte Rieders Telefon. Bökemüller war dran.

»Hallo, Rieder, ich war vorhin etwas kurz angebunden. Wie ist die Lage? Haben Sie denn über diesen Thies noch neue Informationen bekommen?«

Rieder berichtete kurz über das Gespräch mit Sadewater und von der Spur mit der Landkarte.

»Hören Sie, Rieder, ich würde Ihnen gern eine Verstärkung schicken. Die überschütten mich hier mit Personal für diesen Staatsbesuch. Unter anderem Boote der Wasserschutzpolizei. So viele Liegeplätze habe ich gar nicht in Stralsund. Ich stationiere für Sie ein Boot in Vitte mit drei Mann Besatzung. Die sind morgen bei Ihnen und Sie können über die Jungs verfügen, ob Sie mal nach Rügen rüber müssen oder Stralsund. Das ist nicht viel, aber mehr geht erst mal nicht.«

Rieder wusste nicht recht, was ihm das nutzen sollte, aber er bedankte sich trotzdem für die angekündigte Unterstützung.

»Halten Sie mich bitte auf dem Laufenden. Ich hoffe, mit Damp kommen Sie klar?«

Rieder bemerkte, dass Damp seinen Namen vernommen hatte und nun deutlich aufhorchte.

»Nein, alles in Ordnung. Wir kriegen das schon hin.«

»Na gut. Also viel Glück. Ich muss leider los zur nächsten Beratung mit den Kollegen vom BKA und der amerikanischen Sicherheit. Wenn das hier vorbei ist, schaue ich bei Ihnen vorbei. Versprochen.«

Rieder schaltete sein Handy aus. Sie waren am Nationalparkhaus angekommen. Die Beamten stiegen aus.

Im Nationalparkhaus war der Tresen mittlerweile verwaist. Sie klopften an die Tür mit der Aufschrift »Büro«. Drinnen hörten sie Schritte. Ein Mann in grüner Uniform öffnete.

»Ach, die Polizei. Kommen Sie herein. Ich hatte Sie schon erwartet. Setzen Sie sich.«

Damp und Rieder folgten der Aufforderung. Thomas Förster war groß, hager, hatte dunkle Augen, schwarze Haare. Er wirkte mit seinem geraden Gang in den schwarzen Stiefeln weniger wie ein Naturfreund als vielmehr wie ein Offizier. Sein Schreibtisch war überschwemmt mit Listen und Broschüren. Auf den Regalen standen nebeneinander ausgestopfte Seevögel und kleine Nagetiere. Rieder und Damp nahmen vor dem Schreibtisch auf zwei Stühlen Platz. Die Polster waren abgenutzt und schmutzig. Hinter Försters Schreibtisch hing an der Wand ein Bild mit kleinen geduckten Fischerkaten. Rieder hatte es auf der Insel schon oft gesehen. Es gab davon auch eine Postkarte oder ein Poster. Es war von der Inselmalerin Elisabeth Büchsel und zeigte in Neuendorf die Häuser auf dem Schabernack.

Förster schaute die beiden erwartungsvoll an. »Herr Damp, Sie kenne ich ja schon, und wenn ich nicht irre, dann sind Sie der neue Kollege.« Er sah auf die Visitenkarte vor ihm. »Rieder. Stefan Rieder. Was kann ich für Sie tun.«

Rieder zog die gefundene Seekarte aus der Jacke und wollte gerade mit der Befragung beginnen, da kam ihm Damp zuvor: »Sie haben sicher von dem Toten am Strand hinter dem Leuchtfeuer Gellen gehört. Wir haben nun bei ihm eine Karte gefunden und nehmen an, dass sie aus Ihrem Amt kommt.«

Rieder reichte die Karte herrüber. Förster blickte kurz drauf. »Die kommt von uns und die gehört Peter Gerber.«

»Woran erkennen Sie das so schnell?«, fragte Rieder.

»An den Eintragungen.«

»An den Eintragungen?«

»Sehen Sie, hier sind nur Nester oder Brutpaare verzeichnet, die südlich von Neuendorf gefunden wurden. Das ist das Revier von Peter Gerber. Und die Eintragungen sind seine Handschrift.«

Förster erklärte den Polizisten, dass sich die drei Mitarbeiter des Nationalparkamtes Hiddensee die Insel aufgeteilt hätten. Er, Förster, kontrolliere den Norden der Insel mit dem Steilufer und den Vogelkolonien auf dem Bessin. Ein Kollege habe den Mittelabschnitt von Kloster bis nach Neuendorf. Doch da sei nicht so viel zu tun, da durch die vielen Touristen dort kaum seltene oder schützenswerte Vögel brüteten. Deshalb kümmere sich dieser Kollege auch um den Wildbestand im Hochland bei Kloster und in der Dünenheide. Und Peter Gerber sei zuständig für das Südrevier, denn am Gellen und auf den vorgelagerten Sandbänken siedelten sich immer mehr Seevögel an. Besonders gehe es dort um die Kormorane, die zwischen Naturschützern und Fischern auf der Insel ein ständiger Streitpunkt seien. Gerber achte darauf, dass sich ihr Bestand nicht zu sehr vermehre. Sonst wäre es um die Akzeptanz der Arbeit der Nationalparkwächter hier schlecht bestellt.

»Gerber hat also eine ganz schöne Verantwortung. Aber wie kann der Tote an diese Karte gekommen sein?«, fragte Rieder dazwischen.

Förster zuckte mit den Schultern. »Keine Ahnung. Wissen Sie denn eigentlich jetzt, wer der Tote ist?«

»Warum interessiert Sie das?«, mischte sich Damp ein.

»Nur so. Immerhin scheint es irgendeine Verbindung zu geben, denn sonst hätten Sie die Karte nicht bei dem Toten gefunden, oder?«, gab Förster gereizt zurück.

Rieder war ziemlich verärgert darüber, dass sein Kollege so eine Schärfe in das Gespräch brachte. Er versuchte die Gemüter zu beschwichtigen.

»Also der Tote vom Strand heißt Rainer Thies. Er soll Historiker sein. Sagt Ihnen der Name etwas? Hier ist ein Bild. Vielleicht erkennen Sie den Mann.«

Förster nahm das Foto, während Rieder fortfuhr: »Es gibt einige Merkwürdigkeiten. Peter Gerber findet den Toten am Strand und alarmiert die Polizei. Dort gibt er an, den Mann nicht zu kennen.

Einen Tag später finden wir eine Karte Ihres Amtes im Zimmer des Toten. Sie sagen uns, das sei die Karte von Gerber. Wo ist also das Verbindungsglied zwischen Gerber und Rainer Thies?«

Förster runzelte die Stirn. »Den Mann kenne ich nicht persönlich, aber ich habe ihn hier auf der Insel in diesem Jahr schon öfter gesehen.«

»Wie meinen Sie das?«, fragte Rieder nach.

»Ich bin viel auf der Insel unterwegs. Und vielleicht durch die Arbeit im Nationalpark, das ständige Beobachten der Vögel, das wird irgendwie zur Manie. Wenn ich über die Insel fahre, präge ich mir auch die Gesichter der Menschen ein. Und da ist mir dieser Mann aufgefallen in diesem Jahr.«

Damp schaute von seinen Notizen auf. »Und wann war das?«

»Also schon im Frühjahr. So Ende März. Da merkt man sich die Leute, die nicht auf die Insel gehören, noch mehr, weil erst so wenige da sind. Und dann war er auch im April und Mai hier. Ich hab ihn in Kloster gesehen, im Supermarkt, einmal auch im Hochland, in der Nähe vom Leuchtturm.«

Die häufigen Begegnungen konnten mit Försters Revier zusammenhängen, dachte sich Rieder. »Haben Sie Herrn Thies vielleicht mal mit Gerber zusammen gesehen?«

»Nein, daran kann ich mich nicht erinnern. Gerber ist hier oben in Vitte oder Kloster nicht mehr viel zu Gange. Er bringt seine Karten und Listen vorbei, meldet sich höchstens, wenn es Probleme dort unten gibt. Er leistet ordentliche Arbeit, hat sein Revier im Griff.«

»Und was ist Peter Gerber für ein Mensch?«

»Schwer zu sagen. Er ist nicht einfach, weil er es nicht einfach hatte. Wissen Sie, Gerber wollte eigentlich Musiker werden. Auf dem Klavier ist er ein echtes Talent, aber irgendwie muss er sich immer selbst im Weg gestanden haben. Und das tut er auch noch heute. Laut seiner Bewerbung war er mal auf einem Musikgymnasium, hat es aber vorzeitig abgebrochen. Wehrdienst verweigert, kein Studium, so war das in der DDR. Später hat er sich wohl in der Bürgerrechtsbewegung engagiert. Aber die Wende brachte Gerber nichts ein. Er war Straßenbahnfahrer, trank zu viel und verlor seine Arbeit. Dann verschlug es ihn nach hier oben auf die Insel. Der Pfarrer setzte sich für ihn ein, dass er bei uns eine Anstellung bekam. Gerber spielte in der Kirche immer mal die Orgel oder sang im Kirchenchor. Er blieb aber einfach ein einsamer Mensch.«

»Sie sagten, er *spielte* die Orgel in der Kirche von Kloster?«

»Gerber trinkt immer mal einen über den Durst. Im Grashüpfer machte er so eine Art Kaffeehausmusik, Samstag und Sonntag. Es war eine ganz gute Vorstellung. Er sang alte Schlager, ein bisschen Swing. Doch irgendwann hatte er immer einen zu viel im Tee. Dann pöbelte er die Gäste an und geriet auch öfter mit dem Wirt aneinander. Sie haben ihn rausgeschmissen. Und seitdem meidet Gerber Kloster. Er geht auch nicht mehr in die Kirche, obwohl sich der Pfarrer immer wieder um ihn bemüht hat.«

Rieder wandte sich an Damp. »Gibt es da irgendwelche Anzeigen.«

Förster lachte auf. »Herr Rieder. So regelt man das hier nicht auf der Insel. Das regelt man unter sich. Die Leute akzeptieren, dass es die Polizei gibt, aber haben sie Probleme, klären sie die untereinander. Für Gerber ist Kloster nun einfach tabu und damit ist das Problem gelöst.«

»So einfach werden wir das bei einem Mord nicht halten können. Wann haben Sie Peter Gerber das letzte Mal gesehen, oder besser gesagt, wo können wir ihn jetzt finden?«

»Das genau ist das Problem. Gerber hat sich seit gestern nicht mehr gemeldet. Er hätte eigentlich heute die neuen Statistiken und Karten abgeben müssen, aber er ist nicht gekommen. Auch per Handy habe ich ihn nicht erreicht.«

»Waren Sie auch in seiner Wohnung?«, fragte Damp.

»Nein. Ich hatte genug auf dem Bessin zu tun. Gerber taucht immer mal unter, aber er meldet sich wenigstens ab oder ruft kurz an, doch diesmal …«

»Das hätten Sie uns melden müssen«, eiferte sich Damp, »Sie wussten doch, dass Gerber den Toten gefunden hat.«

»Was erwarten Sie von mir?«, antwortete Förster angespannt.

Rieder war aufgestanden. Er spürte, dass die Zeit drängte, nach Gerber zu suchen. Der Polizist nahm die Karte vom Schreibtisch, hielt aber noch einmal inne. »Wie sind Sie eigentlich an diese Karten gekommen? Unsere Spurensicherung meint, es seien Landkarten, die eigentlich nicht für den öffentlichen Gebrauch bestimmt sind.«

Förster rieb sich den Kopf. »Da haben Sie schon recht. Aber es sind Fehldrucke, die mir ein Kollege zur Verfügung gestellt hat. Bei uns ist das Geld knapp. Da waren wir froh, diese Karten zu bekommen. Das ist für die Dokumentation gut. Wir müssen nicht jeden Tag radieren, sondern können die Karten ablegen und damit besser Veränderungen im Vogel- und Tierbestand dokumentieren als nur in einer reinen Statistik.«

»Und was bedeuten diese Kreuze in der See, zum Beispiel hier am Gellen?«

»Das sind Wracks, die dort liegen.«

Rieder und Damp schauten erstaunt auf.

»In den letzten Jahren sind hier vor der Küste einige Wracks entdeckt worden, zum Teil aus dem Mittelalter, aus der Hansezeit. Sie sind auf offiziellen Karten nicht eingezeichnet. Das Amt für Unterwasserarchäologie, von dem übrigens die Karten stammen, hat uns gebeten, diese Wracks bei unserer Arbeit zu beachten. Das heißt, die Wracks möglichst weiträumig zu umfahren, wenn wir mit unseren Booten zu Vogelbänken vor der Küste im Süden der Insel unterwegs sind, damit sie nicht zerstört werden.«

Rieder ging ein Licht auf. Die gefundene Münze! War Thies auf Schatzsuche? Hatte es vielleicht zwischen Thies und Gerber Streit gegeben um Fundstücke aus den Wracks?

Sie mussten so schnell wie möglich Gerber auftreiben und mit ihm sprechen. Rieder gab Damp ein Zeichen. Eilig verabschiedeten sich die Polizisten. Rieder bat Förster, das Gespräch vertraulich zu behandeln und auch Gerber, sollte er sich bei ihm melden, nichts darüber zu erzählen.

»Wissen Sie, wo Gerber wohnt?«, fragte Rieder seinen Kollegen, als sie in den Polizeiwagen stiegen. Damp nickte kurz. Er fuhr mit Tempo los und schaltete sogar das Blaulicht an. Rieder war das peinlich.

»Können wir uns das mit dem Blaulicht nicht sparen?«

Damp stöhnte auf, schaltete es aber aus. Zügig durchquerten sie Vitte. Die Touristen auf der Dorfstraße sprangen zur Seite. Damp war offensichtlich in seinem Element. Er preschte mit dem Passat über den Deichübergang am Südende von Vitte. Der Wagen machte sogar einen kleinen Sprung. Dann beschleunigte Damp noch einmal und raste die holprige Straße nach Neuendorf entlang. Rieder wurde kräftig durchgeschüttelt.

»Gerber wohnt in der Heide. Da gibt es ein altes Ferienheim, einen ausgebauten Bauernhof. Der Pächter ist vor ein paar Jahren pleitegegangen. Die Gemeinde vermietet dort Unterkünfte an Saisonkräfte. Aber Gerber hat dort auch ein Zimmer«, berichtete Damp während der Fahrt.

Hinter der Ferienhausanlage »Heiderose« bog Damp nach rechts ab in die Heide. Äste der schmalen Kiefern am Weg kratzten über Scheiben und Lack des Autos. Dann bremste er vor einem zweistöckigen Gebäude. Es wirkte verlassen und leicht verfallen. Rieder war hier noch nie gewesen. Vor dem Haus verrottete ein Stapel Zementsäcke. Neben dem Eingang warben Lampen noch für eine Biersorte, obwohl hier wohl schon lange keine Getränke mehr ausgeschenkt wurden.

»Sollte mal ein Hotel werden«, erzählte Damp, als sie aus dem Auto stiegen. »Aber dann ging dem Pächter das Geld aus. Und wer wäre auch hierhergekommen in die Heide, wo sich Hase und Fuchs gute Nacht sagen. Das Gebäude gehört jetzt der Gemeinde Hiddensee. Die vermietet es, damit ein bisschen Geld in die Gemeindekasse kommt. Und die Saisonkräfte freuen sich, dass sie nicht ihren knauserigen Arbeitgebern ihren Lohn wieder für eine teure Unterkunft zurückzahlen müssen.«

Die Tür war nicht verschlossen. In der ehemaligen Gaststube saß eine junge Frau und las bei einer Tasse Tee in einer Zeitschrift. Die Polizisten stellten sich vor und fragen, wer sie sei.

»Sybille Kersten, ich bin Kellnerin in der Heiderose, arbeite dort über die Semesterferien. Wollen Sie meinen Personalausweis sehen?«

Die junge Frau wirkte gleich etwas verunsichert.

»Ich arbeite nicht schwarz, ist alles ordnungsgemäß angemeldet. Wenn Sie die Unterlagen sehen wollen?«

Rieder hob beschwichtigend die Arme. Sie seien nicht hinter illegalen Beschäftigten her, sondern würden nach Peter Gerber suchen, einem Mann, der hier wohnen solle.

»Wissen Sie, welches Zimmer Peter Gerber gehört?«

Sybille Kersten zuckte mit den Schultern.

»Er ist Nationalparkmitarbeiter und trägt eine Uniform«, schob Damp nach.

»Ach der«, antwortete die junge Frau. »Der spielt sich immer wie der Hausmeister auf. Aber er ist der Einzige, der hier ein richtiges Telefon hat. Zimmer zwei, im Erdgeschoss den Gang hinter.«

Sie wies den Männern den Weg einen dunklen Flur entlang. Rieder versuchte das Licht anzuschalten, aber es blieb dunkel. Doch durch ein Fenster fiel noch etwas Tageslicht und am Ende des Ganges fanden sie Zimmer Nummer zwei. Rieder klopfte. Es tat sich nichts. Die Polizisten schauten sich an.

»Ich werde noch mal um das Haus herumgehen und durchs Fenster schauen«, schlug Damp vor.

Rieder nickte. »Ich warte hier, falls Gerber doch da ist und sich nur tot gestellt hat, um vielleicht noch in einem günstigen Moment abzuhauen.«

Damp war schnell zurück. »Fehlanzeige. Die Bude ist leer.«

»Ich frage die Frau, wann sie Gerber zum letzten Mal gesehen hat.«

Die Studentin hatte sich wieder in ihre Zeitschrift vertieft. Sie konnte keine genaue Auskunft geben.

»Das ist vielleicht zwei, drei Tage her. Der Mann ist immer früh aus dem Haus. Ich habe mein Zimmer zwar genau über seinem und höre meistens, wenn er früh aufsteht und in dem Gemeinschaftsbad hier unten duschen geht. Aber in den letzten Tagen war ich auch ziemlich fertig vom Kellnern und kann auch einfach so tief geschlafen haben, dass ich ihn nicht gehört habe.«

»Ist Ihnen sonst etwas an Herrn Gerber aufgefallen?«

Die Studentin dachte einen Moment nach. »Wenn er hier war, hat er sein Zimmer nicht verlassen. Worum geht's eigentlich?«

»Haben Sie von dem Toten am Strand gehört?«

»Klar. Reden doch alle davon. Für die Touristen bei uns in der Heiderose gibt's kein anderes Thema. Habe mir schon gedacht, dass Sie deswegen nach ... wie heißt der doch gleich? ... suchen.«

»Reine Routine«, meinte Damp. »Herr Gerber hat die Leiche am Strand entdeckt und wir haben einfach noch ein paar Fragen an ihn.«

»Das ist ja spannend. Da werde ich wohl heute bei meinen Kollegen ein paar Punkte machen, wenn ich ihnen das erzähle und auch schon mit der Polizei zu tun gehabt habe.«

Rieder zog das Bild von Thies aus seiner Jacke. »Wenn wir schon dabei sind. Haben Sie diesen Mann hier schon mal gesehen?«

»Ist das der Tote vom Strand?«, fragte die Frau und nahm das Foto. Sie hielt es ins Licht und schüttelte dann den Kopf. »Nö, der ist mir noch nicht begegnet. Ich bin aber auch noch nicht mal eine Woche hier. Und ich habe auch nicht so ein Personengedächtnis wie andere Kellner. Mir reicht es, wenn ich mir merken kann, wer welches Gericht am Tisch bekommt.«

Rieder sah sich in der Gaststube und auch in den Nebenräumen um. Hinter der Theke ging es in die Küche. Im Spültisch türmte sich schmutziges Geschirr.

»Wohnen hier noch mehr Saisonkräfte?«

»Bisher habe ich außer dem Nationalparkmann nur noch einen Mann im Haus gesehen, der auch im Erdgeschoss ein Zimmer hat. Ich weiß aber nicht die Nummer. Irgend so ein Pferdetyp. Ich glaube, der arbeitet für eines der Fuhrunternehmen. Hat einen komischen Dialekt. Hört sich an wie aus dem Saarland oder so. Keine Ahnung. Sonst wohnt keiner weiter hier. Am Wochenende sollen wohl noch neue Leute kommen.«

Damp war noch einmal in den Flur mit den Zimmern gegangen und klopfte an den Türen. Aber keine Reaktion.

Rieder zog seine Visitenkarte.

»Wäre nett, wenn Sie uns anrufen könnten, falls Ihnen noch etwas einfällt oder auffällt.«

Sybille Kersten nickte. Die Polizisten gingen aus dem Haus.

»Was nun?«, fragte Damp.

»Keine Ahnung. Könnte übertrieben sein, wegen Gefahr im Verzug in das Zimmer einzudringen«, gab Rieder zu bedenken, obwohl er sich sicher war, dass er in Berlin bei der Faktenlage keinen Moment gezögert hätte, die Tür einzutreten. Aber der Tag hatte ihm zu denken gegeben und Rieder hatte wenig Lust, auf der Insel weiter in Misskredit zu geraten.

»Feierabend, Damp! Wir fangen morgen früh hier wieder an.«

Rieder blickte auf die Uhr und verspürte plötzlich ziemlichen Hunger. Eigentlich könnte er gleich mit Damp mitfahren, überlegte er, und bei Charlotte Dobbert den Hering nach Hausfrauenart testen.

»Ich fahre mit Ihnen nach Neuendorf. Sie können mich am Ortseingang absetzen.«

Damp schaute den Kollegen mich hochgezogenen Augenbrauen von der Seite an: »Am Ortseingang, so, so …«

V

Nachdem Damp ihn am Ortseingang von Neuendorf abgesetzt hatte, ging Rieder ans Meer. Die Sonne stand schon tief über dem Horizont am Weststrand von Hiddensee. Er setzte sich in den Sand und schaute auf das Wasser. Jetzt am Abend war die Ostsee ruhig. Rieder plagte die Frage, ob er Gerber nicht wenigstens zur Fahndung ausschreiben sollte. Aber hier auf der Insel konnten sowieso nur zwei nach ihm fahnden, nämlich Damp und er. Vielleicht hatte Gerber Hiddensee verlassen. Danach müsste man die Kapitäne und Besatzungen der Fährschiffe und Wassertaxis fragen. Das konnten morgen die Kollegen von der Wasserschutzpolizei tun, falls sie wirklich kommen sollten. Trotzdem beunruhigten ihn die Gedanken an Peter Gerber.

Der Himmel färbte sich zunehmend ins Blutrote, je tiefer die Sonne sank. Rieder stand auf und machte sich auf den Weg zum »Strandrestaurant«. Jetzt, so gegen 20 Uhr brummte der Laden. Draußen und drinnen waren viele Tische besetzt. Eine Kellnerin, die er hier noch nicht gesehen hatte, bediente die Gäste. Als sie mit großen Tellern voll mit gebratenem Fisch an ihm vorbeiging, lief ihm das Wasser im Mund zusammen und er konnte seine Ungeduld kaum zügeln, endlich etwas zu essen zu bekommen.

»Hunger macht böse«, begrüßte ihn Charlotte Dobbert. Sie stand am Tresen und zapfte Bier.

»Genau«, erwiderte Rieder. Er setzte sich vor sie auf einen Barhocker.

Sie lächelte ihn an. »Und, haben Sie Appetit auf Hering nach Hausfrauenart?«

»Ich könnte einen ganzen Schwarm vertilgen. Bei dieser Gurkerei über die Insel kommt man nicht zum Essen. Und ein Bier wäre nett. Ein dunkles.«

»Schon geschehen.« Sie nahm einfach ein Glas Schwarzbier vom Tablett. »Stammkunden und solche, die es werden wollen, werden bevorzugt bedient.«

Während Charlotte Dobbert die Getränke nach draußen balancierte und an den Tischen verteilte, trank Rieder das Glas fast in einem Zug aus. Er blickte der Frau nach. Sie trug immer noch das dunkle Kleid vom Vormittag, hatte sich aber jetzt eine weiße Schürze umgebunden. Elegant umrundeten ihre Hüften die eng stehenden Stühle, ohne sie zu berühren. Rieder bemerkte wieder, dass ihm diese Frau gefiel. Als sie zurückkam, hob er kurz das leere Glas.

Sie verstand und zapfte ihm ein neues Bier. »Sie sind wohl nicht der Mann der großen Worte? Und, den Fall schon gelöst? Gemeinsam mit dem Kollegen Damp?«

»Vielleicht könnten wir das Thema wechseln.«

»Oh. Herr Kommissar steckt in der Klemme. Ich habe oben noch ein paar Krimis. Nur falls Sie nicht weiterwissen.«

Damit war sie samt Tablett auch schon wieder unterwegs.

Die Köchin kam mit einem Teller aus der Küche. Ein wahrer Berg Bratkartoffeln mit einem halben Dutzend Heringsfilets in Remouladensoße türmten sich vor Rieder auf der Theke auf. »Spezialportion, nicht wahr?« Er stürzte sich mit Messer und Gabel ins kulinarische Vergnügen.

Gegen zehn leerte sich das Restaurant. Die Kellnerin übernahm das ganze Geschäft. Charlotte Dobbert und Stefan Rieder setzten sich an einen kleinen Tisch auf der Veranda.

»Warum hat es Sie eigentlich auf die Insel verschlagen?«, fragte sie nach ein paar Minuten des Schweigens.

»Ich hatte von Berlin und dem Stress im Job einfach die Nase voll. Und ich wollte abends am Meer sitzen und in den Sonnenuntergang schauen.«

»Kann auf die Dauer ganz schön langweilig werden. Ich spreche da aus Erfahrung.«

Rieder winkte ab. »Insellektionen habe ich heute schon genug bekommen. Den Grundkurs von Damp, die höhere Schule von Sadewater. Deshalb würde ich jetzt auf Nachhilfe zum Thema Hiddensee gern verzichten.« Nach einer kleinen Pause setzte er entschuldigend hinzu: »Nehmen Sie's mir nicht übel.«

Charlotte lachte ihn an. »Okay. Über was reden wir dann?«

Rieder schaute ihr in die Augen. Sie funkelten im Schein des Windlichts und er sah einen orangefarbenen Ring um ihre Pupillen, wie die Korona der Sonne. »Vielleicht über Sie? Sind Sie eine dieser unbezähmbaren Hiddenseer Seejungfrauen, oder hat es Sie auch aus der Fremde hierherverschlagen?«

»Ich bin schon ein Inselkind, aber drüben von Rügen.«

Charlotte Dobbert kam aus Bergen. Es sei immer ihr Traum gewesen, einmal ein kleines Café zu besitzen. Dort sollten die Leute wie in Wien Lust haben, nach dem Kaffeetrinken sitzen zu bleiben, Zeitungen oder Bücher zu lesen. Sie hatte von kleinen Tischen mit bequemen Stühlen oder Separees mit Ledersofas geträumt. Doch in Bergen gab es dafür keine Klientel. Dann war Charlotte Dobbert öfter auf Hiddensee gewesen und hatte festgestellt, dass hierher die Menschen kamen, die sie als Gäste für ihr Café suchte. Und so hatte sie beschlossen, ihren Traum auf Hiddensee zu verwirklichen. Ihr Traumobjekt war die alte Bäckerei in Vitte. Dort gab es neben dem Verkaufsraum einen schönen hellen Gastraum, fast wie einen Wintergarten. Doch die Besitzer hatten nicht verpachten, nur verkaufen wollen. Dazu hatte ihr das Geld gefehlt.

Rieders Blick versank beim Zuhören immer mehr in ihren freundlichen Gesichtszügen. Er mochte es, wie sie beim Erzählen lachte. Aber vor allem gefiel ihm, wie ihre Augen blitzten.

»Irgendwann bin ich dann auf das Strandrestaurant gestoßen. Neuendorf ist zwar nicht ideal und das Restaurant ist mir eigentlich auch etwas zu groß, aber es ist ein Anfang. Damit kann ich vielleicht Geld für meinen Traum vom Hiddenseer Caféhaus verdienen.« Plötzlich unterbrach sie sich. »Hören Sie mir eigentlich zu?«

Rieder war wie erstarrt. Er schüttelte sich etwas, weil ihm plötzlich ein Schauer über den Rücken jagte. »Doch, jedes Wort.«

»Aber auch verstanden?«

»Klar. Sie wollen mit diesem Restaurant Geld für ihren Traum, das Caféhaus in Vitte verdienen. Ich habe jedes Wort gehört.«

»Ich meinte damit nicht, einfach die letzten zehn Worte zu wiederholen. Hören heißt ja bei Männern nicht unbedingt verstehen.«

Rieder grinste. Diesen Satz hätte auch seine frühere Freundin gesagt haben können. »Ich habe das erste Mal darüber nachgedacht, ob ich hier auf der Insel überhaupt bleiben will.«

»Sie haben eine ganz schöne Hiddensee-Depression.«

»Kann schon sein. Nach heute denke ich, ein Fremder hat es hier immer schwer, egal ob er zwei Monate, zwei Jahre oder zwei Jahrzehnte hier sein wird.«

»Vielleicht müssen Sie versuchen, die Menschen hier besser zu verstehen. Nehmen Sie zum Beispiel den alten Eckardt. Ich habe heute Nachmittag mit ihm gesprochen. Der fand Sie ganz sympathisch.«

»Warum? Damp hat ihm mit dem Finanzamt gedroht. Ich jage ihm die Spurensicherung auf den Hals ...«

»Stimmt. Aber Sie sind aus Berlin. Sie sind eine Verbindung zu seiner Vergangenheit. Eckardt liebt die Menschen aus der großen Stadt. Wenn er früher in den schlechten Zeiten zwischen Oktober und Ostern den Ball der Fischer ausgerichtet hat, war das doch nur Pflichtübung, um die Männer bei Laune zu halten und weiter an Aal, Zander und Hering für die Feriengäste aus Berlin zu kommen.«

Rieder schaute der Frau wieder in die Augen: »Sie haben recht, ich weiß zu wenig von dieser Insel.«

Charlotte Dobbert erhob ihr Glas. »Das kann man ändern. Ich heiße übrigens Charlotte.«

»Stefan.«

Die beiden stießen an, er mit seinem Bierglas, sie mit Rotwein. Danach küssten sie sich kurz auf die Wange. Er hätte jetzt gern ihre Hand genommen, aber er traute sich nicht. So trat er den Rückzug an.

»Ich muss langsam wieder zurück nach Vitte. Leider habe ich kein Fahrrad hier. Damp hat mich hergefahren.«

Charlotte lachte. »Guter Versuch. Aber wie gesagt, wir sind hier nicht in Berlin.«

»Du verstehst mich falsch. Das war keine billige Anmache. Aber hier gibt es leider keine Taxen – wie in Berlin. Und mir macht es auch nichts aus, jetzt nach Vitte zu laufen.«

»Aha, und das soll ich glauben?« Da war es wieder, dieses Blitzen in den Augen. Verführerisch rieb sie mit der Hand ihren Hals und warf ihren Pferdeschwanz nach hinten.

»Denk, was du willst.« Rieder stand auf. »Ich schau mal wieder vorbei.«

Auch Charlotte war aufgestanden. »Ich hätte da noch ein Ersatzfahrrad. Aber morgen Abend brauch ich's spätestens wieder.«

»Ich kann nicht versprechen, dass ich das schaffe.«

»Das kannst du schon.«

Mit einem alten Rad trat Rieder den Weg nach Vitte an und irgendwie fühlte er sich beschwingt.

VI

Rieder schreckte aus dem Schlaf. Draußen war nur das Gezwitscher der Vögel zu hören. Er schaute auf seinen Wecker. Gerade mal 6.30 Uhr. Erschöpft fiel er wieder in sein Bett zurück. Bis in den Schlaf und seine Träume hatte ihn der Radfahrer verfolgt, mit dem er auf dem Rückweg von Neuendorf nach Vitte fast zusammengestoßen war. Rieder war sich nicht sicher, ob es Zufall oder Absicht gewesen war.

Erst waren ihm auf der Höhe des Hotels »Heiderose« in der Dünenheide zwei glitzernde Punkte entgegengekommen. Rieder war vom Rad gesprungen. Er glaubte auch Geräusche zu hören. Oder waren es seine Bewegungen gewesen, die dieses Rascheln erzeugt hatten? Das Glitzern entpuppte sich als die Augen eines Fuchses, der völlig ungestört an Rieder vorbeischnürte und sich dann in die Büsche schlug. Rieder war wieder auf sein Rad gestiegen. Hinter der »Heiderose« standen dann wenigstens ein paar Häuser. Ihre Außenleuchten hatten die absolute Dunkelheit beendet. Rieder hatte aufgeatmet. Bald war dann die Weide gekommen und er konnte die Umrisse der Kühe erkennen, die sich im Gras niedergelegt hatten. Vor sich sah er das blinkende Licht des Leuchtturms Kloster auf den Höhen der nördlichen Steilküste und rechts die roten und grünen Blinklichter der Seetonnen auf dem Bodden, die die Fahrrinne zwischen Hiddensee und Rügen markierten. Sein Unbehagen hatte sich schon gelegt, als kurz hinter dem Deich am Ortseingang von Vitte plötzlich von links ein Radfahrer aus dem kleinen Kiefernwald hervorschoss und Rieder fast im Vorbeifahren streifte. Rieder war von seinem Rad gekippt und auf das Pflaster gefallen. Als er sich aufrappelt hatte, sah er eine dunkle Gestalt mit Rad oben auf der Deichkrone stehen, offenbar völlig vermummt in schwarzen Sachen. Kurz hatten sich ihre Blicke getroffen, dann war der andere in Richtung Dünenheide davongefahren. Rieder war aufgestanden und hatte im rechten Knie, mit dem er auf den Beton der Straße aufgeschlagen war, heftige Schmerzen gespürt. An Verfolgung war nicht zu denken gewesen. Kurz hatte er erwogen, Damp aus den Federn zu holen, aber sogleich den Sinn einer nächtlichen Fahndungsaktion bezweifelt. Er hatte sich aber trotzdem zurück zur Deichkrone geschleppt. Dort angekommen, hatte die Dünenheide friedlich und menschenleer vor ihm gelegen. Keine Spur von dem anderen Radfahrer. Rieder war umgekehrt. Er hatte sein Rad aufgehoben und es humpelnd den Wiesenweg entlanggeschoben. Die kaum zweihundert Meter bis zu seinem Haus waren ihm unendlich weit vorgekommen, denn mit jedem Schritt hatte sein Bein mehr wehgetan. Nachdem er das Rad durch das Gartentor geschoben und in dem kleinen Schuppen abgestellt hatte, war in der Stille wieder ein Rad zu hören gewesen, ganz in der Nähe des Häuschens. Rieder war zum Zaun gelaufen, so schnell er trotz der Schmerzen konnte. Doch ehe er ihn erreichen konnte, war der Fahrer schon vorbei. Rieder hatte sich auf die Straße geschleppt, aber es war nichts mehr zu sehen. Der unbekannte Radfahrer war wie vom Erdboden verschluckt.

Rieder hatte dann noch ein Weilchen in seinem Häuschen, im Dunkeln, auf seinem Beobachtungsplatz am Fenster in der Stube gesessen und die Straße beobachtet. Aber nichts tat sich. Beunruhigt war er ins Bett gegangen und hatte immer wieder, wie in einer unendlichen Filmschleife, von diesem Zusammenstoß in der letzten Nacht geträumt.

Dass dies nicht nur ein böser Traum gewesen war, daran erinnerte ihn ein nun stechender Schmerz im Knie. Im hereinfallenden Morgenlicht sah er die Schürfwunde. Das Blut war geronnen. Rieder versuchte aufzustehen, aber als er mit seinem rechten Fuß auftrat, stöhnte er auf. Der Abstieg auf der schmalen Treppe nach unten wurde zur Tortur. In der Kommode suchte er nach Verbandszeug. Ihm kam zugute, dass seine Vermieter Mediziner waren und es so gewisse Vorräte an Pflaster und Binden gab. Nachdem er sich versorgt und eine Schmerztablette genommen hatte, kochte sich Rieder einen Tee. Immer noch beschäftigte ihn die Frage, ob der Zusammenstoß Zufall oder Absicht gewesen war.

Beim Frühstück kehrten langsam seine Lebensgeister zurück. An Radfahren war nicht zu denken. Und auch beim Laufen tat sein Knie höllisch weh. Trotzdem machte sich Rieder zu Fuß auf den Weg ins Revier. Draußen traf er seinen Nachbarn Malte Fittkau.

»Guten Morgen!« Fittkau nickte nur kurz und sagte: »Heute müssen die Mülltonnen raus.«

»Hätte ich fast vergessen.«

»Habe ich mir gedacht und sie schon rausgestellt.«

»Schönen Dank für die Mühe.«

»Keine Ursache«, winkte Fittkau ab und zeigte auf Rieders humpelnden Fuß. »Was ist das?«

»Bin mit dem Rad gestürzt.«

»Wohl ohne Licht gefahren? Na bloß gut, dass unser Sheriff Sie nicht wieder erwischt hat.«

»Nö, ich hatte einen Zusammenstoß. Hier am Deich.«

Für Malte Fittkau schien damit alles gesagt. Er wandte sich um und zog ab. Er war schon einige Meter entfernt, da drehte er sich noch mal um. »Ich hätte da noch die alte Karre meiner Mutter. Die fuhr so einen Hackenporsche mit Elektroantrieb. Warten Sie mal.«

Bevor Rieder etwas erwidern konnte, stiefelte Fittkau davon und verschwand in seinem Schuppen. Kurz darauf tauchte er wieder auf. Er saß in einem elektrischen Rollstuhl und rumpelte den festgetretenen Pfad auf der Wiese entlang. Rieder musste lächeln.

Fittkau hielt mit dem Gefährt vor Rieder, der sich auf die kleine Bank vor dem Häuschen gesetzt hatte, weil er einfach nicht mehr stehen konnte.

»Die Batterien sind noch gut und bis zum Revier wird's reichen. Dann hängen sie die Karre einfach an die Steckdose. Muss aber drei, vier Stunden laden.«

»Aber ...«

»Ist schon gut. Nehmen Sie das Ding, kann ja keiner mit ansehen, wie Sie durchs Gelände humpeln.«

Rieder setzte sich in den Rollstuhl und probierte die Hebel aus. Das Gerät zu fahren war kinderleicht.

»Danke.«

»Schon in Ordnung. Und passen Sie in Zukunft ein bisschen auf, dass Sie einem nicht wieder in die Quere kommen.«

Rieder stutzte. »Wie meinen Sie das?«

Ohne zu antworten, drehte sich Malte Fittkau um und ging grußlos zurück zu seinem Haus.

Rieder setzte den Rollstuhl in Bewegung. Es ging sogar recht flott vorwärts, obwohl der Wiesenweg bis zur Kreuzung mit all seinen Schlaglöchern einem wahren Hindernisparcours glich. Die Leute blickten ihm kopfschüttelnd und ungläubig hinterher. Als er auf den Hof des Rathauses einbog, stürzten die Damen von der Touristeninformation ans Fenster und beobachteten mit offenen Mündern, wie er parkte und dann ins Haus humpelte. Vor der Tür des Reviers hörte er von drinnen schon erregte Stimmen. Als er eintrat, sah er eine Frau und einen Mann heftig auf Damp einreden, der immer wieder, wenn auch erfolglos versuchte, die beiden zu unterbrechen.

Rieder grüßte kurz. Der Redefluss der beiden stockte. Gemeinsam mit Damp sahen sie zu, wie er sich zu seinem Schreibtischstuhl schleppte.

»Was ist Ihnen denn passiert«, fragte Damp besorgter, als es Rieder erwartet hätte.

»Kleiner Radunfall. Nicht der Rede wert. Lassen Sie sich nur nicht stören.«

»Ach ja, das sind Frau und Herr Grimmer. Sie haben gestern hier geheiratet. Leider ist ihnen danach ein Fahrrad gestohlen worden.«

»Kein Fahrrad, sondern ein Ketcar«, mischte sich Herr Grimmer ein.

»Okay. Ein Ketcar«, wiederholte Damp sichtlich genervt.

»Das passiert leider immer wieder«, wandte sich Rieder an das Ehepaar, »aber meistens klärt sich die Sache auf und die Räder werden wiedergefunden.«

»Das Blöde ist«, meldete sich Damp wieder, »das Fahrrad ist hier geklaut worden.«

Rieder verstand nicht, was ihm sein Kollege damit sagen wollte.

»Na ich hab schon verstanden. Hier auf der Insel.«

»Nein, hier vor dem Revier. Es war hier angeschlossen.«

Rieder konnte sich ein Lächeln nicht verkneifen. Er stellte sich vor, wie sich die Insel das Maul zerreißen würde, wenn bekannt wurde, dass vor den Augen der Polizei ein Fahrrad gestohlen wurde. Armer Damp. Okay, er hing auch mit drin, aber da mussten sie wohl nun durch.

»Tja. Das ist dumm gelaufen, aber nicht zu ändern. Also, liebes Ehepaar Grimmer, tut uns leid. Wir werden alles tun, um es wiederzufinden. Was ist übrigens ein Ketcar.«

»Ein Dreirad, auf dem man zu zweit fahren kann«, erklärte die Ehefrau mit deutlich bayerischem Dialekt.

»Aha«, gab Rieder zurück, obwohl er sich noch immer nichts Genaues darunter vorstellen konnte und es merkwürdig fand, dass erwachsene Menschen auf einem Dreirad über die Insel kutschierten. Dann erinnerte er sich an sein eigenes neues Gefährt. »Haben wir hier irgendwo eine Verlängerungsschnur? Und gibt es draußen eine Steckdose?«

»Wozu?«, fragte Damp verständnislos.

»Das erkläre ich Ihnen später. Also, gibt es Schnur und Steckdose?«

»Schnur ist im Schrank und eine Steckdose in der Garage.«

Rieder holte das Kabel heraus und überließ Damp dann wieder den erregten jungen Eheleuten. Fahrraddelikte waren ja auch eher seine Sache.

Draußen fuhr er sein Elektromobil in die Garage, in der eigentlich der Polizeiwagen stehen sollte, und schloss drinnen die Batterie an.

Als er ins Haus zurückkam, begegnete er dem Ehepaar, dass immer noch heftig miteinander über die Frage diskutierte, wer von ihnen eigentlich das Ketcar vor dem Rathaus angeschlossen hatte. Sicher kein guter Einstieg für die Ehe. Damp war gerade dabei, die Anzeige nach Stralsund zu faxen.

»Ein Dr. Reifenstein hat gerade angerufen, als Sie draußen waren.«

»Oh, gut.«

»Wozu haben Sie denn nun die Verlängerungsschnur gebraucht.«

»Na mit Fahrradfahren ist es mit dem Knie Essig und Laufen ist auch ziemlich schmerzhaft. Da hat mir Malte Fittkau den elektrischen Rollstuhl seiner verstorbenen Mutter geborgt.«

Damp lachte laut los. »Den Hackenporsche von Greta?«

Für Rieder war es wohl das erste Mal in den zwei Monaten, dass er seinen Kollegen so ausgelassen erlebte. Das ganze Büro hallte wieder von Damps Lachen.

»Was ist denn daran so komisch?«

Damp kriegte sich nur langsam ein und rang nach Luft.

»Die Vorstellung: Sie auf *der* Karre. Greta war eine echte Meisterin auf dem Gerät. Und das noch mit weit über achtzig.« Damp rieb sich die Tränen aus den Augen. »Die ist von Vitte nach Kloster gebrettert in einem Affenzahn. Irgendwie war das Ding getunt.«

Eine neue Lachsalve überkam Rieders Kollegen.

»Und was wird erst Ihre neue Flamme in Neuendorf für Augen machen, wenn Sie heute Abend statt mit Rad mit dieser Chaise vorfahren. Ist das eigentlich ein Zweisitzer?«

Rieder verleierte die Augen. Er nahm den Telefonhörer, um Dr. Reifenstein vom Berliner Münzkabinett zurückzurufen. Da klingelte sein Handy.

»Hallo, hier ist Sybille, die Studentin aus dem Heidehof.« Die Stimme der Frau klang sehr erregt. »Hier ist eingebrochen worden. In das Zimmer von diesem Gerber. Irgendwer hat die Tür eingedrückt. Ich habe es gerade entdeckt und Angst, dass noch jemand im Zimmer ist. Kommen Sie bitte schnell. Ich habe Angst!«

Rieder versuchte, die Frau etwas zu beruhigen. »Verlassen Sie so schnell, aber auch so unauffällig wie möglich das Haus. Versuchen Sie, zur Rezeption von der Heiderose zu gehen. Wir treffen uns dort.« Rieder legte auf. »Wir müssen los. Einbruch in das Zimmer von Gerber. Wir nehmen sicherheitshalber unsere Waffen mit«. Rieder holte seine Pistole aus dem Tresor.

»Ich habe meine Pistole immer dabei«, erklärte Damp.

»Das habe ich mir gedacht«, gab Rieder zurück.

Damit liefen sie los. Rieder wunderte sich, dass die Schmerzen im Knie kaum noch zu spüren waren.

»Kein Blaulicht, wenn's geht.«

Damp nickte und fuhr zügig in Richtung »Heiderose«. Während der Fahrt erzählte er, dass ihn sein schlechtes Gewissen überkommen und er deshalb heute Morgen bereits Gerber zur Fahndung ausgeschrieben habe. Außerdem sei Sadewater im Büro gewesen und habe seine Aussage gemacht. Rieder nickte nachdenklich.

»Lassen Sie uns gleich zum Heidehof fahren. Vielleicht ist noch jemand da. Ich rufe in der Heiderose an und frage, ob diese Sybille dort eingetroffen ist.«

Rieder erfuhr von der Empfangsdame des Hotels, dass die Kellnerin an der Rezeption auf sie wartete. Damp parkte den Wagen nicht direkt vor dem »Heidehof«, sondern fuhr in eine kleine Einfahrt, rund hundert Meter vom Haus entfernt. Im Schutz der Kiefernschonung machten sich die Polizisten auf den Weg zum Haus. Rieder öffnete leise die Eingangstür. Als Rieder über seine Schulter schaute, ob ihm Damp folgte, konnte er nur den Kopf schütteln, denn Damp hatte bereits seine Waffe gezogen. Andererseits war auch Rieder nach den Erlebnissen der letzten Nacht die

Situation hier draußen in der Einöde der Insel nicht ganz geheuer. Also zog auch er seine Waffe. Im Haus war alles dunkel und kein Laut zu hören. Rieder und Damp achteten darauf, nicht über die Dielen, sondern die alten Läufer zu gehen, damit sie kein Knarren verriet. Am Zimmer von Peter Gerber angekommen, entdeckten sie die angelehnte Tür. Der Zapfen des Türschlosses hing noch in der Aussparung. Rieder stieß die Tür mit dem Fuß auf, blieb aber zunächst in Deckung. Innen war es ruhig. Er schielte um den Türpfosten, da sprang Damp mit einem Satz hinter ihm vor mitten in das Zimmer, hielt die Waffe vor der Brust und rief: »Polizei, kommen Sie heraus!« Aber nichts regte sich. Der oder die Einbrecher waren ausgeflogen und hatten ein Chaos hinterlassen. Ob Instinkt oder Einbildung, Rieder überkam wieder das Gefühl, dass sie beobachtet wurden. Er holte sein Handy aus der Jacke und wählte die Nummer der Spurensicherung in Stralsund. »Wir werden bei unseren Kollegen in Stralsund Freude verbreiten, dass es wieder eine Freischicht vom Verschweißen der Kanaldeckel gibt.«

Holm Behm meldete sich. »Das ist Gedankenübertragung. Ich wollte euch auch gerade anrufen. Wir haben was gefunden.«

»Und wir haben neue Arbeit für euch.«

Behm versprach, gleich Leute zu schicken. »Sie können das Boot der Wasserschutzpolizei nehmen, das heute zu euch abkommandiert wird.«

»Und was habt ihr gefunden?«

»Es gibt ein Problem mit den Fingerabdrücken aus Thies' Hotelzimmer. Wir haben einen Fingerabdruck an diesem Riesenkoffer gefunden. Ehrlich gesagt, es ist auch nur der Teil eines Fingerabdrucks. Wahrscheinlich wurde er übersehen, denn der Koffer ist mit einem Tuch abgewischt worden. Entsprechende Faserspuren haben wir an den Metallkanten und Verschlüssen des Koffers gefunden. Die restlichen Abdrücke aus dem Zimmer passen zu dem Hotelier und seiner Putzfrau. Diesen Teilabdruck aber können wir nicht zuordnen. Und dann ist da noch etwas.« Behm berichtete, dass sie unter Thies' Turnschuhen Pferdemist festgestellt hätten.

»Pferdeäppel gibt es nun hier mehr als genug«, entgegnete Rieder, »da wird er wohl reingetreten sein. Glück haben sie ihm jedenfalls nicht gebracht.«

»Nun mal nicht so schnell mit den jungen Pferden«, rief Behm ins Telefon. »Wir haben es hier oben immer mal mit Mist im wahrsten Sinne des Wortes zu tun und unser Experte meint, das müsse aus einem Stall stammen. Dafür sprächen die hohen Anteile an frischem Stroh in den Rückständen. Das könne nicht aus einem Pferdemagen oder -darm stammen und auch nicht von der Vermischung eines Pferdeapfels auf einem Weg. Dazu sei das Stroh zu frisch.«

Thies hatte also noch mit Fuhrleuten Kontakt gehabt, denn eigentlich hatte keiner auf der Insel sonst Pferde. Da mussten Damp und er also noch einmal ran.

Damp hatte unterdessen begonnen, das Zimmer zu durchsuchen. Viele Möbel gab es darin nicht. Gegenüber vom Bett stand ein Schreibtisch am Fenster. Außerdem gab es noch einen Kleiderschrank und eine Kommode sowie eine Sitzecke mit einem kleinen runden Tisch, auf dem ein Fernseher stand. Die Schubladen waren aus der Kommode herausgezogen, ihr Inhalt lag auf dem Boden verstreut. Kleidung, Wäsche, Strümpfe. Dazwischen CDs und Briefumschläge. Eine merkwürdige Mischung, fand Rieder. Auch der Schreibtisch war durchwühlt. Auf dem Schreibtisch ein Laptop. Rieder sah links unten an dem aufgeklappten tragbaren Computer einen kleinen Halbmond blinken. Das Gerät war im Stand-by-Betrieb. Rieder machte Damp darauf aufmerksam. Beide blickten erwartungsvoll auf den Bildschirm, als Rieder die Starttaste drückte. Der Computer fuhr sich wieder hoch und der Bildschirm leuchtete auf. Zu sehen bekamen die Beamten ein kleines nacktes Mädchen, wahrscheinlich acht oder neun Jahre alt. Rieder sah Damp fragend an. »Gerbers Tochter?«

»Gerber hat keine Kinder.«

Rieder erkannte, dass es sich um ein Bildbetrachtungsprogramm handelte und tippte auf die Pfeiltasten am Bildschirmende. Ein weiteres Nacktfoto erschien, diesmal von einer jungen Frau, um die zwanzig. Es war eine richtige Fotoserie. Die Frau war offensichtlich am Strand fotografiert, richtiggehend beobachtet worden, wie sie sich offenbar nach dem Baden umgezogen hatte. Dabei hatte der Fotograf ihre Brüste und ihre Scham sehr nah herangezoomt. Weitere Bilder zeigten wieder kleine Kinder nackt am Strand und dazu immer Detailaufnahmen von ihren Genitalien.

Rieder runzelte die Stirn.

»Was bedeutet das? Ist Gerber ein Spanner?«

Damp zuckte nur mit den Schultern und wandte sich den Sachen am Boden zu. Er hob einen der Umschläge auf und schaute hinein. Er enthielt einen Stapel von Fotografien. Wieder nackte Kinder, weiblich wie männlich, und vor allem junge Frauen.

Rieder ging daran, den Computer noch einmal intensiver zu untersuchen. Er stellte fest, dass Gerber über eine Flatrate verfügte. Der Polizist versuchte ins Internet zu kommen. Es gelang ihm ohne Schwierigkeiten. Er suchte nach dem Mailprogramm. Dort kam er nicht weiter, der Zugang war verschlüsselt. Rieder versuchte ein Passwort einzugeben. Er probierte es mit Gerbers Vornamen. Fehlanzeige. Er ging auf das Icon »Arbeitsplatz«. Dort fand er einen Ordner »Meine Bilder« und wieder erschienen Fotografien von nackten Kindern. Rieder zeigte Damp, was er entdeckt hatte.

»Ich nehme an, unser Nationalparkwächter ist ein Voyeur.«

»Aber hat das was mit Thies zu tun?«

»Keine Ahnung. Geben Sie mir mal eine der CDs.«

Damp reichte Rieder einen der Datenträger. Er legte die Scheibe in das entsprechende Laufwerk und klickte auf »Öffnen«. Auch diese CD enthielt Nacktbilder von Kindern und Frauen, alle am Strand fotografiert, offenbar aus einem Versteck in den Dünen. Rieder hatte schon am Tatort Gerber gegenüber eine gewisse Abneigung empfunden. Irgendwie ein komischer Typ. Aber wo war die Verbindung zum toten Thies? Rieder rief Tom Schade in Berlin an. Der war bereits in der Wohnung von Thies.

»Hübsche Aussicht von hier. Direkt auf den Lietzensee. Nix für unser Gehalt. Im Haus wimmelt es von Rechtsanwaltskanzleien sowie Damen und Herren von und zu. Thies ist übrigens erst vor ein paar Monaten hier eingezogen, was mich ehrlich gesagt ziemlich wundert.«

»Warum?«

»Ich war gestern auch schon ein bisschen fleißig und habe dem guten Thies nachrecherchiert. Er war früher beim Historischen Museum beschäftigt und dort Abteilungsleiter für das Kapitel Mittelalter der neuen Dauerausstellung. Aber dann hat er vor einem Jahr ganz plötzlich gekündigt. Von einem Tag auf den anderen. Die sind heute noch sauer auf den Knaben, weil damit ihr ganzer Zeitplan für die Neueröffnung wackelte. Und eigentlich soll man ja Toten nichts Schlechtes nachsagen, aber dort war keiner gut auf Thies zu sprechen. Heute Morgen hab ich dann noch erfahren, dass er sich erst arbeitslos gemeldet hat und dann wenig später wieder abgemeldet, aber ohne mitzuteilen, ob er eine Stelle gefunden hätte. Trotzdem hat er seine Miete nach Auskunft der Hausverwaltung immer pünktlich bezahlt. Aber woher er das Geld hatte, keine Ahnung! Vielleicht finde ich ja dazu was in der Wohnung?«

»Kannst du dabei mal schauen, ob dir irgendwelche Pornobilder von Kindern in die Hand fallen?«

»Ich denke, unser Mann war Schatzsucher und kein Pädophiler?«

Rieder erklärte Schade kurz die Situation, er solle auch nach Verbindungen zu Gerber suchen. Sie verabredeten sich wieder für den Nachmittag.

»Schauen Sie mal«, rief Damp, »jede Menge Karten.« Damp hatte einen ganzen Stapel der Seekarten entdeckt, von denen sie eine bei Eckardt gefunden hatten. Da klingelte auch sein Handy. Er warf die Karten auf den Schreibtisch.

»Damp hier.« Der Beamte riss die Augen auf. »Sie haben Gerber!«

»Wo?«

Damp hörte wieder in sein Gerät. »Er wurde in Gingst auf Rügen aufgegriffen ... Eine Streife hat ihn gefunden. Er saß dort betrunken vor der Kirche ... Jetzt ist er in Bergen in einer Ausnüchterungszelle.«

»Scheiße«, ließ Rieder seinen Gefühlen freien Lauf, »und wir können hier jetzt nicht weg.«

Damp legte auf. »Das hat jetzt sowieso keinen Zweck, sagen die Kollegen. Der ist so voll, dass er nicht vernommen werden kann.« Dann lächelte Damp in sich hinein. »Manche Inselkrankheit hat auch ihre Vorteile.«

Eigentlich war Rieder nicht zum Lachen zumute, auch weil langsam der Schmerz in seinem Knie zurückgekehrt war, aber diesen trockenen Humor hätte er Damp nicht zugetraut.

»Dann lassen Sie uns hier weitermachen.«

Die Beamten durchkämmten weiter das Zimmer. Rieder machte mit seiner Kamera ein paar Fotos von dem Chaos und durchsuchte dann noch einmal den Schreibtisch. Er fand ein schwarzes Notizbuch. Als er es durchblätterte, rutschte eine Visitenkarte heraus. Sie stammte von Thies.

»Bingo. Unser Freund Gerber kannte Thies.« Rieder zeigte Damp die Karte und steckte sie in eine der Plastiktütchen für Beweisstücke.

Als er hochblickte und aus dem Fenster sah, glaubte Rieder, dass sich in der nahen Kiefernschonung jemand bewegen würde und sie beobachtete. Er stürmte an dem überraschten Damp vorbei durch den Flur aus dem Haus und rannte in den Wald. Äste peitschten seinen Körper. Er hielt die Arme vor, um sich besser den Weg bahnen zu können. Aber er konnte nichts entdecken. Wieder war da dieses ungute Gefühl.

Damp stand vor dem Haus, als Rieder aus dem Wald zurückkehrte.

»Was war?«

»Ich weiß es nicht. Ich glaube, wir werden beobachtet.«

VII

Damp war zum Hafen gefahren, um die Leute von der Spurensicherung abzuholen. Rieder saß in dem ehemaligen Schankraum des Hauses, in dem sich Gerbers Zimmer befand. Er hatte Dr. Reifenstein in Berlin zurückgerufen. Der war richtig aufgeregt gewesen. Die Münze sei ziemlich wertvoll, wenn auch nicht gerade selten. Unter Sammlern würde sie um die siebenhundert Euro bringen. Es handele sich wahrscheinlich um einen Lübecker Golddukaten, eine Kopie des Goldgulden der Republik Florenz, bekannt auch als *Fiorino d'oro*. Interessant sei für ihn, dass er auf Hiddensee gefunden worden war. Da sei zwar immer mal was gefunden worden, Grabbeigaben aus der Bronzezeit, dann der berühmte Goldschatz, eine Arbeit wahrscheinlich aus der Wikingerzeit, aber aus der Hansezeit gebe es nicht viel. Andererseits habe die Insel an einer der Haupthandelsrouten im Mittelalter gelegen und Stralsund sei damals eine reiche Stadt gewesen, sodass der Goldgulden vielleicht auf diesem Weg auf die Insel gelangt sein könnte. Er würde sich das Stück jedenfalls gern einmal genauer ansehen und es gründlicher untersuchen lassen. Aber vom puren Augenschein würde er schon davon ausgehen, dass die Münze echt sei. Rieder war in seinen Gedanken hin und her gerissen. Historische Münzen oder Kinderpornografie? Er wusste nicht, was es war. Er hoffte, dass die Vernehmung von Gerber in Bergen etwas bringen würde. Da kam der Polizeiwagen den Waldweg hinauf. Behm wurde von einem jungen Kollegen begleitet.

»Wenn ihr so weitermacht, stiften wir euch einen Preis«, begrüßte ihn der Mann der Spurensicherung. »Die Jungs sind ganz begeistert von eurem speziellen Protest gegen den Bush-Besuch. Nur wenn jetzt ein Kanaldeckel hochgeht, dann wird man das wohl euch in die Schuhe schieben.«

Aus dem Polizeiauto stieg noch ein Mann in Uniform. Er stellte sich als Polizeikommissar Uwe Gebauer von der Wasserschutzpolizeidirektion Darß vor.

»Wir haben in Vitte festgemacht. Ich wollte mir aber erst mal ein Bild machen, worum es eigentlich geht und mit wem wir es zu tun haben.«

Rieder schüttelte dem großen hageren Mann in der blauen Uniform die Hand. »Herzlich willkommen auf Hiddensee. Kollege Damp hat Sie vielleicht schon ein bisschen mit den Gegebenheiten auf der Insel bekannt gemacht. Er hat hier die richtige Inselerfahrung. Über den Fall kann ich Sie kurz informieren. Heute Nachmittag würden wir gern nach Rügen übersetzen, um dort einen Mann in Bergen zu vernehmen. So gegen halb drei.«

Dann schilderte Rieder kurz die bisherigen Erkenntnisse. Er zeigte dem Beamten von der Wasserschutzpolizei die Karten und erklärte, was sie bisher darüber erfahren hatten. Gebauer war sichtlich verärgert, dass diese Seekarten in Umlauf geraten waren.

»Diese Wracks sind zwar zumeist nur ein paar alte Planken. Sie liegen außerhalb der Fahrrinne und werden, wenn überhaupt, nur mit einer Wracktonne gekennzeichnet. Das Landesamt für Bodendenkmale möchte ihre Lage nicht so publik machen, um Schatzsucher, man könnte auch sagen Schatzräuber, fernzuhalten. Hier vor dem Gellen ist eigentlich jeglicher Schiffsverkehr verboten wegen der Vogelschutzgebiete. Nur die Wasserschutzpolizei und die Küstenwacht kennen die genaue Lage, damit wir, wenn wir hier irgendwie aktiv werden, nicht drüberfahren und die Wracks damit zerstören. Sie werden nämlich wie richtige Denkmale an Land behandelt. Manche sollen noch geborgen werden, andere werden nur dokumentiert und dann abgedeckt. Eins ist gehoben worden, übrigens genau vor dem Gellen und es liegt jetzt in Sassnitz im Museum. Und bei uns am Darß haben sie auch eins gefunden.«

Gebauer erzählte, dass vor sechs Jahren vor der Halbinsel Darß eine Nordsee-Kogge, wohl aus dem Mittelalter, entdeckt worden war. Erst hatten die Unterwasserarchäologen die Kogge bergen wollen, doch schnell war klar gewesen, dass das Holz des Schiffes zerfallen würde, wenn es an die Oberfläche käme. Und die Kogge war unter Wasser noch fast vollständig mit ihren Aufbauten erhalten. Sogar Teile der Ladung hatte man noch gefunden. Die Wasserschutzpolizei hatte den Fundort des Wracks damals unter dem Siegel der Verschwiegenheit mitgeteilt bekommen. Sie sollten bei ihren Patrouillenfahrten darauf achten, dass sich niemand unbefugt dem Wrack nähert und Teile stiehlt, die dort noch auf dem Meeresgrund lagen.

Rieder hatte aufmerksam zugehört. Hatte Thies' Tod vielleicht doch eher mit den Wracks zu tun?

»Also ich würde gern mal wissen, wer erlaubt hat, diese Karten an das Nationalparkamt auszuhändigen«, fragte Gebauer. »Das öffnet den Schatztauchern doch Tür und Tor für ihr Treiben.«

»Gibt es denn da so viel zu holen?«

Gebauer glaubte zu wissen, dass rund siebenhundert Stellen bekannt seien, in der Umgebung von Hiddensee, Rügen und Stralsund, wo Schiffsreste auf dem Grund von Ostsee und Bodden zu finden waren. Und für die alten Ladungen gebe es schon eine starke Nachfrage unter Sammlern.

»Tja, das können Sie gern mit Herrn Förster vom Nationalparkamt klären«, erklärte Rieder, »mich interessiert mehr, welche oder ob die Karten überhaupt eine Rolle in dem Fall spielen. Immerhin gibt es ja hier nun Spuren, die in eine ganz andere Richtung deuten.«

Wie aufs Stichwort kam Behm aus dem Haus und unterbrach die beiden. »Also euer Herr Gerber ist zwar kein dicker Fisch, aber trotzdem nicht uninteressant. Und eigentlich, mal schlicht gesagt, ein Schwein. Kannst du mal mit reinkommen?«

Obwohl nicht aufgefordert, folgte auch Gebauer den beiden Kriminalpolizisten ins Haus. Der andere Kollege der Spurensicherung saß vor dem Laptop und arbeitete sich durch die Dateien auf dem Computer. Behm legte dem Kollegen die Hand auf die Schulter. »Erzähl mal, was du gefunden hast«, und an Rieder gewandt, erklärte er: »Eigentlich soll Karsten bei uns lernen, wie man Spuren sichert, aber ich gehe bei ihm ständig in die Lehre, wenn es um Computer und Internet geht.«

Der junge Kollege tippte noch ein paar Mal am Computer herum, dann war wieder die Startseite des Laptops zu sehen. »Es ist ganz einfach. Der Benutzer hat sich keine große Mühe gemacht, seine Daten vor Dritten zu verschlüsseln. Und er hat die Bilder auch ganz einfach in seinem Ordner ›Eigene Bilder‹ gespeichert.« Er klickte mit der Maus diesen Ordner an: »Hier finden wir rund zweitausendfünfhundert Bilder, untergliedert nach verschiedenen Kategorien. Gerber hat seine Bilder unterteilt nach Geschlecht und Alter. Es gibt Dateien und Ordner für Jungen und Mädchen unter sechs Jahren, unter zehn Jahren, dann Jugendalter und Frauen über achtzehn. Die Bilder hat er im Internet, bei Chats, angeboten und dann die Geschäfte weiter per E-Mail betrieben und abgeschlossen. In der Ablage seiner elektronischen Post finden sich Hunderte von Schreiben, wo er den Zahlungseingang gegenüber seinen Geschäftspartnern bestätigt und im Anhang die Bilder verschickt. Manchmal hat er aber auch den Postweg genutzt, wie aus den Mails hervorgeht.«

Behm holte inzwischen einen Aktenordner mit Kontoauszügen und zeigte nun den Kollegen die Zahlungseingänge. »Viel hat er damit nicht verdient, aber er hat damit Geld gemacht. Ich schätze nach einem ersten Überblick so an die fünfzehn- bis achtzehntausend Euro. Und sein Computer und diese Bankauszüge sind die reinste Fundgrube. Bei den Bareinzahlungen haben wir die Namen der Einzahler und ansonsten kommen wir über die Kontonummern weiter. Der Computer wird jedenfalls unsere Kollegen von der Soko Kinderpornografie beim Landeskriminalamt in Schwerin freuen. Aber Gerber ist wahrscheinlich nur ein Amateur.«

»Ist unter den sogenannten Geschäftspartnern auch Thies?«, fragte Rieder.

»Das müssen wir checken«, meinte der junge Beamte. »So schnell geht das nicht. Wir können über die Suchfunktion die E-Mail-Adresse von Thies durchlaufen lassen. Mal sehen, ob das was bringt.« Rieder reichte ihm die Karte von Thies und er tippte die Buchstaben- und Zeichenfolge ein. Der Computer arbeitete. Das blaue Symbol für die Festplatte blinkte immer wieder auf. Dann erschien ein kleiner Hund auf dem Bildschirm und machte ein trauriges Gesicht. »Fehlanzeige. In den Mails ist er nicht zu finden, jedenfalls nicht mit dieser Mail-Adresse. Aber manche Leute, gerade die was zu verbergen haben, verfügen über mehrere Adressen. Doch das zu kontrollieren bei den verschiedenen Providern kann dauern und für die gerichtlichen Verfügungen braucht man meist handfeste Beweise, bevor die ihre Server öffnen.«

»Wäre auch zu schön gewesen. Ich werde mal in der Heiderose nach der Studentin sehen. Die hätte ich fast vergessen.«

Die junge Kellnerin lag vor dem Hotel in einem kleinen Holzkahn, der für die Kinder der Hotelgäste auf dem Spielplatz eingegraben war, und sonnte sich.

»Na, vom Schreck erholt?«, fragte Rieder.

Die junge Frau zuckte zusammen. »Ach Sie sind es.« Sie nahm ihre Sonnenbrille aus den Haaren, schüttelte kurz ihre Frisur aus und setzte die Brille dann auf. »Es geht. Richtig Lust, dahin zurückzukehren, habe ich nicht. Eher Angst. Ich habe mich hier im Hotel schon erkundigt, ob es noch eine andere Unterkunft gibt, aber Pustekuchen.«

Rieder setzte sich neben sie. »Kann ich verstehen. Ist ja auch ganz schön einsam dort.«

»Nun machen Sie mir nicht noch mehr Angst, als ich ohnehin schon habe.«

Rieder schlug vor, im Hotelrestaurant etwas zu trinken. Außerdem musste er eine Schmerztablette nehmen, denn sein Knie machte sich wieder bemerkbar.

Nachdem beide eine Apfelschorle bestellt hatten, setzte Rieder die Befragung fort.

»Haben Sie denn irgendetwas in der letzten Nacht gehört?«

»Nein. Ich bin gegen eins, halb zwei nach Haus gekommen, wenn man das Zuhause nennen kann, und war todmüde. Hier in der Heiderose war eine Gruppe von Pharmavertretern. Die machen irgendein Seminar, haben Geld wie Heu und fanden kein Ende. Da muss mir keiner erzählen, in unserem Gesundheitswesen fehle es an Geld, wenn ich mir diese Säcke ansehe.« Sie war richtig in Rage. »Danach haben wir noch aufgeräumt und ein bisschen gequatscht. Bin ja neu hier und da ist es ein wenig wie im Ferienlager. Statt ums Lagerfeuer lungert man an der Bar herum und erzählt, woher man kommt, wohin man will. Dann bin ich rüber. Habe so schon immer eine Todesangst auf den paar Metern, weil es so dunkel ist, dass man nix mehr sieht. Drüben in der Schonung ist es noch schlimmer. Ich bin hoch in mein Zimmer, habe mich aufs Bett gehauen und geschlafen wie eine Tote. Erst heute Morgen, als ich die Treppe runterkam, sah ich die aufgebrochene Tür.«

»Als Sie angerufen haben, war es halb zehn. Bei der Nachtschicht, schläft man da nicht länger? Sind Sie vielleicht durch ein Geräusch wach geworden.«

Die Studentin verneinte. Sie habe sich den Wecker gestellt, weil sie noch eine Seminararbeit fürs Studium fertigstellen müsse und dafür nur noch bis Ende Juni Zeit bliebe. Und außerdem hätten die Kellner nur noch jetzt am Anfang der Saison bis zum frühen Nachmittag frei und somit Gelegenheit, auch mal an den Strand zu gehen.

»Um noch mal auf Gerber zurückzukommen, ist er Ihnen vielleicht mal zu nahe getreten?«

»Wie meinen Sie das?«

»Hat er irgendwelche Annäherungsversuche oder unsittlichen Angebote gemacht?«

»Dieser Waldschrat. Wie kommen Sie denn darauf?«

Rieder deutete kurz an, was die Polizisten in Rieders Zimmer gefunden hatten. Sybille Kersten schüttelte sich. Das sei eigentlich noch ein Grund, sich ein anderes Zimmer zu suchen, aber Gerber habe sie nie angerührt und außer »Guten Tag« und »Guten Weg« hätten sie auch kein Wort miteinander gewechselt.

Da fiel Rieder plötzlich ein, dass es auf dem »Heidehof« doch noch den anderen Bewohner geben sollte. Er wurde richtig hektisch, sprang auf und suchte nach seinem Handy.

»Sagen Sie, haben sie denn den anderen Bewohner gestern Nacht oder heute früh gesehen?«

»Nein, aber was ist denn ...?«

Rieder hatte schon gar kein Ohr mehr. Er hämmerte die Nummer von Damp in sein Handy. Als der sich meldete, brüllte er in den Apparat: »Mensch, was ich total verpennt habe, da ist doch noch ein anderer Bewohner im Heidehof. Wir müssen nach ihm suchen. Nicht dass da irgendwas passiert ist.«

Damp versprach, sich mit den anderen Beamten darum zu kümmern.

Rieder winkte nur kurz der Studentin und rannte los, so gut es eben ging. Beim Auftreten hätte er vor Schmerzen schreien können. Völlig außer Atem kam er am »Heidehof« an. Er fand Damp mit Gebauer im oberen Flur.

»Und?«

»Alle Türen sind verschlossen, bis auf das Zimmer der Studentin. Die hat auch Nerven, lässt alles stehen und liegen, selbst ihr Geld. Wenn wir wüssten, in welchem Zimmer er wohnt?«

»Wer verwaltet denn den Schuppen?«, fragte Rieder.

»Die Gemeinde. Ich ruf da mal an, die müssen ja irgendein Verzeichnis haben, wer hier welches Zimmer bewohnt«, erklärte Damp.

Während Damp sich ans Telefon hängte, ging Rieder noch einmal den oberen und unteren Flur ab, rüttelte an den Türen, versuchte durch die Schlüssellöcher und Türritzen zu spähen. Gebauer ging ein weiteres Mal außen um das Haus herum, aber auch alle Fenster waren verschlossen.

Damp kam die Treppe herunter. »Keine Panik. Christian Berg, so hieß der Mieter, ist am Montag ausgezogen. Er hat die Schlüssel am Vormittag in der Gemeindeverwaltung abgegeben. Also Sybille Kersten ist momentan neben Gerber die einzige Mieterin. Und es sollen auch erst am Wochenende neue kommen.«

»Okay, dann fahren wir zurück aufs Revier.«

Im Auto versank Rieders Blick in den grünen Weiden zum Bodden hin. Dort glitten die Fähren zwischen Rügen und Hiddensee unter blauem Himmel dahin. Er sehnte sich danach, jetzt auszusteigen und die Idylle zu genießen.

VIII

Im Revier angekommen, machte sich Damp gleich wieder auf den Weg, um nach dem verschwundenen Fahrrad zu suchen. Zuerst wollte er bei dem Verleiher in Kloster nachfragen, ob das verschwundene Dreirad schon wieder aufgetaucht war, und falls nicht, noch einmal die Gegend in Vitte abgrasen, wo das Ehepaar das Rad angeschlossen hatte. Sie hatten schon öfters verschwundene Räder in den Schilffeldern am Bodden wiedergefunden.

Rieder schaute aus dem Fenster und sah die Pferdewagen mit ihren gelben Planen vorbeiziehen. Ab und zu drang ein Lachen zu ihm, wenn der Kutscher mit seinen Geschichten über die Insel und ihre Bewohner die Touristen erheiterte. Hier wurde der Schritt der Pferde immer etwas langsamer, denn sie mussten eine leichte Anhöhe nehmen, bevor es in Richtung Hafen Vitte bergab ging und die Kutscher oft Mühe hatten, die Wagen in der Spur zu halten.

Um sich herum hatte Rieder einige Fundstücke aufgereiht: die Münze aus Thies' Hand, die Karte aus seinem Hotelzimmer. Er las noch einmal die Aussage von Sadewater. Bei den persönlichen Angaben stockte er kurz, Sadewater hatte den Namen seiner Frau angenommen. Früher hieß er Voss, schlicht wie Meier oder Schulze. Das passte natürlich nicht zum Kurdirektor und seinem Wunsch nach Anerkennung, sodass er sich per Heirat in den klangvollen Sadewater verwandelt hatte. Rieder lachte in sich hinein. Ansonsten brachte die Aussage keine neuen Erkenntnisse. Sadewater hatte alles so geschildert, wie gestern in dem Gespräch in Kloster.

Rieder nahm die Münze in die Hand und hielt sie gegen das Licht. War sie der Schlüssel zum Mord? Mal sehen, was Tom Schade inzwischen herausgefunden hatte.

Schade meldete sich mit vollem Mund. »Mensch Rieder, ich dachte du wärst da oben etwas ruhiger geworden. Lässt einen nicht mal in Ruhe am Döner kauen.«

Bei den Worten merkte Rieder, dass sich auch bei ihm ein Hungergefühl breitmachte.

»Also Pornobilder oder so was Ähnliches, totale Fehlanzeige.« Schade berichtete, dass es in der Wohnung nicht viel zu finden gebe. Merkwürdig sei sicher, dass Thies in den letzten Monaten nach seiner Kündigung beim Museum immer mal wieder hohe Eurobeträge bar auf sein Konto eingezahlt habe, wovon dann die laufenden Kosten beglichen worden wären, etwa Miete, Strom, Heizung. Er vermutete, der freie Kunsthistoriker habe meist schwarzgearbeitet, denn was Schade an Aufträgen und Verträgen gefunden habe, könne niemals diese Summen bringen. »Es liegt viel historisches Zeug rum. Bücher, Karten, alles von der Ostsee. Jede Menge Museumsführer. Ich hab's eingesackt und kann es dir zusenden – für einsame Inselnächte am Strand.«

Rieder kam plötzlich eine Idee.

»Warum bringst du es mir nicht einfach hier hoch. Kleiner Wochenendausflug. Das Wetter soll auch ganz gut werden.«

»Sag mal, Rieder, das riecht aber schwer nach Inselkoller. Soll ich dir vielleicht eine CD aufnehmen mit den Geräuschen der fahrenden S-Bahn?«

»War nur so'ne Idee. Mal wieder ausgiebig über alte Zeiten plaudern und so.«

»Ich überlege es mir. Wenn du noch ein paar hübsche Bräute organisieren kannst …«

Rieder lächelte in sich hinein. Mit seinem Pferdeschwanz und *charming* Lächeln würde Schade bestimmt nicht lange allein im Strandkorb liegen.

»Mein Angebot steht. Aber zurück zum Fall. Warst du auch schon bei seiner Ex-Frau?«

»Das wäre mein nächster Gang gewesen.«

Rieder wollte schon auflegen, da hörte er Schade noch einmal durchs Telefon rufen: »Mensch, Alter, könnte man nicht die Reisekosten unter Amtshilfe abbuchen. Das würde die Sache deutlich reizvoller machen.«

Rieder schüttelte den Kopf über seinen alten Kumpel. »Ich schaue, was sich machen lässt.« Er plante sowieso weniger ein gemeinsames Strandwochenende, sondern vielmehr ein Intensivseminar über Ermittlungsarbeit auf Inseln ohne Autos.

Rieder schob die Beweisstücke und Akten zusammen und verschloss sie in seinem Schreibtisch. Er hatte Lust zum Hafen zu gehen oder vielmehr zu fahren, um dort vielleicht etwas Fischiges zu sich zu nehmen. Die Sonne strahlte jetzt fast senkrecht von Süden auf die Insel, die wie eine Kompassnadel von Nord nach Süd ausgerichtet lag. Der Polizist schaute nach seinem neuen Gefährt. Die Akkus waren voll aufgeladen. Er schwang sich auf den Sitz und schob den Fahrhebel nach vorn. Damp hatte wohl recht gehabt. Der Rollstuhl schoss nach vorn und auf der holprigen Ausfahrt neben dem Rathaus musste Rieder aufpassen, nicht runterzufallen. Er nahm das Tempo etwas zurück und trotzdem fuhr er zügig in Richtung Hafen. Dort angekommen, parkte er vor dem Eisladen neben dem Fischbistro. Die junge Verkäuferin konnte sich vor Lachen nicht halten, als sie Rieder kommen sah, und fragte, wie er zu der Karre gekommen sei. Rieder berichtete kurz von seinem kleinen Unfall und bat sie dann, ein bisschen auf seinen neuen Dienstwagen aufzupassen.

Am Hafen lagen die Vitter Kutter fest vertäut. Erst gegen Abend würden die Fischer wieder zum Fang auf den Bodden auslaufen. Aus dem Gebäude mit der Aufschrift »Fischerklause« kamen lärmende Bohrgeräusche. Das Restaurant war gerade frisch verpachtet worden und der neue Kneiper versuchte mit Farbe und neuem

Mobiliar dem schlechten Image zu Leibe zu rücken. Die Einheimischen hatten den Laden seit Jahren »Zum dreckigen Löffel« genannt und ihren Gästen empfohlen, dieses Etablissement zu meiden. Rieder ging die Mole entlang, wo in den letzten Jahren eine richtige Einkaufsmeile entstanden war mit Souvenirgeschäften, Imbissständen und Restaurants. Auf den neu angelegten Traversen saßen viele Touristen und genossen bei Matjesbrötchen und Eis die Seeluft und lauschten dem Geschrei der Möwen. Sperlinge hüpften zwischen den Füßen hin und her. Sie hofften auf ein paar Krümel und wurden, trotz einer gewissen Aufdringlichkeit, belohnt.

Rieder holte sich ein Brötchen mit Schillerlocken. Er wusste noch immer nicht, was für ein Fisch sich dahinter verbarg und nahm sich vor, Malte Fittkau zu fragen. Er schlenderte humpelnd zum Anleger der Fähren nach Schaprode. Dort lag jetzt auch das blaue Wasserschutzpolizeiboot. Zwei Polizisten in blauen Uniformen saßen gelangweilt im Führerhaus des Schiffes. Von hinten tippte ihm jemand auf die Schulter. Uwe Gebauer hatte ein Fahrrad bei sich.

»Wollen Sie unseren Kahn besichtigen?«

»Wenigstens mich mal den Kollegen vorstellen.«

»Na, dann gehen wir an Bord.«

Gebauer hob sein Rad über die Reling und verstaute es im Heck des Schiffes. Dann stellte er Rieder den beiden anderen Wasserschutzpolizisten vor. Unter Deck gab es eine größere Koje mit einem Tisch in der Mitte und Sitzbänken an den Bordwänden. Vor dem Durchgang zu der Freifläche am Heck waren rechts und links zahlreiche Schubladen. Vorn im Bug vor dem Führerhaus befanden sich die Schlafkojen für die Polizisten, wenn sie über Nacht oder auch mehrere Tage unterwegs waren.

»Einen Tee?«, fragte Gebauer.

»Ja, gern.«

»Bei uns an Bord gibt es nur Tee. Der wärmt richtig durch. Außerdem ist es uns zu viel Gemähre mit einer Kaffeemaschine und richtig Platz gibt's dafür auch nicht. Aber für einen kleinen Tauchsieder plus Tassen und Teebeutel reicht's.«

Damit zog er eine der Schubladen auf und nahm die Teeutensilien heraus.

»Was halten Sie denn von dem Fall?«, fragte Rieder den Mann von der Wasserschutzpolizei.

»Ehrlich gesagt kann ich mir noch nicht so recht ein Bild machen. Aber wenn Sie die Spur mit den Seekarten und den Wracks weiterverfolgen wollen, dann sollten Sie mal Kontakt zu dem Unterwasserarchäologen Zwilling aufnehmen. Der ist der absolute Experte für diese Gegend hier.«

»Und wo finde ich den?«

»Meistens ist der mit seinem Schiff unterwegs, hier irgendwo auf der Ostsee. Auf der Suche nach alten Schiffen. Der Heimathafen der ›Vanessa‹, also des Suchschiffs, ist Sassnitz und dort ist Zwilling sonst in seinem Museum für Unterwasserarchäologie zu finden. Wenn Sie wollen, können wir aber schnell mal über unsere Kanäle klären, wo sich die ›Vanessa‹ grade rumtreibt.«

»Das wäre vielleicht nicht schlecht. Mir reicht es aber, wenn ich es nachher erfahre, wenn wir übersetzen nach Rügen, um Gerber zu vernehmen.«

Damit verabschiedete sich Rieder.

Als er ins Revier zurückkehrte, war Damp auch wieder da und empfing ihn mit einem Wutausbruch. »Diese Fahrradvermieter!« Der Wutausbruch war an und für sich nichts Neues für Rieder. Sein Kollege stand mit den Fahrradvermietern auf Kriegsfuß, denn nicht immer waren ihre Leihräder wirklich verkehrssicher, zumindest nicht nach Damps Maßstäben. Da ging schon mal das Licht nicht, die Bremsgummis waren abgefahren und Klingeln durchaus eine Seltenheit. Und es war nun einmal Damps Mission, die Insel von diesen Missständen zu befreien.

»Das oder der Ketcar ist wieder da!«

»Na, das ist doch mal eine gute Nachricht.«

»Der Trebel, der Vermieter selbst hatte es!«

»Ach was?«

»Dass ich da nicht gleich drauf gekommen bin. Der Trebel hat hier noch eine Abgabestation, gleich nebenan, bei seinem Bruder. Und der hat die Karre eingesackt. Abgeschlossen und eingesackt! Dachte, es wäre eine vorzeitige Rückgabe. Und die Grimmers hätten das Rad nur abgestellt, ohne sich zu melden. Na, dem habe ich eingeheizt. Erst Trebel in Kloster und dann seinem vermaledeiten Bruder.«

Nachdem Damp seine Tiraden beendet hatte, meinte Rieder nur: »Super. Da haben wir heute eine Aufklärungsquote von fünfzig Prozent. Davon konnten wir in Berlin nur träumen.«

Sein Kollege war von dieser Reaktion sichtlich enttäuscht. Er starrte Rieder an. »Mehr haben Sie dazu nicht zu sagen.«

Rieder schüttelte den Kopf. Er würde Damp nie verstehen. Dann blickte er auf die Uhr.

Bevor sie nach Bergen aufbrechen mussten, um Gerber zu vernehmen, wollte Rieder noch einmal im Kulturhistorischen Museum in Stralsund anrufen, um zu überprüfen, ob Thies dort bekannt war, wie er es gegenüber Eckardt behauptet hatte. Diesmal überwand Rieder, wenn auch mit Mühe, die Chefsekretärin und wurde mit Museumsdirektor Wagner verbunden. Nachdem er sich kurz legitimiert hatte, gab er vor, er benötige in einer dringenden Angelegenheit ein paar Auskünfte über einen Kunsthistoriker Dr. Thies.

»Herr Thies ist mir bekannt. Was hat er denn verbrochen?«, fragte Wagner.

Doch Rieder wollte die Katze noch nicht aus dem Sack lassen. Er fragte nach. »Ist er einer Ihrer Mitarbeiter?«

Der Museumsmann verneinte. »Gott bewahre! Herr Thies wird nicht von uns beschäftigt. Entschuldigen Sie meine Offenheit. Ich kenne ihn aus der Zusammenarbeit mit dem Historischen Museum in Berlin. Und die war nicht gerade angenehm.«

»Warum?«

»Ich weiß ja nicht, in welcher Angelegenheit Sie hier Ihre Fragen über Dr. Thies stellen, aber er war immer etwas forsch und behandelte uns wie Provinzler. Dabei wollte er ja was von uns! Leihgaben für die neue Dauerausstellung des Berliner Museums. Wir haben einige wertvolle Stücke, die die Hansezeit in einer Ausstellung sehr anschaulich nacherlebbar machen. Es gab jedenfalls immer wieder Streit zwischen Thies und meinen Leuten. Wenn sein Chef nicht eingegriffen hätte, wäre die Zusammenarbeit von unserer Seite beendet worden, vor allem als Thies versucht hat, uns in die Quere zu kommen und wir beinah einen großen Verlust erlitten hätten. Ich kann mich allerdings nicht des Eindrucks erwehren, dass man auch in Berlin ganz froh ist, dass Herr Thies gekündigt hat. Jetzt läuft es jedenfalls mit der Zusammenarbeit ganz hervorragend.«

Rieder machte sich nebenbei Notizen.

»Wobei ist er Ihnen denn in die Quere gekommen?«

»Na ja, ich will hier nicht zu sehr aus dem Nähkästchen plaudern. Ich möchte nicht, dass bestimmte Dinge in der Öffentlichkeit breitgetreten werden.«

»Herr Wagner, Sie können sich voll auf uns verlassen. Alles, was Sie uns mitteilen, wird vertraulich behandelt.«

Trotzdem war Wagner nicht wirklich überzeugt.

»Sie müssen mich verstehen. Hier so am Telefon ... Ich würde mich gern rückversichern bei Ihrem Vorgesetzten. Das ist doch bestimmt Herr Bökemüller?«

Rieder seufzte.

»Wenn es nicht anders geht. Ich kann Sie natürlich verstehen. Aber bei uns brennt wirklich die Luft. Dr. Thies ist tot. Wir haben ihn auf Hiddensee am Strand gefunden. Ermordet. Deshalb brauchen wir die Auskünfte von Ihnen, um uns ein besseres Bild von Herrn Thies zu machen.«

Schweigen am anderen Ende der Leitung.

»Hallo, sind Sie noch da?«, fragte Rieder.

»Ja, ja ... aber ... Thies hatte, wie gesagt, eigentlich nichts mit uns zu tun. Und wegen ein paar Streitigkeiten um Leihgaben bringt man keinen um.«

»Thies hat sich auf Hiddensee als Ihr Mitarbeiter ausgegeben. Er solle in Ihrem Auftrag eine Ausstellung über die Inselmalerin Elisabeth Büchsel zusammenstellen ...«

»Das ist nicht wahr«, fiel ihm Wagner ins Wort. »Niemals hätte ich Thies als Kurator beschäftigt. Außerdem hatte er von Malerei gar keine Ahnung.«

»Entschuldigen Sie, dass ich darauf noch mal zurückkommen muss, aber wobei hat Thies Ihre Kreise gestört?«

Wieder entstand eine Pause. Dann räusperte sich der Museumsdirektor. »Ja, also ... Um unsere Sammlung zu erweitern, sind wir auf Sammler angewiesen, die uns Stücke als Leihgabe überlassen oder wir erstehen im Rahmen unserer geringen finanziellen Möglichkeiten mal etwas auf einer Auktion. Da muss man natürlich etwas bluffen und darf sich nicht in die Karten schauen lassen, wie weit wir als Museum gehen können.«

Wagner berichtete, dass er vor anderthalb, zwei Jahren erfahren hatte, dass ein Sammler aus Hamburg einige Fundstücke aus einem Wrack aus der Hansezeit zur Versteigerung in London anbieten würde. Das Schiff, eine Kogge, die vor Dänemark gesunken war, stammte aus Stralsund. Irgendwie war Wagner mit Thies über diese Auktion ins Gespräch gekommen und auch über dessen Pläne. Jedenfalls hatte Thies wohl auch den Sammler über drei Ecken gekannt und war durch die Verhandlungen für die Berliner Ausstellung ganz gut im Bilde gewesen, was sich das Museum leisten konnte und was nicht. Wagner war kurz vor der Auktion nach Hamburg gereist, um die Stücke, einen Kompass aus dem 14. Jahrhundert und Beschläge von den Schiffsaufbauten, vor Ort noch einmal in Augenschein zu nehmen. Der Sammler hatte im Gespräch Dr. Thies erwähnt und auch gut über die Verhandlungen der Stralsunder mit Berlin Bescheid gewusst. Misstrauisch war Wagner aber erst geworden, als das Auktionshaus das Mindestgebot für die Stücke deutlich erhöhte. Es hatte nur wenig unter dem gelegen, was sich das Museum in Stralsund leisten konnte. Wagners Vermutung war, dass Thies den Sammler auch über die finanziellen Möglichkeiten seines Hauses informiert hatte. Was er natürlich nicht beweisen konnte.

Rieder bedankte sich für die Auskünfte und verabschiedete sich von dem Museumsdirektor. Ihm fiel ein, dass er vergessen hatte, Wagner nach den Münzen zu fragen. Aber Damp machte ihm auch schon seit einiger Zeit Zeichen, tippte mit dem Finger auf die Uhr und flüsterte: »Wir müssen los nach Bergen wegen der Vernehmung von Gerber. Gebauer wird schon auf uns warten.«

Ansonsten war Damp immer noch wütend über die mangelnde Anerkennung für seinen Fahndungserfolg. Bis zum Hafen und auch während der Fahrt nach Schaprode sprachen beide kein Wort miteinander. Damp hatte sich ins Heck des Bootes gesetzt, während Rieder neben Gebauer im Führerhaus stand und genoss, wie das Boot über die Wasseroberfläche des Boddens flog. Der Bootsführer schmunzelte über diese Szene. »Sie haben es auch nicht leicht.«

Rieder entgegnete: »Es geht so.«

IX

Ein Streifenwagen holte die beiden Polizisten in Schaprode ab und brachte sie nach Bergen. In der Dienststelle übergab ihnen ein Beamter ein Fax von der Spurensicherung aus Stralsund. Behm teilte darin kurz mit, der Fingerabdruck aus Thies' Hotelzimmer, den sie nicht hatten zuordnen können, stamme nicht von Gerber. Rieder reichte das Blatt an Damp weiter. Der meinte nur: »Es wäre zu schön gewesen.«

Sie bekamen einen Vernehmungsraum zugewiesen und warteten auf Gerber. Nach einigen Minuten ging die Tür auf und der schlaksige Mann wurde hereingeführt. Er schlurfte neben dem Beamten her und ließ sich dann auf einen Stuhl fallen. Unter den Augen hatte Gerber dunkle Ringe, seine Wangen waren eingefallen, seine Kleidung war fleckig.

»Mensch Damp, durften Sie mal von der Insel runter? Und der neue Neunmalkluge.«

Rieder überhörte das einfach.

»Tag, Herr Gerber, wissen Sie, warum wir Sie festhalten und sich die Sache nicht mit einem erholsamen Schlaf in der Ausnüchterungszelle erledigt hat?«

»Ihre Laufburschen hier haben schon angedeutet, ich soll Thies umgelegt haben. Wundert mich nicht, ich bin doch auf der Insel immer der Blöde.«

»Wie meinen Sie das?«

»Wer diesen Fischköppen auf der Insel nicht passt, hat doch schon verloren. Sie machen Ihnen das Leben zur Hölle. Das wissen Sie doch ganz genau. Und nun haben sie endlich was in der Hand, um mich loszuwerden. Zu DDR-Zeiten hätten die mir schon längst Inselverbot verpasst. Aber jetzt geht das nicht mehr so schnell. Da muss man schon was finden, um einen abzuschieben.«

Rieder lehnte sich zurück und drehte einen Stift zwischen seinen Fingern.

»Fühlen Sie sich eigentlich wohl in ihrer Rolle als angeblich unschuldiges Opfer?«, fragte er Gerber nach gut einer Minute des Schweigens.

»Was meinen Sie?«

»Wir waren heute Morgen in Ihrer Wohnung. Es ist dort eingebrochen worden. Als wir ankamen, war das ganze Zimmer durchwühlt. Und es lagen dort einige sehr interessante Bilder rum. Sie wissen, was ich meine?«

»Na und. Hat keinem geschadet und mir hat es etwas Geld eingebracht.«

»Wie würden Sie sich fühlen, wenn Sie nackt fotografiert werden und dann Ihr Bild im Internet wie an einer Litfaßsäule ausgestellt wird und jeder Sie begaffen kann? Haben Sie gar kein Mitgefühl mit den Kindern oder Frauen, die Sie für Ihre Zwecke benutzt haben? Hatten Sie dadurch einen besonderen sexuellen Kick?«

Gerber lachte. »Und wenn? Aber ich kann Sie beruhigen, das ist bei mir längst vorbei. Ich bin HIV-positiv. Da ist nichts mehr mit Sex. Ich wollte einfach Geld machen, um vielleicht noch mal ein bisschen die Welt anzuschauen, bevor es zu Ende geht. Und hören Sie mit Ihrer moralischen Entrüstung auf. Die Weiber stellen sich doch auch nackt an den Strand. Und ihre Kinder auch. Da kommen genug Spanner vorbei. Ich hab es einfach etwas kommerzieller aufgezogen.«

»Es ist Ihnen klar, dass das zwei verschiedene Paar Schuhe sind, ob ich mich als FKK-Anhänger an den Strand lege oder von einem geldgeilen Voyeur für seine fiesen Machenschaften missbraucht werde. Das werden Sie doch wohl noch begreifen. Und ich schätze, so locker wird das der Staatsanwalt nicht sehen.«

»Mir egal.«

Gegen diese Mauer der Gefühllosigkeit kam Rieder nicht an.

»Woher kannten Sie Thies? War er einer Ihrer Geschäftspartner?«

»Ich kannte ihn nicht. Das habe ich Ihnen gestern schon gesagt.«

Rieder zog das Plastiktütchen mit der Visitenkarte von Thies aus der Tasche, die sie bei Gerber gefunden hatten, und schob sie über den Tisch.

Der schaute kurz drauf. »Und?«

»Die haben wir bei Ihnen gefunden. Also hören Sie schon auf mit dem Theater. War Thies an, sagen wir mal, Bildgeschäften beteiligt. War er einer Ihrer Kunden?«

Gerber schüttelte den Kopf. »Damit hat Thies nichts zu tun.«

»Woher kannten Sie Thies dann?«

Gerber schwieg.

Rieder schob heftig seinen Stuhl zurück, stand auf und steckte die Hände in die Taschen.

»Passen Sie auf. Sie melden am Montag eine Leiche am Strand und behaupten, den toten Mann nicht zu kennen. Am Dienstag finden wir eine Ihrer Vogelbeobachtungskarten im Zimmer des Toten und am Mittwoch seine Visitenkarte in Ihren Sachen. Diese Indizien reichen dem Staatsanwalt am Donnerstag ganz bestimmt aus für eine vorläufige Festnahme. Von Ihren anderen Verfehlungen mal ganz abgesehen. Und Sie haben auch keinen Freibrief, Gerber. So tragisch Ihr Schicksal auch sein mag. Klar so weit?«

Gerber rutschte auf seinem Stuhl hin und her.

»Thies hat mich erpresst. Er hat mich erwischt, als ich am Strand auf Tour war. Er strolchte da rum und entdeckte meine Verstecke in den Dünen, von wo ich die Bilder gemacht habe.«

»Und dann?«

»Erst mal nix. Ein paar Tage später kam er wieder vorbei, als ich gerade auf der Pirsch war. Er hat mich in eine Kneipe eingeladen und dort haben wir gequatscht. Und irgendwie kam er immer wieder auf diese Wracks zu sprechen. Ich wusste gar nicht, was der wollte. Für mich waren das ein paar alte Planken im Wasser.

Förster hatte mich gebeten, aufzupassen, wenn wir dort am Gellen mit unseren Motorbooten rumschippern, nicht grade drüberzubrettern, aber sonst habe ich mir darum keinen Kopf gemacht.«

Damit erstarb Gerbers Redefluss fürs Erste.

»Und weiter.«

»Ich würde gern erst mal was trinken?«

Damp nickte Rieder kurz zu und der verließ das Zimmer. Nach wenigen Minuten kam er mit einem Plastikbecher Kaffee zurück. Rieder hätte so viel Entgegenkommen von seinem Kollegen gar nicht erwartet. Gerber selbst aber mäkelte rum. »Gibt's nichts Stärkeres hier?«

»Gerber, wir sind hier nicht im Hotel«, versetzte Damp und nahm wieder seine Notizen auf.

»Also, was weiter?«, drängte Rieder.

Gerber schlürfte erst einmal in aller Ruhe an seinem Kaffee, bevor er sich zu weiteren Auskünften aufraffte.

»Was schon weiter? Er quatschte irgendwas von tollen Schätzen, die da rumliegen würden. Und dass man damit eine schnelle Mark verdienen könne. Und es solle mein Schaden nicht sein, wenn ich ihn da mal mit hinnehmen würde. Jedenfalls muss ihm schon vorher irgendwer erzählt haben, dass wir vom Nationalpark wohl mehr wissen über diese blöden Wracks. Und wahrscheinlich habe ich dabei rausgelassen, dass wir dafür extra Karten haben. Da war er nun plötzlich ganz wild drauf. Aber ich habe geblockt, denn ich wollte auch meinen Job beim Nationalpark nicht verlieren. Immerhin war Förster der Einzige, der mir auf der Insel geholfen hat.«

»Also Thies war hinter dieser Karte her, um auf Schatzsuche zu gehen?«

»Denke ich.«

»Und Sie haben ihm diese Karte gegeben.«

»Nicht gleich.«

Rieder seufzte auf. »Lassen Sie sich doch nicht jedes Wort aus der Nase ziehen?«

»Erst hat er mir Geld angeboten.«

»Wie viel?«

»Tausend Euro. Aber das war es mir nicht wert. Wie gesagt, ich wollte meinen Job nicht verlieren. Dann hat er mehr geboten, zum Schluss fünftausend Euro. Da bin ich schon fast weich geworden. Aber mein Nebenjob lief grade so gut«, grient Gerber, »sodass ich weiter abgelehnt habe. Außerdem dachte ich, es wäre vielleicht noch mehr drin. So juckig, wie der auf die Karte war.«

»Woher hatte Thies das Geld?«

»Weiß ich doch nicht. Habe ich auch nicht gefragt.«

»Und hat Thies Ihnen dann noch mehr Geld geboten?«

»Nö. Überhaupt meinte er nun, die Karten seien sowieso bei den Strömungsverhältnissen am Gellen völlig falsch. Er wolle mal mitkommen und schauen, ob denn Karte und Fundorte übereinstimmen.«

»Und sind Sie mit ihm rausgefahren?«

»Ja, vor ungefähr einem Monat. Und da hab ich ihm gezeigt, wo eines der Wracks vor dem Gellen liegt und seine Lage auch mit den Karten übereinstimmt.«

»Und hat Thies daraufhin den Preis für die Karte erhöht?«

Gerber winkte ab. »Ganz im Gegenteil. Er fing an mir zu drohen. Er würde mich anzeigen wegen der Strandbilder und dafür sorgen, dass ich meinen Job verliere, wenn ich ihm die Karte nicht gebe. Und dann wurde in mein Zimmer eingebrochen.«

Damp sah erstaunt auf und Rieder Gerber fragend an.

»Gut zwei Tage später nach der Fahrt mit Thies zu dem Wrack komme ich von meinem Kontrollgang heim. Und da ist mein Zimmer durchwühlt, der Computer an und auf dem Schreibtisch liegt eine CD mit den Bildern aus meinem Laptop.«

»Warum haben Sie den Einbruch nicht angezeigt?«, warf Damp ein.

Gerber griente. »Blöde Frage, konnte auch nur von Ihnen kommen, Damp. Warum bin ich wohl nicht zu Ihnen gelaufen? Ich habe es im Blut, aber noch nicht im Kopf.«

»Okay. Aber wie ging es weiter?«, fragte Rieder.

»Als ich Thies dann noch mal traf, drohte er, eine weitere Kopie der CD an das Nationalparkamt oder Sadewater zu senden. Und das wär's dann wohl für mich auf Hiddensee. Ich hatte eine Scheißangst. Letzte Woche habe ich ihm dann die Karte gegeben.«

»Und haben Sie ihn danach noch mal gesehen?«

Gerber schüttelte den Kopf. »Ich habe ihn dann erst wieder als Leiche gesehen, am Strand.«

Damp mischte sich ein. »Oder haben Sie ihm am Strand aufgelauert und niedergestochen, weil er nicht aufgehört hat, Sie zu erpressen.«

»Das ist doch Quatsch. Ich habe doch nichts weiter außer dieser dämlichen Karte.«

»Sie haben aber auch eine ganz ordentliche Summe auf Ihrem Konto. Vielleicht hat Thies bei seinem Einbruch mal einen Blick auf Ihre Kontoauszüge geworfen. Er war – wie wir wissen – etwas klamm. Da hätten ein paar Tausend Euro von Ihnen schon ein Weilchen weitergeholfen«, setzte der Hiddenseer Polizist noch einmal nach.

»Davon habe ich ihm aber nie was erzählt.«

»Das sagen Sie! Er könnte bei dem Einbruch ja mal die Kontoauszüge gecheckt haben.«

Damp blickte zu Rieder, der zustimmend nickte.

»Wenn ich mir das so anhöre, muss ich meinem Kollegen Damp zustimmen. Das klingt alles nicht so recht glaubwürdig und ist nicht sehr entlastend. Sie hatten ein Motiv, Thies aus dem Weg zu räumen. Denn Ihre Existenz stand auf dem Spiel. Wo waren Sie in der Nacht, als der Mord geschah?«

»Na, zu Hause, ich hatte Geschäfte abzuwickeln, per Computer. Und wenn man früh gegen sechs raus zu den blöden Vögeln muss, geht man zeitig ins Bett.«

»Hat Sie jemand im Heidehof gesehen?«

»Ich war im Zimmer. Und es gibt im Moment noch nicht so viele Mieter im Heidehof, weil die Saison erst anfängt ... Kommen Sie, Thies hatte, was er wollte, und ich meine Ruhe.«

»Aber genau das glauben wir Ihnen nicht, Gerber«, erwiderte Damp. »Ich weiß doch, wie jähzornig Sie werden können. Und vielleicht hat Sie die Wut am Sonntagabend an den Strand getrieben, um mit Thies abzurechnen.«

»Damp, Sie können mich mal, Sie Bullenarsch. Ich sag gar nichts mehr.«

Rieder ermahnte Gerber, sein Mundwerk im Zaum zu halten und winkte dann Damp mit ihm nach draußen zu gehen. Ein Beamter kam zur Bewachung Gerbers in das Vernehmungszimmer.

Beide gingen zum Getränkeautomaten und Rieder spendierte seinem Kollegen einen Kaffee. »Ich brauche mal frische Luft. Gerber geht mir total auf die Nerven, andererseits ist er ein armes Schwein, wie auch immer. Sie haben schon recht, Damp. Er hatte ein klares Motiv und wir haben dafür einen ganzen Haufen von Indizien. Aber Indizien sind keine Beweise.«

»Das weiß ich auch. Ich habe Gerber schon erlebt, wenn er ausrastet. Deshalb würde ich es ihm auch zutrauen. Gerade weil ich jetzt auch weiß, wie sehr ihm das Wasser bis zum Hals steht.«

»Wenn wir den Staatsanwalt anrufen, bekommen wir einen Haftbefehl. Daran habe ich keinen Zweifel«, überlegte Rieder, »ich rufe aber vorher noch mal Behm an. Vielleicht kann sein Computergenie checken, ob Gerber zum Todeszeitpunkt von Thies im Internet war und dort irgendwelche Geschäfte getätigt hat.«

Behm erklärte, dass sie für diese Überprüfung Zeit bräuchten. Mindestens eine Stunde. Rieder schaute auf die Uhr. Kurz vor fünf. Er könnte Gerber bis morgen früh auch noch ohne Haftbefehl festhalten. Doch Gerber erschien ihm psychisch zu instabil. Und Rieder mochte kein Risiko eingehen. Er beschloss, auf Behms Informationen zu warten. Damp quittierte das mit einem resignierten Schulterzucken.

X

Eine Stunde später waren Rieder und Damp mit Gerber schon unterwegs zum Hafen Schaprode. Der Stralsunder Computerexperte hatte sich schon nach zwanzig Minuten gemeldet und mitgeteilt, dass zu Thies' Todeszeitpunkt mehrere Mails von Gerbers Laptop abgeschickt und auch Geldgeschäfte getätigt worden waren. Man müsse mit großer Wahrscheinlichkeit davon ausgehen, dass zu diesem Zeitpunkt Gerber selbst am Computer gewesen sei.

Danach hatte Rieder noch mit dem zuständigen Staatsanwalt gesprochen. Der wollte Gerber wegen des Mordes an Thies nach der bisherigen Beweislage nicht weiter in Haft behalten. Wegen der Geschichte mit den Bildern würde er ein Ermittlungsverfahren einleiten, aber keinen Haftbefehl erlassen, weil er noch nicht absehen könne, auf welchen Straftatbestand das hinauslaufen würde. Aber er hatte eine Aufenthaltsbeschränkung für Gerber erlassen. Er durfte sich nicht in der Nähe des Strandes aufhalten und musste sich jeden Tag auf dem Revier melden.

»Wie soll ich denn meinen Job machen, wenn ich nicht an den Strand darf«, maulte Gerber, nachdem Rieder ihm alles mitgeteilt hatte.

»Vielleicht hat Herr Förster eine Innendienstaufgabe für Sie.«

Über den Stand der Ermittlungen hatte Rieder auch Bökemüller informiert. Erst nach mehreren Versuchen hatte er ihn auf seinem Handy erreicht und das ganze Gespräch über den Eindruck, dass sein Vorgesetzter ihm nicht richtig zuhören würde. Bökemüller war eigentlich nur froh, dass durch Gerbers Freilassung eine Zelle frei geworden war, weil er mit Ausschreitungen bei den Gegendemonstrationen zum Bush-Besuch rechnete und es dabei sicher auch zu zahlreichen Verhaftungen kommen könnte.

Es hätten sich jede Menge Autonomer aus Berlin angekündigt und Rieder wisse doch ganz genau, was da abgehen würde. Rieder dachte bei sich, dass es dabei wohl eher auf die Polizeitaktik und weniger auf freie Zellen ankäme, aber das behielt er für sich.

»Kann uns Gerber denn entkommen?«, hatte Bökemüller gefragt.

»Auf der Insel festhalten kann ich ihn nicht. Wir sind nur zu zweit.«

»Sie haben jetzt aber auch noch die Kollegen von der Wasserschutzpolizei. Also behalten Sie ihn im Auge.« Damit hatte der Polizeichef aufgelegt.

Damp hatte sich ziemlich erregt, nachdem Rieder ihm von den Gesprächen mit Staatsanwaltschaft und Polizeidirektion berichtet hatte. »Warum das denn? Warum kommt der nicht erst mal in eine Zelle? Wie sollen wir denn auf Gerber aufpassen? Wenn das laut wird, was der auf dem Kerbholz hat, dann gnade ihm Gott. Ich würde nicht unbedingt für die Hiddenseer garantieren, und auslöffeln müssen wir dann die Suppe.«

Jetzt während der Fahrt nach Schaprode dachte Rieder über die Geschichte mit dem Stroh aus dem Pferdestall nach. Er fragte Gerber, ob er Kontakt zu den Fuhrleuten auf Hiddensee oder hin und wieder in ihren Ställen zu tun habe.

Gerber setzte ein arrogantes Lächeln auf. »Denken Sie, ich suche die Gefahr. Bei denen bin ich doch schon lange unten durch. Und auf die Leute vom Nationalparkamt haben die schon immer Brass. Nicht mal ›Guten Tag‹ und ›Guten Weg‹. Von denen halte ich mich fern.«

»Und haben Sie sonst irgendwie mit Pferden zu tun?«

»Nö. Auf dem Gellen dürfen keine Pferde mehr gehalten werden und am Strand sind auch keine. Höchstens, dass ich mal in die Pferdeäppel trete, die überall rumliegen, weil der Mistsammler auf der Straße mit dem Kehren nicht nachkommt.«

Bei der Ankunft im Vitter Hafen erlebte Rieder, was Damp prophezeit hatte. Kurdirektor Sadewater stand am Kai. Er wartete auf den Flussdampfer, der jede Woche mit gut situierten Gästen aus Baden-Württemberg für eine Nacht in Vitte anlegte. Im Frühjahr und Herbst fuhr das Schiff auf dem Rhein, zwischen Basel und Köln. Aber ab Frühsommer gab es eine Tour von Rostock die Küste entlang nach Stettin, weiter die Oder hinauf und dann über die Kanäle bis zur Endstation in Berlin-Spandau. Der erste Haltepunkt auf der Tour war Vitte. Sadewater ließ es sich nicht nehmen, die Passagiere persönlich zu begrüßen und bei einem kurzen Umtrunk mit dem typischen Hiddenseegetränk Sanddornlikör die Schönheiten der Insel zu preisen und natürlich auch ein bisschen sich selbst.

Nun stand Sadewater an der Mole und wartete auf das Flussschiff, als das Polizeiboot anlegte und die Polizisten mit Gerber von Bord gingen. Er stürmte auf Rieder zu. »Wie können Sie diesen Strolch wieder auf die Insel bringen. Was sollen die Leute denken?«

Rieder versuchte Ruhe zu bewahren, auch wenn es ihm schwerfiel.

»Guten Abend, Herr Sadewater. Vielleicht könnten Sie sich etwas mäßigen und hier nicht so einen Aufstand machen. Ich werde versuchen, es Ihnen zu erklären.«

»Erklären, was wollen Sie erklären? Das sind vielleicht Ihre Weicheimethoden aus Berlin. Geschwafel von Toleranz und so. Wir wollen dieses Schwein hier nicht mehr auf der Insel sehen. Verstanden?«

Nun kam auch noch einer der ortsansässigen Querulanten dazu. Ein älterer Herr mit Fischermütze, der sich den Touristen gegenüber immer als alter Kapitän gerierte, aber von dem Rieder längst wusste, dass er nicht einmal einen Motorboot-Führerschein besaß. Eigentlich belächelten ihn die Hiddenseer wegen seiner ständigen Aufschneiderei, aber jetzt nickten jene, die sich im Hafen aufhielten, bei seinen Tiraden. Er trat gegen die Gangway des Polizeibootes und rief: »Ihr Blauen, verpisst euch. Wir klären das auf unsere Weise. Wir brauchen hier keine Polizei.« Gebauer versuchte den Mann wegzuschieben, da fing sein Hund an zu kläffen und an den Beinen des Polizisten hochzuspringen.

Mehrere Fuhrleute und Hiddenseer wurden durch den Krach aufmerksam und kamen nun auch zum Boot. Einige drohten mit Fäusten in Richtung der Polizisten. Rieder drängte Gerber sicherheitshalber erst einmal zurück aufs Boot, wo ihn Damp unter Deck brachte. Die beiden anderen Besatzungsmitglieder des Polizeibootes sprangen ihrem Chef zur Seite und nahmen den Hundebesitzer in die Zange. Rieder wandte sich wieder an Sadewater, der genüsslich den sogenannten Volkszorn verfolgte.

»Sind Sie jetzt zufrieden?«, fragte Rieder den Kurdirektor mit gehobener Stimme, damit ihn auch die Umstehenden verstehen konnten. »Es ist nach der Beweislage so entschieden worden, dass Herr Gerber unter Auflagen auf freien Fuß gesetzt wird. Daran ist vorerst nichts zu ändern. Hält er sich nicht daran, wird er in Haft genommen. Und sein derzeitiger Wohnort ist der Heidehof auf Hiddensee.«

»Und wie wollen Sie verhindern, dass er seine Spannerei nicht weiter auslebt? Ich habe auf den Ruf dieser Insel zu achten. Das ist unser Kapital.« Rieder hätte Sadewater gern geantwortet, dass der Ruf der Insel wahrscheinlich mehr unter den überhöhten Preisen und dem oft nur mäßigen Service litt, aber er war sich auch bewusst, dass Schlagzeilen über Gerbers Treiben in den einschlägigen Zeitungen dem Tourismusgeschäft abträglich sein könnten.

»Sie können beruhigt sein. Sein Computer ist beschlagnahmt. Ebenso seine Konten. Und die Kamera wird Kollege Damp jetzt gleich noch einziehen. Außerdem darf er sich nicht in der Nähe des Strandes aufhalten. Ich weiß auch, dass das keine sehr glückliche Situation ist.«

Sadewater wollte sich nicht beruhigen. Er wollte provozieren. »Rieder, ich werde mich bei Ihrem Vorgesetzten beschweren. Sie sind nicht das Lamm, für das Sie sich bisher hier ausgegeben. Wer lässt sich sonst auf diese Insel versetzen, oder sollte ich lieber sagen, wer wird sonst auf eine Insel versetzt? Und wir sehen ja an der Rückkehr von Gerber, dass Sie offenbar nicht zu den hellsten Köpfen gehören. Von Ihrem Kollegen Damp mal ganz zu schweigen. Die Nummer mit dem Ketcar, dass Ihnen vor der Nase geklaut wurde, spricht doch Bände.« Sadewaters Worte wurden mit Gelächter der umstehenden Leute am Hafen quittiert. Rieder erkannte einige Gesichter. Aber er war derartige Angriffe von Berlin gewöhnt und so nutzte ihm seine Routine, nun seine Gefühle im Griff zu halten und sachlich zu bleiben, auch wenn er innerlich kochte.

»Rufen Sie meinen Chef ruhig an. Und ansonsten denken Sie, was Sie wollen. Wir werden jetzt Gerber an Land bringen und nach Haus begleiten und ich hoffe in Ihrem eigenen Interesse, Herr Sadewater, dass Sie sich auch wieder an Ihre Grenzen erinnern, so wie *ich* weiß, wo meine sind. Jedenfalls war das die erste und letzte Beamtenbeleidigung, die ich mir aus Ihrem Mund gefallen lasse.«

Damit drehte er sich um und ging aufs Boot. Dort bat er Damp, den Streifenwagen zu holen, um Gerber zum »Heidehof« zu fahren. Damp machte sich überraschenderweise ohne Widerspruch auf den Weg und ertrug still, wenn auch wütend die Spottrufe.

»Tja, Herr Kommissar. Da sehen Sie mal, wie es hier so ist, wenn man nicht dazugehört«, meldete sich Gerber aus einer Ecke der Kajüte.

Rieder schaute ihn mit einem langen Blick an und sagte dann ganz ruhig: »Halten Sie einfach den Mund. Morgen früh, Punkt 9 Uhr melden Sie sich auf dem Revier in Vitte. Keine Minute später. Sollten Sie nicht da sein, werden wir Sie holen, mit Blaulicht und Sirene. Und das wünschen Sie sich nicht im Ernst.« Dabei nickte Rieder zum Bullauge hinaus in Richtung Hafen, wo immer noch Neugierige vor dem Polizeiboot versammelt warteten.

»Und wie soll ich zum Nationalparkhaus kommen? Ich brauche Polizeischutz.«

»Gerber, verlassen Sie sich drauf. Wir werden schon ein Auge auf Sie haben.«

Gebauer meldete, dass Damp mit dem Wagen da sei. Eskortiert von den Wasserschutzpolizisten brachte Rieder Gerber zum Wagen. Nachdem sie eingestiegen waren, ließ Damp den Motor aufheulen und fuhr mit quietschenden Reifen davon.

»Muss das sein?«, stöhnte Rieder auf.

Gegen seine Gewohnheit schwieg sein Kollege und verlangsamte die Fahrt.

XI

Nachdem sie Gerber im »Heidehof« abgeliefert hatten, fuhren Damp und Rieder zurück zum Revier in Vitte. Sie ließen sich in ihre Stühle fallen. Rieder fragte sich, ob man Gerber wirklich da im »Heidehof« allein lassen konnte. Er verstand zwar, dass die Leute aufgebracht waren – das war einfach eine menschliche Regung –, aber er hasste diesen Hang zur Selbstjustiz. Damp und er waren nur zu zweit. Sie konnten höchstens die Beamten des Polizeibootes zur Bewachung abstellen, für den Abend und die Nacht, allerdings war dann wieder das Problem, dass sie wenigstens den Streifenwagen haben mussten, um dort direkt Präsenz zu zeigen. Das würde Damp nicht freuen, denn der müsste in diesem Falle den Heimweg nach Neuendorf mit dem Rad antreten. Oder er bat Damp darum, gemeinsam mit ihm die Bewachung zu übernehmen. Auch das würde seinen Kollegen nicht begeistern, und wenn Rieder ehrlich war, ihn auch nicht.

»Ich habe ein ungutes Gefühl wegen Gerber«, sagte Rieder plötzlich in die eingetretene Stille.

Damp blickte auf. »Kann ich verstehen. Aber was sollen wir tun?«

»Wir könnten Gebauers Jungs anfordern und sie für die Observation vor dem Heidehof abstellen.«

»Und sollen die sich da in den Wald stellen oder mit dem Fahrrad rumkutschieren?«

»Die müssten dann schon unseren Streifenwagen bekommen.«

Rieder sah, wie die Kiefer von Damp mahlten. Andererseits war auch Damp klar, dass der VW Passat nicht sein Privatauto war.

Aber trotzdem machte er noch einen Versuch. »Gäbe es eine Alternative?«

»Klar. Wir beide teilen uns die Nacht. Sie schauen von acht bis Mitternacht nach dem Rechten, ich löse Sie dann ab und bleibe bis zum Morgengrauen. Es graut jetzt ja schon ziemlich früh.«

Damp kratzte sich am Kinn, zog seine Sonnenbrille aus der Brusttasche und ließ sie immer um ihren Bügel drehen. Rieder konnte Damps Gedanken erraten. Mit dem Wagen vor der Tür vom »Heidehof« zu stehen, käme zwar seinen Sheriff-Allüren entgegen, andererseits war ihm auch mulmig zumute, dass etwas aus dem Ruder laufen könnte. Es dauerte ein paar Augenblicke, dann meinte Damp: »Ich denke, wir sollten Gebauers Leute bitten. Wir müssen morgen auch wieder ran, während die sich vielleicht doch ausruhen können.«

Rieder nickte. Er nahm das Telefon und rief Gebauer an. Der versprach, seine Leute in einer halben Stunde vorbeizuschicken. Er selbst wollte sich auch an der Observation beteiligen, sodass immer zwei am »Heidehof« und einer auf dem Boot präsent wären.

Danach versuchte Rieder noch einmal Schade zu erreichen. Sein Handy war auf die Mailbox umgeleitet und auf dem Berliner Revier sagte man ihm, dass Schade unterwegs sei. Für heute reichte es ihm. Er verabschiedete sich von Damp und versprach, morgen so früh da zu sein, dass er sich um Gerber kümmern könne. Er nahm noch ein paar Unterlagen von dem Fall mit und fuhr mit seinem Krankenrollstuhl nach Hause. Dass er am Nachmittag nicht so viel hatte laufen müssen, hatte seinem Knie richtig gut getan. Die Schmerzen waren deutlich zurückgegangen.

Als er am Häuschen ankam, war es kurz nach acht und draußen noch immer taghell.

Er legte sich mit einem Bier in den Liegestuhl im Garten und genoss die Abendsonne. Etwas später rauschte der Polizeipassat vorbei und Rieder konnte die blauen Uniformen der Wasserschutzpolizisten erkennen. Aber am Steuer saß Damp. Was das jetzt wieder bedeuten sollte, war ihm irgendwie egal. Er würde es morgen früh schon noch rechzeitig erfahren. Da klingelte sein Handy. Schade war dran.

»Entschuldige, aber es ging nicht früher. Ein paar von unseren Jungs sind bei einem Einsatz in Kreuzberg schwer unter Druck geraten, haben wohl zu sehr den dicken Max markiert bei einer Kontrolle. Es gab eine Schlägerei und alles, was fahren konnte, musste hin, um die Lage wieder unter Kontrolle zu bringen.«

»Du wirst es nicht glauben. Ähnliches habe ich heute auch auf dem idyllischen Hiddensee erlebt«, und Rieder erzählte, was am Hafen passiert war.

»Die Frau von Thies war nicht der ganz große Gewinn, wenn auch sonst genau mein Typ. Mitte vierzig. Brauner Teint. Lange Haare. Super Beine.«

»Schön für dich. Und sonst?«

»Auch der Polizist lebt nicht nur vom Beweis allein. Sie sind seit drei Jahren geschieden und leben schon seit sechs Jahren getrennt. Also die Trauer hielt sich in Grenzen. Hätte also gut für mich laufen können.«

Rieder schüttelte den Kopf, auch wenn es Schade nicht sehen konnte.

»Kontakt hatten sie eigentlich nicht mehr. Aber über gemeinsame Freunde hat sie erfahren, dass er an der Ostsee irgendwie nach mittelalterlichen Schätzen forschen würde. Seine Geschäftspartner sollen sehr spendabel gewesen sein und zahlten ihm ordentliche Honorare. Ich bin daraufhin noch mal seine Unterlagen durchgegangen, aber Verträge oder so etwas in der Richtung, die das bestätigen würden – Fehlanzeige.«

»Wäre auch zu schön gewesen.«

»Aber du kannst ja selbst nachschauen. Mein Ausflug nach Hiddensee ist gebongt. Auto gebucht. Übermorgen fliege ich ein. Also mach schon mal den Strandkorb klar. Die Polizei bezahlt.«

»Super. Vergiss deine Gitarre nicht. Ich sage nur ›Blowing in the wind‹ am Lagerfeuer und die Inselschönen fliegen dir zu.«

Schade lachte. »Ich bin doch keine zwanzig mehr. Und wie gesagt, mir haben es eher die reiferen Frauen angetan. Oder hast du das schon vergessen?«

»Ich lass dich dann in Schaprode abholen. Ich habe jetzt hier auch das Kommando über ein Polizeiboot. Die bringen dich dann auf die Insel.«

»Geil, wie bei Miami Vice?«

»Ich denke, das ist Verhandlungssache mit dem Käpt'n.«

»Das krieg ich schon hin. Soll ich morgen noch mal dem Museumsfritzen hier auf den Zahn fühlen.«

»Wenn du dazu Zeit hast …«

»Okay. Ansonsten bis Freitag … und Rieder, denk bloß nicht, dass ich da oben irgendwas arbeite, Akten mit dir lese oder so was. Ich kenne dich schon länger und auch deine finstersten Gedanken. Schlag es dir aus dem Kopf! Das ist dein Revier!«

Rieder musste grinsen, dass ihn sein Ex-Kollege durchschaut hatte. Er behauptete natürlich, nie dergleichen im Schilde geführt zu haben. Dann verabschiedeten sie sich.

Nun war es aber Zeit für sein Bier. Da fiel ihm seine Verabredung mit Charlotte Dobbert ein. Das musste er auf alle Fälle noch erledigen. Er tippte die Nummer von ihrer Kneipe ein. Nach mehrmaligen Klingeln nahm Charlotte Dobbert selbst ab. Im Hintergrund hörte er laute Kneipengeräusche. »Hallo. Ich warte, dass du in deinem neuen Dienstwagen vorfährst!«

Rieder brauchte etwas, um zu verstehen, dass sie seinen Rollstuhl meinte.

»Da würden wohl die Akkus nicht reichen bis Neuendorf.«

»Faule Ausrede. Wie geht's denn deinem Knie?«

»Woher weißt du das alles schon?«

»In ungefähr fünf Meter Luftlinie sitzt ein Mann in Uniform, jetzt schon beim dritten Bier. Er hat mir alles erzählt, von deinem Unfall und eurem Zusammenstoß mit dem geballten Volkszorn im Hafen. Er wirkt ziemlich deprimiert.«

»Na ja, war ein Scheißtag. Und ich wollte auch nur absagen, weil ich doch eher meine Knochen pflegen will. Tut mir leid.«

Es entstand eine Pause. Dann sagte Charlotte mit gedämpfter Stimme: »Mir auch.«

Rieder schluckte. »Blöd, wenn die Stammkneipe fünf Kilometer entfernt liegt und nur per Fahrrad zu erreichen ist.«

»Untersteh dich, dir eine nähere zu suchen. Ich rechne fest mit deinem Umsatz. Ich muss jetzt Schluss machen. Hier brummt der Laden. Da wäre mir eine weitere Labertasche an der Theke eh zu viel. Also gute Besserung. Ahoi.«

Dann war sie weg. Wenigstens etwas Aufmunterndes an diesem Tag, dachte Rieder und prostete sich selbst zu.

»Und ging's?«

Rieder fiel vor Schreck fast aus dem Liegestuhl. Wie aus dem Erdboden gewachsen stand Malte Fittkau neben ihm. »Ich meine die Karre«, erklärte Rieders Nachbar und ließ sich auf einem Gartenstuhl nieder.

»Ja, klar. Super. Ich hätte sie auch noch vorbeigebracht. Ist ein tolles Geschoss. Ein bisschen getunt, denke ich.«

Fittkau schmunzelte.

Rieder stand auf und holte seinem Nachbarn unaufgefordert ein Bier. Als er es ihm gab, machte Fittkau mit Daumen und Zeigefinger die Geste für ein kleines Glas. »Wie wär's mit einem Kurzen? So als Warmgetränk, wird doch schon ein bisschen kalt hier draußen.« Rieder ging also noch einmal ins Haus und kam mit zwei Gläsern und einer Flasche Danziger Goldwasser zurück. Fittkau schaute auf das Etikett und nickte anerkennend: »Nobel. Deiner oder von den Vermietern?«

»Meiner«, sagte Rieder und machte die Gläser randvoll.

Nachdem sie wieder Luft in die Gläser gelassen hatten, zeigte Fittkau in Richtung Elektrorollstuhl. »Kannste morgen auch noch behalten. Kannste immerhin selbst fahren und musst nicht Damp das Steuer überlassen.«

Rieder lehnte ab, sein Knie sei schon wieder ganz in Ordnung. Dann schwiegen beide, was Rieder eigentlich unangenehm war, weil er glaubte, damit etwas ungastlich zu wirken. Aber es gehörte hier oben zu den Menschen und vor allem auch zu Malte Fittkau, wenig zu reden und viel zu schweigen. Aber warum nicht die Möglichkeit für ein paar interne Inselinformationen nutzen?

»Kennen Sie den Gerber vom Nationalparkamt?«

»Der ist bekloppt.«

Eine klare und eindeutige Antwort, die eigentlich keine Nachfragen mehr zuließ. Trotzdem versuchte es der Polizist noch einmal. »Warum?«

»Warum? Weiß nicht. Der wirkt eben wie ein Spinner. Und mit dem Sadewater liegt der sich auch immer in den Haaren. Der ist aber auch ein Lackaffe.«

»Worüber streiten die sich?«

»Na über die blöden Vögel. Gerber macht immer so ein Gewese um seinen Gellen, dass dort ja keiner rumläuft und die Vögel stört, aber Sadewater schleppt da seine Edeltouristen hin. Im Motorboot. Dann brüllen sie sich an, der eine vom Boot und der andere vom Ufer. Total meschugge beide.«

Dann herrschte wieder Schweigen.

»Fand ich schon gut, wie du vorhin den Sadewater hast auflaufen lassen. Das brauchte der mal.« Wieder Schweigen. »So als Amtsperson wirkste echt viel älter, als wenn du jetzt hier sitzt. Prost!«

Rieder lächelte über die Worte seines Nachbarn, die ihm gut taten und auch über den stillschweigenden Wechsel vom Sie zum Du. Er testete, ob das Bestand hatte.

»Hast du schon mal was von irgendwelchen Schatzfunden gehört hier auf Hiddensee?«

»Da gibt's nur einen?«

»Den Hiddenseer Goldschmuck?«

»Genau den. Ist schon über hundert Jahre her. Da haben sie das Ding angeblich in Neuendorf gefunden. In Einzelteilen. Nach irgendeiner Flut. Nachher hat's geheißen, sie hätten es aus der Seekiste eines Matrosen geklaut, dessen Schiff unten bei Plogshagen gestrandet ist. Erst haben die Neuendorfer ihn und seine Mannschaft gerettet, und als er am nächsten Tag wieder auf seinen Kahn zurück ist, war die Truhe leer, wo er alles drin hatte, den Schmuck auch. Aber die Neuendorfer sind Dösbattel.«

»Warum?«

»Irgendeiner hat die Klunkern nach Stralsund geschleppt und dort für ein paar Silberlinge verhökert. Aber der Kram war Millionen wert. Und außerdem liegt nun der Schiet in Stralsund im Museum. Und hier haben sie nur 'ne Kopie. Haben sich schön übers Ohr hauen lassen. Die Hiddenseer. Wie immer!«

»Na, na, ihr bringt doch auch immer ganz schön eure Schäfchen ins Trockene.«

Fittkau winkte ab. »Längst vorbei. Die da oben merken es nur nicht. Werden doch immer weniger Touristen auf der Insel.«

Damit stand er auf, stellte die leere Bierflasche auf den Tisch. »Bis denn.« Nach ein paar Schritten drehte er sich noch einmal um, kam zurück und kramte aus seiner Tasche eine Handvoll Duschmarken heraus. »Hier, für dich. Sind gratis. Vorrat, falls mal die junge Kellnerin aus Neuendorf hier übernachten sollte.« Er zwinkerte Rieder zu, setzte sich auf seinen Krankenrollstuhl und schaukelte damit den kleinen Pfad zu seinem Haus zurück. Rieder blieb sprachlos zurück.

XII

Rieder wagte es, mit dem Rad nach Kloster zu fahren. Dort wollte er sich mit dem Unterwasserarchäologen Ralf Zwilling treffen. Gebauer hatte ihm gestern noch mitgeteilt, dass sich Zwilling momentan mit seinem Schiff vor Kap Arkona aufhielt, weil er dort nach Überresten der alten schwedischen Flotte tauchen wollte, die dort vor ein paar Jahrhunderten nach schweren Gefechten gesunken war. Heute Morgen hatte dann das Telefon von Rieder geklingelt. Zwilling war dran. Gebauer hatte ihm angedeutet, dass sich eine der Ermittlungsrichtungen mit den Wracks vor der Südwestküste Hiddensees, am Gellen, beschäftigen würde und das hätte ihn doch neugierig gemacht und auch beunruhigt. Nun wollten sich Rieder und Zwilling im Hafen von Kloster treffen, wo der Archäologe mit seinem Suchschiff einen Zwischenstopp einlegen wollte.

Im Bücherregal seiner Vermieter hatte Rieder ein Buch über die Geschichte Hiddensees aufgetrieben und in der Nacht noch lange darin gelesen, auch von dem Goldschatz, der vor über einhundert Jahren in Neuendorf gefunden worden war.

Gerber brauchte sich gar nicht im Revier zu melden, denn Damp hatte ihn gleich am Morgen von den Wasserschutzpolizisten abholen lassen, wie auch sich selbst. Er befürchtete wohl, Gerber auf offener Straße könnte wieder zu einigem Aufsehen führen und das wollte er auf alle Fälle verhindern. Mit dem Amtsleiter Förster war geklärt, dass Gerber vorläufig Innendienst machen sollte. Allerdings hatte sich die Nationalparkbehörde Boddenlandschaft vorbehalten, Gerber fristlos zu entlassen, sollten sich die vorliegenden Verdachtsmomente bestätigen. Aber Förster hatte sich für seinen Mitarbeiter starkgemacht, bei allem Fehlverhalten, mit Blick auf sein gesundheitliches Schicksal. Ihm war aber auch klar, selbst wenn Gerber seinen Job behalten sollte und nicht ins Gefängnis musste, würde er kaum auf der Insel bleiben können. Zunächst wollte er aber die weiteren Ermittlungen und das Strafverfahren abwarten.

Rieder und Damp waren dann beide zu Bürgermeister Durk bestellt worden, der darum bat, über den Ermittlungsstand in Kenntnis gesetzt zu werden. Auch er hatte sein Missfallen zum Ausdruck gebracht, dass Gerber wieder auf die Insel gebracht worden war. Außerdem hätte er gern früher etwas über die Fotogeschichte erfahren. Durk hatte gefordert, ab sofort ständig auf dem Laufenden gehalten zu werden. Die beiden Polizisten hatten es versprochen.

Auf dem Deichweg entlang am Bodden blies der Wind doch stärker, als Rieder erwartet hätte. Das Fahren machte ihm ganz schön zu schaffen. Jetzt kurz vor Kloster spürte er auch wieder Schmerzen im Knie, als sich sein Telefon in der Brusttasche meldete. Behm von der Stralsunder Spurensicherung war dran. »Habt ihr heute keinen Einsatz für uns?«

»Bis jetzt nicht. Gott sei Dank. Da müsst ihr heute wohl als Kanalarbeiter ran.«

Behm lachte. »Wir konnten uns drücken. Verstärkung aus Magdeburg ist gekommen. Und die kleben jetzt Kanaldeckel zu. Müssen vor dem Einsatz doch die Gegend richtig kennenlernen.«

»Was gibt es sonst? Ich bin nämlich gerade auf dem Weg zu einem Termin mit einem Unterwasserarchäologen.«

»Die Schatzspur lässt dich also nicht los. Ich habe nur eine kurze Information. Vielleicht kommen wir bei dem Fingerabdruck doch weiter. Hier in unseren Dateien war nichts zu finden. Da fiel mir ein, dass ich auf einem Seminar einen Kollegen bei Europol kennengelernt habe. Und den habe ich mal angefunkt. Und ...?« Behm machte eine Pause, um dann ins Telefon zu rufen: »Bingo! Ich habe von ihm gerade eine Mail bekommen, dass es Übereinstimmungen mit Spuren aus einem Fall in Frankreich gibt. Aber

Genaueres konnte er noch nicht mitteilen. Er will sich heute dranhängen und dann noch mal melden.«

»Aus Frankreich?«, fragte Rieder verwundert.

»Ja, aus Frankreich. Und das ist auch das Problem. Denn wenn hier in Stralsund laut wird, dass nicht euer Vogelmensch dem Schatzsucher das Licht ausgeknipst hat, sondern jemand aus dem Ausland, dann kannst du bei dir auf der Insel nicht mehr treten vor BKA, BND und möglicherweise auch CIA oder Secret Service. Ich sage nur ›Welcome, Mr. President‹! Aber jedes Problem hat ja bekanntlich zwei Seiten. Du könntest dich dann in den Liegestuhl legen, denn die Jungs würden dich nicht mal auf Sichtweite an den Fall heranlassen.«

»Ich kenne so was aus Berlin zur Genüge. Darauf kann ich verzichten. Können wir es denn unter der Decke halten, ohne dass du dir die Finger verbrennst.«

»Meine Anfrage war sowieso schon Übereifer, denn ein Mord auf Hiddensee, das will mir immer noch nicht in den Kopf. Ich liebe diese Insel! Und hier weiß noch keiner was von meinen neuen Erkenntnissen. Und so könnte es auch erst mal bleiben, bis wir ein paar gesicherte Fakten aus Frankreich in der Hand haben.«

»Klingt gut. Aber Damp muss ich wenigstens was sagen. Wenn der mitkriegt, dass irgendetwas hinter seinem Rücken läuft, droht mir wahrscheinlich Kielholen.«

»Okay, aber er soll den Mund halten. Wobei ich mich fast dafür verbürgen würde, dass er das meistens am besten kann.«

Damit legte Behm auf.

Rieder sah ein großes Schiff in den Hafen von Kloster einlaufen. Die »Vanessa«. Der Schiffsrumpf leuchtete in glänzendem Grün, die Aufbauten waren schneeweiß. Vorn und hinten sah man Kräne. Und ein kleines U-Boot, wahrscheinlich gerade mal für einen Mann, war an den Aufbauten auf Deck festgemacht. Beim Anlegen des Schiffes an der Mole kam es zu einem richtigen Menschenauflauf. Die Touristen zückten ihre Kameras und schossen Bilder, denn so etwas sah man hier in den Boddengewässern sehr selten. Die Schiffsschraube wühlte das Wasser im Hafen auf. Möwen umkreisten schreiend das Schiff und hofften auf ein paar Leckerbissen. Per Funkgerät signalisierten Besatzungsmitglieder dem Steuermann, wie viel Platz er noch am Bug oder Heck bis zur Mole hatte. Die Leinen flogen über Bord und Leute von der Reederei Hiddensee, die den ganzen Personenverkehr mit Schiffen abwickelten, halfen beim Festmachen.

Rieder hatte mittlerweile auch das Schiff erreicht. Er schloss sein Fahrrad an und musste sich richtig durch die Massen drängeln, die sich vor dem Schiff versammelt hatten. Er ging über die Gangway. Rieder wies sich gegenüber einem Besatzungsmitglied aus und bat diesen, ihn zu Ralf Zwilling zu bringen. Der kam ihm schon entgegen. Ein hochgewachsener Mann, Ende dreißig, braun gebrannt, schwarzes Haar. Mit seinem Bart, dem Blitzen in den Augen und der zerknitterten weißen Schiffermütze auf dem Kopf ähnelte Zwilling einem richtigen Seebär. Sein Handschlag war so fest, dass es Rieder schmerzte.

»Willkommen an Bord. Kommen Sie doch mit unter Deck. Dort können wir in meiner Kabine ungestört reden.«

Auf dem Weg dorthin erklärte Zwilling, dass die »Vanessa« früher zur ostdeutschen Hochseeflotte gehörte und als Versorgungsschiff den Fischtrawlern in der Nordsee und im Nordatlantik Nachschub brachte. An Bord habe es damals auch eine Werkstatt gegeben, um größere Havarien auf den Schiffen reparieren zu können. Sogar Ersatzmotoren seien an Bord gewesen. Jetzt käme den Archäologen diese Ausrüstung zugute, zum Beispiel die beiden Kräne. Und in den ehemaligen Frachträumen habe man genug Platz, nicht nur um Fundstücke zu transportieren, sondern auch gleich richtig zu konservieren.

Rieder fragte nach, wozu das nötig sei und ob das nicht die Museen machen könnten.

»Wenn wir so lange warten würden, könnten wir nur noch Krümel in den Museen abliefern. Es ist egal, ob es sich um Säbel, Tonkrüge oder Holzteile der Schiffsausrüstung handelt – kommen die Sachen nach Jahrhunderten auf dem Meeresgrund an die Luft und werden nicht umgehend und fachmännisch konserviert, zerbröseln sie schneller, als der Platz in einer Vitrine frei geräumt werden kann.«

Zwilling hatte seine Kajüte im hinteren Teil des Schiffes. Sie war zwar nicht groß, aber gemütlich. Die ganze Einrichtung war aus dunkelbraunem Schichtholz gearbeitet. In der Mitte stand ein schlanker Tisch, der durch das Hochklappen von Seitenteilen noch vergrößert werden konnte. Vor dem Bullauge fand sich ein Schreibtisch mit einem bequemen Schreibtischstuhl, rechts davon eine Liege, links offenbar Schränke. An der Wand lehnten Klappstühle. Auf die deutete Zwilling, als er mit Rieder eintrat. »Nehmen Sie sich doch einen.« Er zog sich seinen Schreibtischstuhl an den Tisch. »Wie kann ich Ihnen helfen?«

»Sie werden verstehen, dass ich gegenüber einem Außenstehenden nicht alle bisherigen Ermittlungsergebnisse offenlegen kann. Ich brauche eher ein paar Informationen. Was machen Sie eigentlich genau?«

Zwilling lehnte sich zurück und verschränkte die Arme vor der Brust. »Wir versuchen ein Stück deutscher Geschichte zu retten. Vielleicht sogar ein Stück europäischer Geschichte. Sehen Sie, die Ostsee war schon vor einem Jahrtausend, wahrscheinlich bereits länger, einer der wichtigsten Handelswege auf dem Kontinent. Sie verband frühzeitig den Mittelmeerraum mit Nordeuropa und mit Russland. Und das Transportmittel für Güter vom Süden in den Norden des Kontinents waren Koggen, Schaluppen, Schoner. Zum Beispiel die Gellenkogge hier vor Hiddensee.« Zwilling holte aus einem Hefter auf seinem Schreibtisch ein paar Fotos und legte sie vor Rieder hin. Rieder konnte darauf nicht mehr erkennen als ein paar alte verrottete Schiffsplanken, die offenbar lange im Wasser gelegen hatten.

Der Archäologe berichtete, dass 1996 Taucher des Landesamtes für Bodendenkmalpflege an der Südwestspitze von Hiddensee in rund drei Meter Wassertiefe auf Reste eines Schiffes gestoßen waren. Wie sich herausgestellt hatte, war es eine Kogge, die wahrscheinlich um 1330 aus skandinavischer Kiefer gebaut worden war. Die Archäologen hatten sogar noch Teile der Ladung sicherstellen können. Es waren polierte Kalksteinplatten, wahrscheinlich von der schwedischen Insel Ödland, die damals, in der Hansezeit, als Baumaterial für Patrizierhäuser oder Kirchen verwendet wurden. 1997 war dann das Schiff gehoben und nach langer Konservierung im Unterwassermuseum in Sassnitz ausgestellt worden. Durch diesen Fund hatten nun Handelsrouten zwischen den Hansestädten an der deutschen Ostseeküste und Schweden rekonstruiert werden können, denn wahrscheinlich war das Schiff gesunken, weil es bei der schwierigen Anfahrt auf die Hansestadt Stralsund auf Grund gelaufen war. Und die Gellenkogge war nur ein Beispiel. Allein vor Rügen und Hiddensee lagen im Abstand von einem bis zwei Kilometern vor der Küste rund einhundertfünfzig Wracks. Vor der gesamten deutschen Ostseeküste rechne man in der Zwölfmeilenzone mit zweitausend gesunkenen Schiffen.

Rieder hörte gespannt zu.

»Ein Historiker hat mal geschrieben, es sei eine Ruinenlandschaft, wie sie die Fantasie nicht bizarrer malen könnte.«

»Und werden alle diese Wracks gehoben?«

»Nein. Das wäre viel zu teuer und eigentlich auch übertrieben. Aber wir markieren die Fundorte, versuchen die Reste der Schiffe auf dem Meeresboden zu sichern. Wir behandeln ein Wrack wie eine archäologische Fundstätte an Land. Und sie bekommen auch den Status eines sogenannten Bodendenkmals.«

»Und deshalb also auch die Weitergabe der Seekarten an den Nationalpark hier auf Hiddensee?«

»Ja, klar. Förster ist auch ein alter Kumpel von mir. Ich wollte verhindern, dass seine Leute bei ihren Fahrten vor der Südwest- und Nordküste der Insel Fundstücke zerstören. Und für ihn war es auch eine bessere Möglichkeit, seine Beobachtungen der hiesigen Vogelwelt aufzuzeichnen. Das war nicht ganz korrekt. Gebauer hat mir gestern auch schon ganz schön eingeheizt. Eigentlich sollen die Fundplätze, die die Seefahrt nicht behindern, weitgehend unter Verschluss gehalten werden. Es war eben eine Art Forschungsgemeinschaft und wir haben, wie heißt es jetzt so schön,

Synergien genutzt. Denn das Schiff sollte Sie nicht täuschen. Meine Forschungsabteilung ist arm wie eine Kirchenmaus.«

»Alles klar. Aber warum werden diese Karten eigentlich so unter Verschluss gehalten?«

»Rieder, wir haben zwei Feinde. Gegen einen sind wir völlig machtlos: die Holzbohrmuschel. Früher mied sie die Ostsee. Sie war ihr nicht salzig genug. Aber jetzt hat sich der Salzgehalt von Nord- und Ostsee fast angeglichen und die Muschel erobert neuen Lebensraum. Sie zernagt jede Holzplanke, jede Buhne, an der sie sich festsaugen kann. Da sind wir hilflos. Der andere Feind sind professionelle Schatzsucher. Sie machen uns das Leben schwer und wir versuchen, ihnen ihr Treiben zu erschweren.«

So sei ein Handelssegler aus dem 19. Jahrhundert drei Wochen, nachdem Zwillings Leute das Wrack entdeckt hätten, völlig leer geräumt gewesen, die Ladung aus Keramik, Flaschen und Münzen wahrscheinlich auf dem Schwarzmarkt verhökert worden. Vor allem Münzen hätten es den Schatzsuchern angetan. »Sie suchen die Wracks mit Metallsonden ab, hauen den Schiffsboden auf, um an die wertvollen Stücke wie alte Sextanten oder Kompasse heranzukommen. Selbst schlichte Kanonenkugeln erzielen auf dem Schwarzmarkt Preise von mehreren Hundert Euro. Komplette Geschütze bringen bis zu fünfundzwanzig- bis dreißigtausend Euro. Und deshalb versuchen wir, Fundorte von Wracks geheim zu halten.«

»Bei dem Toten haben wir eine Münze gefunden. Nach Auskunft des Berliner Münzkabinetts handelt es sich wahrscheinlich um einen Lübecker Goldgulden.«

»Einen nur?«, fragte Zwilling nach und lehnte sich über den Tisch, als Rieder jetzt eine Kopie der Münze aus seiner Tasche zog. »Und wo gefunden?«

»Warten Sie, ich habe eine Karte dabei.« Rieder legte die Karte aus Thies' Zimmer auf den Tisch. Unterdessen fragte er den Archäologen. »Vielleicht kennen Sie ja den Toten? Sein Name ist Rainer Thies. Sie waren Kollegen. Auch er war Historiker.«

»Nie gehört.«

Rieder breitete die Karte aus und zeigte den Fundort der Leiche in der Nähe des Leuchtfeuers Gellen. Zwilling nahm seine Lesebrille hervor und beugte sich tief über die Karte.

»Sie haben gesagt, hier sei der Fundort. Wollten Sie mit diesen vier Kreuzen die Stelle besser markieren?« Dabei tippte er mit dem Finger auf vier rote Kreuze kurz vor dem Strand.

»Nein, ich habe gar keine Eintragungen auf der Karte gemacht. Das ist ein Beweisstück! Ich denke, das sind Markierungen von Gerber, dem Nationalparkwächter, der Thies die Karte gegeben hat. Oder von Thies.«

Zwilling wurde richtig nervös, sogar etwas ungehalten. »Schauen Sie, die Markierungen des Vogelwartes sind Kreise mit Zahlen und Abkürzungen. Aber das sind hier einfache Kreuze. Was haben die zu bedeuten?«

»Und sie zeigen auch nicht eines Ihrer Wracks?«

»Nein. Die sind doch richtig eingedruckt. Und ich habe nachträglich nie Daten an Förster weitergegeben. Wenn, hat er neue Karten erhalten.« Er drehte sich um und holte aus dem Schrank eine Kartenrolle. »Das ist die neueste Ausgabe unserer Karten. Dort gibt es an der Stelle keine Markierung. Und Vogelnester werden nicht im Wasser gefunden! Ich würde mir die Stelle gern mal ansehen! Jetzt gleich!«

Rieder überlegte kurz. »Von mir aus. Ich könnte meinen Kollegen bitten, mit unserem Streifenwagen hier vorbeizukommen und uns abzuholen.«

»Sie sind doch mit dem Rad da. Wir können auch mit den Rädern hinfahren. Bis dahin brauchen wir nicht mehr als fünfundzwanzig Minuten.«

»Ich hatte leider vorgestern einen kleinen Unfall und bin deshalb nicht so fit. Ich hole meinen Kollegen. Außerdem möchte ich gern, dass er dabei ist.«

»Okay.«

Rieder telefonierte mit Damp und kaum zehn Minuten später waren sie schon mit Zwilling auf dem Weg zum Leuchtfeuer Gellen.

»Wissen Sie«, meinte Zwilling im Auto, »eine alte Schatzsucherregel besagt, wo eine Münze zu finden ist, sind viele Münzen zu finden. Deshalb bin ich so erstaunt, dass Sie bei dem Toten nur eine Münze gefunden haben. Und für eine Münze tötet man auch nicht. Für ein paar Hundert vielleicht schon.«

»Wir haben den Strand abgesucht, aber nichts weiter gefunden«, meldete sich Damp zu Wort. »Nur ein paar Spuren von einem Handwagen, der aber verschwunden ist.«

»Vielleicht wurden darin weitere Münzen transportiert?«, warf Zwilling ein. »Goldgulden haben in Masse schon ihr Gewicht … und ihren Preis.«

Am Leuchtfeuer Gellen angekommen, konnten Damp und Rieder kaum Schritt halten mit Zwilling, der zum Strand hinunterstürmte. Sie zeigten ihm den Fundort der Leiche. Zwilling bat Rieder noch einmal um die Karte. Dann ging er noch ein paar Schritte am Strand entlang. Er zog seine Schuhe und Strümpfe aus, krempelte die Hose hoch bis übers Knie und stapfte ins Wasser. Die beiden Polizisten warfen sich vielsagende Blicke zu. »Irgendwie sind diese Wissenschaftstypen immer ein bisschen durchgeknallt«, meinte Damp. Rieder lächelte. Plötzlich blieb Zwilling im Wasser stehen und bückte sich. Die Hände tauchte er ins Wasser und ließ sie hin und her schwingen, als wollte er etwas zur Seite schieben. Dann kam er wieder zurück.

»Habe ich es mir doch gedacht. Die Kreuze auf der Karte markieren die Fundamente der alten Gellenkirche.«

»Welcher Kirche?«

»Na von der der alten Gellenkirche«, wiederholte Damp Zwillings Worte und setzte an Zwilling gewandt hinzu: »Er ist nicht von hier.«

»Ach so. Na dann.«

Rieder zog die Augenbrauen nach oben. »Vielleicht könnten Sie mir erklären, was Sie meinen?«

Zwilling legte Rieder den Arm um die Schulter, eine Geste, die der Polizist ganz besonders unpassend fand. Und dieser väterliche

Ton nervte ihn sowieso. Aber er zwang sich, seine Aversionen nicht zu sehr die Oberhand gewinnen zu lassen.

»Das Kloster auf der Insel betrieb im Mittelalter eine kleine Seemannskirche. Dort sollten die Seeleute betreut werden, die am Gellen oft haltmachen mussten, um ihre Schiffe zu entladen, denn die Einfahrt in den Strelasund war zu flach. Hier an dieser Stelle gab es deshalb einen richtigen Hafen zum Umladen. Damals war die Insel noch breiter und der Hafen befand sich ungefähr vom heutigen Ufer fünfzig bis hundert Meter entfernt. Doch mittlerweile hat sich das Meer dieses Land zurückgeholt. Und so liegen auch die Fundamente der alten kleinen Gellenkirche im Wasser.«

Weiter erzählte Zwilling, dass die kleine Gellenkirche eine Besonderheit hatte. Sie habe nämlich eine Luchte besessen, eine Art kleinen Leuchtturm. Mönche vom Kloster der Insel hätten die Luchte von September bis Mai befeuern müssen. Damit habe man dem Treiben der Hiddenseer als Strandräuber Einhalt gebieten wollen. Denn diese hätten die schwierige Einfahrt nach Stralsund genutzt, um mit Scheinlichtern Schiffe zum Stranden zu bringen und sich dann die Ladung unter den Nagel zu reißen. So sei es damals Brauch gewesen.

»Die Luchte an der Gellenkirche war übrigens das zweite Leuchtfeuer an der Ostsee überhaupt«, endete Zwilling seinen Bericht.

»Könnte denn Thies hier nach irgendetwas gesucht haben? Vielleicht nach Münzen?«, fragte Rieder.

»Möglich. Oder er hat einen Informanten getroffen, der ihm eine Münze angeboten hat, sozusagen als Appetizer«, gab Zwilling zu bedenken. »So etwas ist durchaus üblich in der Branche, wenn man Fundstücke an den Mann bringen will.«

»Aber schlachte ich die Kuh, die ich noch melken will?«, zweifelte Rieder. »Ich denke, wir sind eher auf der richtigen Spur, wenn wir uns Thies' Umtrieben nähern. Nur leider kommen wir da nicht richtig weiter.«

»Ich kann mich ja mal umhören«, bot Zwilling an.

»Ja, das wäre nett.«

XIII

Als die Polizisten wieder allein waren und zurück ins Revier fuhren, meinte Rieder, er komme sich vor wie bei Ali Baba und den vierzig Räubern. Wahrscheinlich habe sich Thies an den Strand gestellt und der Ostsee »Sesam öffne dich« zugerufen. Von dem ganzen historischen Zeug drehe sich ihm der Kopf, Schiffswracks, Münzen und so weiter.

»Sollen wir Gerber heute Abend wieder abholen und dann auch wieder bewachen?«, unterbrach Damp den Redefluss seines Kollegen.

»Wäre schon gut. Eine Nacht können wir unseren Kollegen von der Wasserschutzpolizei noch zumuten. Heute hatten sie bisher einen ruhigen Tag.«

Damp versprach, das zu regeln. Da meldete sich erneut Rieders Handy.

»Behm hier.«

»Und, gibt es was Neues von unserer französischen Spur?«

Damp blickte fragend herüber und Rieder deutete an, ihm alles zu erklären.

»Also, einiges passt vielleicht zu eurem Fall. Der Fingerabdruck oder das, was wir davon gefunden haben, gehört einem Christian Montagne. Er ist zweiunddreißig Jahre alt, Franzose, stammt aus Straßburg und wird seit drei Jahren gesucht wegen einer Messerstecherei auf einem französischen Schiff im Hafen von St. Tropez. Die Hintergründe der Tat sind nicht ganz klar, aber offensichtlich gab es ein Handgemenge bei der Übergabe irgendwelcher Waren und dabei soll dieser Montagne einen Mann mit seinem Messer schwer verletzt haben, der danach auch seinen Verletzungen erlegen ist. Seitdem ist Montagne wie vom Erdboden verschluckt. Nur ein paar Details hat mir mein Kontaktmann noch mitgeteilt, die nicht uninteressant sind. Montagne ist eigentlich Lehrer für Deutsch, hat aber seinen Beruf an den Nagel gehängt. Eine Weile hat er sich mit Jobs als Jockey und Pferdetrainer über Wasser gehalten, bevor er auf diesem Schiff angeheuert hat. Die französischen Kollegen vermuten, dass er vielleicht auch in den letzten Jahren auf Reiterhöfen untergetaucht sein könnte, wo er schwarzgearbeitet hat. Jedenfalls soll er sehr gut deutsch sprechen, fast akzentfrei.«

»Der Pferdemist ...«, warf Rieder ein.

»Genau. Daran habe ich auch gleich gedacht.«

»Aber was treibt der hier auf der Insel, wo jeder den anderen kennt? Und welche Verbindung gibt es zu Thies?«

»Fragen über Fragen. Die Franzosen brauchen noch etwas Zeit, um die Akte ins Deutsche zu übersetzen und uns zuzusenden. Aber heute Abend soll sie da sein. Ein Bild haben sie schon geschickt. Ich habe es dir gemailt.«

»Danke. Wir kümmern uns gleich drum.«

Sie waren am Revier angekommen. Rieder klärte Damp über die neuen Erkenntnisse auf und der war sofort bereit, die Meldedaten durchzugehen, ob sich ein Franzose darunter befand, wenngleich er einschränkte, dass er sich davon kaum einen Erfolg erwarte, weil es viele auf der Insel mit der Anmeldung der Gäste nicht so genau nähmen.

Rieder fuhr seinen Computer hoch, um die Mail von Behm zu öffnen. Plötzlich hatte er eine Eingebung.

»Der Mieter im Dünenhof, der Montag abgereist ist!«

»Was ist mit dem?«, fragte Damp.

»Die Studentin hat gesagt, er hätte einen komischen deutschen Dialekt gesprochen und als Pferdepfleger gearbeitet.«

Während Rieder seine Notizen durchschaute, meinte Damp nur, dass man doch Franzosen immer genau erkenne und die Studentin nichts von einem französischen Akzent gesagt habe, sondern es hätte irgendwie nach Saarland oder so geklungen.

»Und genau das ist es«, erklärte Rieder. »Wenn er wirklich aus Straßburg kommt, spricht er wahrscheinlich elsässisch und das klingt so ein bisschen wie Saarländisch.«

Endlich hatte sich sein Computer aufgerafft und eine Verbindung zum Intranet der Polizeidirektion hergestellt, sodass Rieder seine Mail abrufen konnte. Das Foto baute sich auf. »Hier ist sein Foto!« Damp kam um den Tisch. Ihnen blickte ein junger Mann entgegen. Er wirkte wie Ende zwanzig, dunkle Haare, kurz geschnitten und nach vorn gekämmt, was ihm etwas Lausbubenhaftes gab. Die Augen standen ziemlich nah beieinander.

»Schwer zu sagen, ob ich den mal auf der Insel gesehen habe«, meinte Damp. »Aber mir fällt da was ein ... Los, drucken Sie das Bild mal aus. Wir gehen einfach zu der Frau, die die Zimmer im Dünenhof hier im Rathaus vermietet. Die muss ihn ja einmal gesehen haben. Und außerdem könnten wir der Studentin das Bild zeigen.«

»Gute Idee!«

Beide Polizisten standen vor dem Drucker und konnten es kaum abwarten, bis der seine Arbeit vollendet hatte. Mit dem Ausdruck liefen sie in die zweite Etage und klopften bei der zuständigen Kollegin, warteten das »Herein« aber gar nicht ab.

Damp hielt der etwas verschreckten Frau das Bild vor die Nase. »Ist das Christian Berg?«

»Wer bitte?«

»Na der Mieter aus dem Dünenhof, der am Montag abgereist ist?«

Die Frau setzte ihre Lesebrille auf, schaute das Bild an, wog aber dann den Kopf hin und her. »Ähnlichkeit hat er schon mit dem da. Aber verbürgen würde ich mich nicht.«

»Okay. Das reicht uns erst mal. Könnten wir mal den Mietvertrag sehen?«

»Also ich weiß nicht, ob das so einfach geht, Herr Damp. Da möchte ich doch erst mal den Bürgermeister fragen.«

Damp polterte los: »Dafür ist jetzt aber keine Zeit. Machen Sie endlich. Wir brauchen seine Adresse.«

Da kam aus dem Nebenzimmer wie auf Bestellung Bürgermeister Durk. »Damp, was machen Sie für einen Krach?«

»Wir haben vielleicht eine Spur«, erklärte Rieder, »und brauchen jetzt die Unterlagen von einem Mieter aus dem Dünenhof.«

»Und was ist das für eine Spur?«

»Einer der gefundenen Abdrücke gehört zu einem Mann, der schon längere Zeit gesucht wird. Wir haben gerade ein Bild von ihm bekommen.« Er zeigte dem Bürgermeister das Bild. »Schon mal hier auf der Insel gesehen?« Durk schüttelte den Kopf. Dann wandte er sich an die Sachbearbeiterin. »Dann machen Sie mal schnell und helfen den Polizisten. Das wird schon alles seine Richtigkeit haben.«

Sie suchte die Unterlagen heraus und übergab sie Damp und Rieder. Berg hatte eine Adresse in Trier angegeben. Wieder in ihrem Büro, übernahm es Damp, die angegebene Adresse in Trier zu überprüfen. Rieder ging die Unterlagen durch, die ihm Behm per Mail geschickt hatte. »Mensch, klar«, meinte er plötzlich und schlug sich an die Stirn, »die Tarnung ist so billig, dass sie gar nicht auffällt.«

Damp verstand nicht so recht, was Rieder eigentlich meinte, und sah ihn etwas verständnislos an.

»Berg! Das deutsche Wort für Montagne ist Berg.«

»Ach so!«

Während sie auf eine Antwort des Polizeidatennetzes warteten, ob ein Christian Berg unter der angegebenen Adresse in Trier gemeldet war, überlegten beide, wie sie weiter vorgehen sollten.

»Vielleicht ist er noch auf der Insel. Immerhin ist Berg oder Montagne oder wie auch immer nach dem Mord an Thies noch in seinem Hotel gewesen. Gleiches gilt für den Einbruch in das Zimmer von Gerber im Dünenhof.«

»Da haben Sie recht«, stimmte Rieder seinem Kollegen zu. »Wir sollten auf alle Fälle die Besatzungen der Fähren und Wassertaxen nach Rügen und Stralsund befragen, ob sie Christian Berg alias Christian Montagne in den letzten Tagen an Bord eines der Schiffe gesehen haben. Das könnten die Jungs vom Wasserschutz machen. Die müssen sowieso die Augen offen halten, falls er beim Heidehof auftaucht.«

»Und wir sollten aber auch die Studentin vom Dünenhof und Eckardt, den Hotelier, befragen und natürlich auch Gerber.«

»Das übernehme ich«, bot Damp an. Rieder rief Gebauer an und bat ihn, mit seinen beiden Polizisten im Revier vorbeizukommen. Damp kopierte unterdessen das Bild von Montagne für die Befragungen, da piepte sein Computer. Beide stürzten zum Bildschirm und Damp klickte die Meldung mit der Maus an.

»Fehlanzeige! Einen Christian Berg gibt es in Trier unter dieser Adresse nicht.«

»Okay. Das verstärkt nur unseren Verdacht. Unser Mann könnte also mit großer Wahrscheinlichkeit Montagne sein.«

»Wahrscheinlich. Aber was hatte der mit Thies zu tun, wenn er was mit ihm zu tun hatte?«

»Keine Ahnung.«

Die drei Beamten vom Polizeiboot kamen ins Büro. Sie wurden kurz eingewiesen, worauf es bei der Befragung ankam. Da stand plötzlich Kurdirektor Sadewater im Raum.

»Bürgermeister Durk hat mir gesagt, Sie hätten eine Spur. Könnte ich das Bild auch mal sehen?«

Rieder reichte es ihm. Sadewater sagte nur »Aha«, drehte sich auf dem Absatz um und war schon aus der Tür, bevor ihn Rieder irgendetwas fragen konnte.

»Was war das denn?«, bemerkte Gebauer.

Damp schüttelte nur den Kopf. »Wahrscheinlich Neid. Er fürchtet, dass wir doch nicht so unfähig sind, wie er bisher behauptet hat.« Rieder dagegen war das alles nicht ganz geheuer. Er wurde aber sofort durch das Telefon aus seinen Gedanken gerissen.

»Hier Schade, bin morgen 9 Uhr am Anleger Schaprode.«

»Gut. Das Polizeiboot wird da sein. Ich kläre das.«

»Was biste denn so kurz angebunden?«

»Wir haben vielleicht eine heiße Spur und müssen hier jetzt das weitere Vorgehen koordinieren. Ich ruf dich später noch mal an.«

»Versau mir nicht meinen Ostseetrip. Ich warne dich! ... Was habt ihr denn für eine Spur.«

»Ich kann es noch nicht richtig einordnen. Aber sie führt nach Frankreich.«

»Oh. Das ist ein gutes Stichwort.«

»Wieso?«

»Ich habe die Steuerunterlagen von Thies durchgesehen. Das war so eine Klarsichthülle mit Abrechnungen, Fahrkarten, Tankquittungen und so, also das übliche Gesammelte fürs Finanzamt. Und darunter waren Flugtickets und Hotelrechnungen aus Frankreich.«

»Ich mach mal laut, damit die Kollegen hier gleich mithören können.«

Rieder schaltete sein Telefon auf Lautsprecher.

»Wohin gingen die Reisen?«

»Südfrankreich. Der Flug ging nach Nizza über Paris. Das Hotel war in St. Tropez.«

»Interessant. Unser Mann, sein Name ist wahrscheinlich Christian Montagne, soll vor Jahren in St. Tropez in eine Messerstecherei mit tödlichem Ausgang verwickelt gewesen sein und ist seitdem verschwunden. Aber er ist wahrscheinlich mit einer Person identisch, die hier auf der Insel als Saisonkraft unter dem Namen Christian Berg untergeschlüpft ist.«

»Dann wünsche ich euch viel Glück. Die Unterlagen bringe ich morgen vorbei. Also 9 Uhr am Hafen von Schaprode.«

»Alles klar.«

Rieder nutzte gleich die Gelegenheit und bat Gebauer, seinen Berliner Kollegen am nächsten Morgen von dem Fährort auf Rügen abzuholen. Dann machten sich die Polizisten auf den Weg zu den Häfen Kloster, Vitte und Neuendorf, um die Leute der Reederei und auf den Schiffen zu befragen.

Rieder entschied sich, Damp auf dem Weg nach Neuendorf zu begleiten, um den Hotelier Eckardt das Bild zu zeigen. Außerdem hatte Damp in den Unterlagen auch noch den Arbeitgeber von Montagne alias Berg auf der Insel entdeckt: den Fuhrmann Treue, ebenfalls in Neuendorf. Vorher fuhren sie noch bei Sybille Kersten in der »Heiderose« vorbei. Sie meinte, dieser Mann auf dem Foto sehe dem Mann aus dem Dünenhof sehr ähnlich. Doch die Haare seien ganz kurz geschnitten gewesen, wahrscheinlich mit so einer Haarmaschine und am Kinn habe er einen kleinen schwarzen Bart gehabt. Rieder bat Sybille Kersten, mit einem Bleistift das Bild so zu verändern.

Eckardt öffnete erst nach langem Klopfen. Der alte Herr hatte gerade seinen Mittagsschlaf gemacht. Umständlich holte er seine Lesebrille heraus und schaute nun auf das Bild. Erst schüttelte er den Kopf, doch dann hielt er inne. »Hier habe ich ihn nicht gesehen, aber am Hafen, vor ein paar Tagen. Und wenn ich es recht überlege, war da auch Herr Thies. Der Mann saß in dem Imbiss am Hafen, wo ich mir ein Stück Räucherfisch geholt habe. Auf dem Rückweg sah ich Thies über den Deich kommen. Wir haben uns noch gegrüßt und er ist dann zum Hafen weitergegangen.«

Die Beamten bedankten sich. Sie waren schon fast am Auto, da rief ihnen Eckardt noch hinterher, ob sie seinen Fahrradanhänger gefunden hätten. Die beiden verneinten.

»Wollen wir erst zu dem Imbiss oder erst zum Fuhrunternehmer?«, fragte Damp im Wagen.

»Der Imbiss liegt sowieso auf dem Weg. Erst mal dahin, obwohl sie bei meiner ersten Befragung gesagt haben, sie hätten Thies nicht gesehen, also können sie sich eigentlich dort auch nicht getroffen haben.«

Im Imbiss erkannte die Wirtin zwar Montagne wieder, verneinte aber, ihn mit Thies dort gesehen zu haben. Sie ließ sich auch noch einmal das Foto von Thies zeigen, meinte jedoch, der sei nicht ihr Gast gewesen. Rieder fragte nach, ob sie noch andere Verkaufskräfte beschäftigen würde, die vielleicht mehr gesehen haben könnten. »Ich steh hier den ganzen Tag an der Kasse und guck, wer rein und raus geht.«

Vom Stammtisch war ein Mann aufgestanden und blickte nun über die Schultern der Polizisten auf die Bilder des Franzosen und von Thies. »Die haben sich nicht hier getroffen, sondern hinten an den Fischerschuppen. Und die hatten mächtig Zoff miteinander. Der eine«, dabei tippte er auf Thies, »hat immer auf den da eingeredet. Der hat aber nur auf seine Uhr gezeigt und irgendwas gesagt und ist dann abgedampft. Ich glaube zum Treue. Der andere ist ihm hinterhergelaufen.«

»Wann war das?«, fragte Rieder.

»Am Freitag oder Samstag.«

Die Polizisten bedankten sich für die Auskunft. Draußen trafen sie einen der Kollegen von Gebauer, der gerade seine Runde mit dem Bild des Franzosen im Neuendorfer Hafen gemacht hatte. Dort hatte ihn keiner vom Personal der Reederei zwischen Montag und heute gesehen. Auch auf dem einen Schiff, das hier in der Zwischenzeit angelegt hatte, konnte keiner sagen, ob Montagne seit Montag auf einem Schiff gewesen wäre. Sie würden das Bild aber auch den Kollegen zeigen, die gerade unterwegs waren oder dienstfrei hatten und sich dann bei ihm oder bei Rieder melden.

»Er kann natürlich auch privat jemanden angeheuert haben, ob er ihn nach Rügen rüberbringt«, gab Damp zu bedenken. »Einen Kahn hat hier fast jeder und für einen Zwanziger wirft man schon mal den Motor an und fragt nicht weiter.«

»Das stimmt«, gab Rieder seinem Kollegen recht. »Und die andere Frage wäre, wo er abgeblieben ist, falls er sich noch auf der Insel aufhält. Ich kann mir kaum vorstellen, dass er in einem Hotel oder einer Pension logiert. In einem Ferienhaus kann man besser untertauchen. Allerdings muss man sich da ja irgendwie versorgen. Oder …«, Rieder machte eine kurze Pause, »man hat einen, der was vorbeibringt.«

»Zelten am Strand ist auch möglich, auch wenn's eigentlich verboten ist«, meinte Damp. »Vielleicht hinten am Gellen, im Norden auf dem Bessin oder an der Steilküste. Da kommt so schnell keiner vorbei.«

»Mal bei Förster nachfragen, seine Leute sind doch fast überall auf der Insel unterwegs.«

Rieder nahm sein Telefon. »Machen Sie die Befragung von dem Fuhrunternehmer allein. Ich versuche, den Nationalpark an die Strippe zu bekommen, und wohl oder übel muss ich auch mal Bökemüller von den neuen Ermittlungen in Kenntnis setzen.«

Damp trottete los. Rieder erreichte Förster sogar sofort, der ihm versprach, seine Leute zu befragen und ihn dann schnellstens zurückzurufen. Allerdings seien sie am Gellen momentan nur unregelmäßig unterwegs, da Gerber ja Innendienst mache und er keinen Ersatz habe.

Dann wählte Rieder die Nummer vom Polizeichef in Stralsund. Bökemüller wurde aus einer Sitzung geholt. Rieder hatte klargemacht, dass es sehr dringend sei. Nachdem er den neuen Stand der Ermittlungen vorgetragen hatte, brüllte Bökemüller ihn an, warum er das erst jetzt erfahren würde und was da hinter seinem Rücken gelaufen sei. »Ich kann mir schon denken, wer mich da hintergangen hat. Behm bestimmt. Dem gnade Gott, kann ich nur sagen. Immer diese Alleingänge!«

Als Rieder versuchte, seinen Vorgesetzten zu beschwichtigen, wandte sich dessen Wut gegen ihn. »Und Sie denken immer noch, Sie sind in Berlin. Da haben Sie sich aber geschnitten. Was glauben Sie, was passiert, wenn das BKA erfährt, dass ein untergetauchter Verbrecher aus Frankreich hier sein Unwesen treibt, gerade jetzt, und ich von meinen Leuten davon nicht unterrichtet werde. Die rösten mich. Rieder. Das hat ein Nachspiel, das verspreche ich Ihnen. Jetzt machen Sie und schreiben den Mann zur Fahndung aus. Der ist wahrscheinlich schon über alle Berge.«

»Vielleicht auch nicht.«

»Was soll das heißen?«

»Bisher haben wir keine Erkenntnisse, dass er auf einem offiziellen Weg die Insel verlassen hat. Und in Thies' Zimmer muss er noch gewesen sein und auch in Gerbers Bleibe.«

»Dann durchkämmen Sie die Insel.«

»Mit fünf Mann und einem Auto?«, fragte Rieder ungläubig nach. »Wie soll das gehen?«

»Es muss gehen, haben Sie mich verstanden! Und ich will alle drei Stunden den neuesten Sachstand.« Dann war die Leitung tot. Bökemüller hatte aufgelegt.

Damp kam gerade wieder zurück. »Was ist Ihnen denn für eine Laus über die Leber gelaufen?«

»Der Chef.«

»Und darf man erfahren, was seine Direktiven sind?«

»Er will, dass wir die Insel durchsuchen, wörtlich: *durchkämmen.*«

Damp zuckte nur mit den Schultern. »Der hat keine Ahnung. Durk und Sadewater steigen uns außerdem aufs Dach, wenn wir jetzt anfangen, hier an jeder Ferienwohnung anzuklopfen.« Dann fügte er noch hinzu: »Treue ist gerade seine Pferde tränken. Die stehen in diesem Jahr auf einer Wiese bei Vitte. Seine Frau hat aber Berg auf dem Bild erkannt. Er ist in den letzten Monaten ihr Stallknecht gewesen.«

Die beiden Polizisten fuhren also mit ihrem Wagen zurück nach Vitte. Zwischendurch meldete sich Förster mit der Information, dass in den letzten Tagen keine illegalen Camper in den Nationalparkgebieten gesichtet worden waren. Und Gebauer berichtete per Handy, dass auch in Kloster und Vitte keiner Montagne auf eine Fähre habe steigen sehen. Aber es sei Saisonbeginn und bereits großer Andrang. Die Leute wollten aber die Augen offen halten. Sie verabredeten, sich wieder im Revier zu treffen.

Den Fuhrunternehmer Treue fanden sie auf einer Wiese, kurz vor dem Deich von Vitte. Er füllte gerade aus einem Wasserkanister auf seinem Fuhrwerk alte Badewannen, die den Pferden als Tränke dienten.

»Ach, hallo, Damp. Meine Frau hat mich schon angerufen. Und Sie sind sicher der Neue aus Berlin. Auf gute Zusammenarbeit.«

Dabei reichte er Rieder die Hand und schüttelte sie kräftig. Damp erklärte kurz, worum es ging. Treue nahm sein Basecap ab und kratzte sich am Hinterkopf. »Tja, der Berg, war echt ein guter Mann. Leider musste er irgendwie am Montag weg. Irgendwas mit seiner Familie, da unten bei Trier.«

»Haben Sie irgendwelche Unterlagen von ihm.«

»Nö, nich'. Nur seine Adresse, damit ich dem Finanzamt nachweisen kann, an wen ich gezahlt habe. Um Krankenversicherung und so wollte er sich selbst kümmern.«

»Haben Sie seinen Ausweis gesehen?«, fragte Damp nach.

»Natürlich nicht.«

Rieder war etwas zur Seite getreten und hatte aus gebührendem Abstand die Pferde angeschaut. Sie schienen alle gut in Schuss.

»Sie haben schöne Pferde. Ich habe davon zwar keine Ahnung, aber sie wirken immer so ausgeglichen hier auf der Weide.«

Treue kam näher, klopfte einem dunkelbraunen Hengst auf das Fell. »Danke, dass Sie das sagen. Der Berg hat sich auch richtig gut drum gekümmert. Der hatte fast was von einem Pferdeflüsterer … Der hat mit den Pferden richtig geredet.«

»In Deutsch oder Französisch?«

»Keine Ahnung. Aber wissen Sie, wenn die Pferde den ganzen Tag über die Insel getrabt sind, werden sie unruhig. Das schafft die schon sehr. Und dann noch diese Straßenverhältnisse. Christian hat sie immer ruhig bekommen. Oder wenn es morgens ans Anspannen ging. Der hatte echt Gefühl für die Tiere.«

»Wir bräuchten eine etwas bessere Beschreibung von Christian Berg. Wir gehen davon aus, dass er wahrscheinlich aus Frankreich kommt und Montagne heißt.«

»Er trug immer schwarze Sachen, schwarzes T-Shirt, schwarze Jeans, schwarze Schuhe – so Bauarbeiterschuhe. Mein Junge wollte auch mal solche, als er ein bisschen abgedreht war.«

»Das hilft uns schon.«

»Haben Sie Berg mal mit diesem Mann gesehen?«

Rieder zeigte Treue ein Foto von Thies.

»Schwer zu sagen. Ich glaube, der kam mal aus dem Stall.« Rieder und Damp horchten auf. »Das muss letzte Woche gewesen sein. Samstag denke ich. Ich hatte ziemlich viele Touren an dem Tag und war fast bis zum letzten Schiff unterwegs. Und dann noch eine Hochzeit in der Heiderose. Christian musste lange warten, bis ich heimkam mit den Gäulen. Und da habe ich den Mann bei uns gesehen.«

»Und seit wann war Christian Berg bei Ihnen?«

»Er ist so seit Ende März, Anfang April bei uns gewesen.«

»Und wie ist er auf Sie gekommen?«, fragte Damp nach.

»Ich denke, dass es hier Fuhrunternehmen gibt, ist bekannt. Aber Christian meinte, er hätte beim Kurdirektor nachgefragt, ob es hier nicht was zu arbeiten gebe auf der Insel als Pferdeknecht. Und da hätte man ihm empfohlen, es doch bei mir zu versuchen.«

Nachdem Treue genug Wasser in die Wannen gefüllt hatte, strömten die Pferde herbei. Sie drängten die Polizisten fast beiseite, um an das Wasser zu kommen. »War denn bekannt, dass Sie jemanden als Hilfskraft suchten?«

Damp und Treue wechselten einen kurzen Blick. Der Fuhrunternehmer war ziemlich groß. Etwa eins fünfundachtzig und breit in den Schultern. Sein Hemd spannte über dem Bauch, ohne dass er aber richtig dick wirkte. Dann schaute Treue nach unten. Als er den Blick hob, sah Rieder, dass sich seine Augen mit Tränen gefüllt hatten. »Mein Sohn ist letztes Jahr tödlich verunglückt ... Auf Rügen. Mit seinem Motorrad ... Er sollte eigentlich mal das Geschäft übernehmen.« Dann ging er ein paar Schritte davon und drehte sich mit dem Rücken zu den Polizisten.

»Tut mir leid«, sagte Rieder mit fast tonloser Stimme. »Danke für Ihre Auskünfte.« Er gab Damp ein Zeichen und die Polizisten machten sich auf dem Weg zu ihrem Wagen.

Als sie im Wagen saßen, erzählte Damp, dass Treues schon seit über einhundert Jahren Touristen über die Insel kutschierten. Früher seien zwar alle mal Fischer gewesen, doch irgendwann hätte die Fischerei nicht mehr alle Nachkommen ernährt. Und da hätten sie das Fuhrgeschäft aufgezogen. Heute habe Treue in der Hochsaison vier Wagen auf der Insel laufen. Eine Lizenz zum Gelddrucken, denn die Preise für eine Inseltour seien recht hoch. Aber wenn der Nachfolger fehlte. Der Tod des Sohnes sei so sinnlos gewesen. An einem Freitagabend habe er nach Hause gewollt, als ein betrunkener Autofahrer, selbst nicht älter als Treues Sohn, ihn rammte.

Rieder hörte Damp nur mit halbem Ohr zu. Ihn beschäftigte mehr, dass Kurdirektor Sadewater mit Christian Berg zu tun gehabt hatte. Schon bei seinem Auftritt im Revier hatte Rieder ein merkwürdiges Gefühl im Bauch gehabt. »Wir müssen auch noch mal Sadewater fragen, ob er Montagne alias Berg kennt«, riss er Damp aus seiner Erzählung.

Der war zunächst verdutzt, hieb dann aber aufs Lenkrad: »Nicht schon wieder. Das geht doch wieder aus wie das Hornberger Schießen.«

»Lassen Sie mal, ich mach das schon«, erklärte Rieder, der seinen Kollegen schon verstehen konnte. Einen Moment lang herrschte Schweigen im Wagen. Sie bogen in die Einfahrt des Rathauses ein. Dort standen schon Gebauer und seine Kollegen vor der Tür. Da sagte Damp plötzlich: »Ich komme mit. Da müssen wir zusammen durch.«

Rieder stutzte etwas. Dann sagte er: »Find ich gut.«

XIV

Im Revier überlegten die fünf Polizisten das weitere Vorgehen. Gebauer schlug vor, durch die Orte mit dem Auto und den Fahrrädern Streife zu fahren, aber auch die Strände abzulaufen. Außerdem könnte man noch den Fahrer des Inselbusses befragen. Rieder hatte inzwischen die Fahndung nach Christian Berg alias Christian Montagne herausgegeben, ergänzt um die Angaben von Treue. Die Kollegen auf Rügen hatten ihm versprochen, die Augen offen zu halten und neben den Fährstationen in Wieck und Schaprode auch weitgehend einsame Orte wie die Halbinsel Bug, ein altes Militärgelände, abzugrasen. Behm hatte weitere Daten zu Montagne geliefert. Die Messerstecherei hatte sich auf einer Jacht mit dem Namen »Treasure Island« abgespielt. Das Schiff hatte damals Tauchfahrten für Schatzsucher vor der französischen und spanischen Mittelmeerküste unternommen. Offenbar war es an Bord zum Streit um die Aufteilung einiger gefundener Gegenstände gekommen. Dabei soll Montagne einen der Passagiere mit seinem Messer so schwer verletzt haben, sodass dieser wenig später seinen Verletzungen erlegen war. Allerdings war Montagne nach dem Zwischenfall wie vom Erdboden verschwunden und man hatte nur das Messer mit seinen Abdrücken und dem Blut des Opfers gefunden. Für Rieder stand damit fest, dass sie auf der richtigen Spur waren. Gerber war nur ein Nebenschauplatz. Wie aufs Stichwort fragte Damp: »Was machen wir mit Gerber?«

Rieder zuckte mit den Schultern. »Wir können auf Dauer keinen Fahr- und Wachdienst für den Herrn einrichten. Und von der Staatsanwaltschaft ist bis jetzt nichts weiter gekommen.« Er schlug vor, Gerber heute Abend noch einmal in sein Quartier zu eskortieren und ihn morgen früh wieder abzuholen. Dann sei erst mal Wochenende. Danach müsse man weitersehen. Eine Nachtwache würde er aber ausschließen. Dafür hätten sie einfach keine Kapazitäten mehr. Man solle Gerber nur empfehlen, sich möglichst wenig in der Öffentlichkeit aufzuhalten, wobei Rieder befürchtete, dass dieser Rat bei Gerber nicht unbedingt auf fruchtbaren Boden fallen würde. Und zu essen und zu trinken musste er sich nun mal auch etwas einkaufen.

Während sich die drei Wasserschutzpolizisten auf den Weg machten, um die Insel noch einmal nach Montagne abzusuchen, gingen Rieder und Damp ins Büro von Kurdirektor Sadewater. Seine Sekretärin schaute mürrisch auf, als die beiden Polizisten eintraten. »Wir müssten mal kurz mit Herrn Sadewater reden«, erklärte Rieder.

Die Sekretärin guckte kurz auf das Display des Telefons und säuselte dann: »Der Herr Kurdirektor telefoniert gerade. Wenn Sie warten wollen. Ich weiß aber nicht, wie lange das Gespräch noch dauern wird.«

»Dann warten wir«, gab Rieder zurück. Das Vorzimmer war ziemlich klein. Die Luft stand, weil es draußen schon wieder recht warm geworden war. Rieder sehnte sich nach einem Bad in der Ostsee. Damp stöhnte immer mal auf. Ihm machte die Hitze deutlich zu schaffen. Unter seinen Ärmeln zeichneten sich deutliche Spuren ab. Irgendwann wurde es Rieder zu viel. »Gute Frau, wir haben nicht den ganzen Tag Zeit. Könnten Sie Herrn Sadewater bitte mitteilen, dass wir hier warten.«

Wieder der Wechselblick mit dem Display des Telefons.

»Der Herr Kurdirektor spricht noch. Er mag es nicht, dabei gestört zu werden. Sie müssen sich gedulden.«

Geduld hatte Rieder aber nicht mehr. Damp wollte ihn noch zurückhalten, aber da war Rieder schon an der Tür zum Büro des Kurdirektors. Klopfen und Öffnen erfolgten in einem Gang. Sadewater schaute erschreckt auf und rief in den Hörer: »Ich muss Schluss machen. Wir werden eine Lösung finden.«

Er legte auf und sah Rieder wutentbrannt an. »Was erlauben Sie sich?«

»Herr Sadewater ...« Weiter kam Rieder nicht.

»Ihre Methoden gehen mir gewaltig auf die Nerven. Sie überschreiten deutlich Ihre Kompetenzen. Wie können Sie hier unangemeldet in mein Büro eindringen?«

Rieder ließ den Ausbruch an sich vorbeirauschen. »Wir brauchen ...«

»Welche Auskunft von mir kann so dringend sein, dass Sie mich bei einem wichtigen Gespräch stören?«

»Eine Auskunft über Herrn Berg oder vielmehr Monsieur Montagne?«

»Wer soll das sein?«

»Der Mann auf dem Foto, das Sie sich vor zwei Stunden in unserem Büro angesehen haben? Ich habe das Bild mitgebracht, damit ich Ihnen etwas auf die Sprünge helfen kann.«

»Rieder, Ihr Ton gefällt mir nicht!« Sadewater schaute kurz auf das Foto. »Ach der. Was habe ich damit zu schaffen? Ich kenne den Mann nicht.«

»Herr Sadewater«, hakte Rieder nach, »Sie haben bei Thies behauptet, dass Sie ihn nicht kennen. Und jetzt versuchen Sie es wieder. Herrn Berg alias Montagne haben *Sie* empfohlen, sich bei Herrn Treue, dem Fuhrunternehmer aus Neuendorf zu melden. Und nun erzählen Sie mir nicht, jeden Tag würden Hunderte Leute vor Ihrer Tür stehen, um als Pferdeknechte anzuheuern. Also was wissen Sie von diesem Mann?«

Sadewater rieb sich nervös sein Kinn. »Ja, kann sein. Ich habe ihn empfohlen, aber Sie werden mir doch nicht meine Hilfsbereitschaft dem armen Treue gegenüber vorwerfen, oder?«

»Ich will nur wissen, kannten Sie Herrn Berg vorher schon? Und darauf möchte ich eine ehrliche Antwort?«

Damp war während der Auseinandersetzung immer weiter zurückgewichen und gab nun von dort Rieder Zeichen, die beschwichtigend wirken sollen. Da stand plötzlich die Sekretärin mit dem Bürgermeister in der Tür und stotterte kleinlaut. »Herr Kurdirektor, ich dachte, es wäre ganz gut, wenn ich mal den Chef hole ...«

Durk trat durch die Tür. »Herr Rieder, dürfte ich erfahren, was hier vorgeht und warum Sie meinen Mitarbeiter wiederholt attackieren ... ein anderes Wort fällt mir dafür nicht ein.«

Rieder drehte sich um und sah, wie Damp hinter dem Rücken vom Bürgermeister die Augen verdrehte. »Ich will nur Antwort auf eine Frage. Ob Herr Sadewater diesen Mann bereits kannte, bevor er hier auf die Insel kam. Mehr nicht.«

»Und haben Sie eine Antwort bekommen?«

Da mischte sich Sadewater ein. »Ich habe ihm bereits gesagt, dass ich diesen Herrn, wie hieß er doch gleich, nicht kenne, sondern nur an Herrn Treue weiterempfohlen habe.«

Rieder schüttelte heftig den Kopf. »Und warum haben Sie erst behauptet, dass Sie ihn nicht kennen?«

Sadewater schob ein paar Akten auf seinem Schreibtisch hin und her. »Na ja, Sie wissen schon ... vielleicht wurde er schwarz bei Treue beschäftigt und in so was will ich nicht verwickelt werden.«

»Aber hier geht es nicht um Schwarzarbeit, sondern um Mord!«

Da mischte sich Durk wieder ein. »Herr Rieder, Sie haben jetzt die Antwort von Herrn Sadewater gehört. Haben Sie denn sonst irgendwelche Beweise, die die Aussagen von ihm in Zweifel ziehen.«

Rieder winkte ab. »Nein, habe ich nicht. Noch nicht.«

»Gut. Dann denke ich, ist das Gespräch hier beendet und Sie sollten wieder an ihre Arbeit gehen und vielleicht an anderer Stelle nach dem Mörder suchen, aber nicht im Rathaus.«

Die beiden Polizisten zogen ab. Draußen im Flur meinte Damp: »Das ist schön in die Hose gegangen.«

Rieder brauste auf. »Das weiß ich selbst.«

In ihrem Büro ließen sich beide Polizisten auf ihre Schreibtischstühle fallen. Rieder starrte aus dem Fenster und sah die Touristen vorbeiziehen. Am liebsten hätte er alles hinschmeißen wollen. Da sprang er plötzlich auf und rannte zum Fenster. »Der hat es aber eilig.«

Draußen lief Sadewater mit seinem Rad vorbei, schwang sich auf den Sattel und trat schnell in die Pedale in Richtung Kloster.

Auch Damp war aufgestanden. Rieder stürzte an ihm vorbei und wollte versuchen, den Kurdirektor zu verfolgen. Doch an der Tür stieß er mit dem Bürgermeister zusammen.

»Rieder, ich möchte Sie kurz sprechen.«

»Ich habe jetzt keine Zeit.«

»Die werden Sie sich nehmen müssen«, erklärte Durk und drängte den Beamten in das Büro zurück. »Ich denke, wir sollten uns alle setzen.«

Alle drei nahmen Platz. Durk setzte sich auf den Bürostuhl an der Seite der Schreibtische, die sich gegenüberstanden.

»Meine Herren«, begann er in einem Ton, der keinen Widerspruch erlaubte, »mir gefällt nicht, wie Sie Herrn Sadewater behandeln und ich werde das auch nicht weiter dulden.« Rieder wollte etwas einwenden, doch Durk hob die Hand. »Jetzt hören Sie mir zu. Herr Sadewater ist mein bester Mitarbeiter und ich hege keinen Zweifel an seiner Integrität. Er will einiges auf der Insel bewegen und das ist auch dringend nötig. Und von zwei wild gewordenen Dorfpolizisten werde ich mir meinen Kurdirektor nicht demontieren lassen. Wenn Herr Sadewater aus Ihrem Verhalten die Konsequenz zieht und die Insel verlässt, dann wird das für Sie beide Folgen haben. Das verspreche ich Ihnen. Guten Tag.«

Damit stand Durk auf und verließ ohne ein weiteres Wort den Raum.

»Scheiße«, sagte Damp.

Rieder war resigniert. »Das war's für heute. Ich rufe noch Bökemüller und Gebauer an. Dann ist Feierabend.«

XV

Das kalte Wasser durchdrang seinen Körper wie ein elektrischer Schlag. Vom Büro war Rieder an den Strand gegangen. Als er so im Sand saß und auf die Ostsee schaute, überkam ihn die Lust, baden zu gehen. Er hatte sich ausgezogen und war schnellen Schrittes ins Wasser gelaufen. Als es bis zu seinen Oberschenkeln stand, hatte er sich in die Fluten geworfen. Nun schwamm er ein paar Schläge und der Kälteschock verflog. Es schien sogar hier und da richtig warme Stellen zu geben. Am Ende der Buhnen drehte er sich um und legte sich auf den Rücken. Dann merkte Rieder, selbst so weit draußen ist das Meer noch so flach, dass man gut stehen konnte. Er sah zurück auf den Strand, auf die Insel. Sie wirkte auf ihn wie ein Fremdkörper. Was doch ein paar Meter Ostsee ausmachen können? Kurz überkam ihn der Gedanke, dass hoffentlich keiner seine Sachen, inklusive Dienstmarke und Handy, mitnahm. Und wenn? Rieder spürte, wie ihm die Abkühlung gut tat und sich seine Lebensgeister wieder ordneten. Er tauchte noch einmal unter. Jetzt war es noch viel besser. Auch sein Kopf begann sich zu entspannen. Aus der Distanz beobachtete er, wie die Menschen am Strand entlangzogen. Andere waren dabei, ihre Strandburgen weiter zu vervollkommnen und zu richtigen Bollwerken auszubauen. Kinder bauten Kleckerburgen, um die sie kleine Kanäle gruben, die sich schnell mit Wasser füllten. Welche Idylle, dachte sich Rieder. Er schwamm wieder ans Ufer, legte sich noch ein paar Minuten in den Sand und ließ die Sonne seinen Körper trocknen. Bökemüller, Durk und Sadewater konnten ihn mal kreuzweise. Und der tote Thies sowie der verschwundene Montagne alias Berg ebenfalls.

Trotz des Ostseebades duschte er nach der Rückkehr vom Strand noch schnell bei Malte Fittkau mit einer der geschenkten Duschmarken. Als er aus dem Bad kam und zu seinem Häuschen wollte, drückte ihm sein Nachbar ein kleines Paket in die Hand. »Mal zum Kosten.« Als Rieder fragend schaute. »Geräucherter Aal. Auf Erle.«
»Danke. Was kriegst du?«
Fittkau winkte ab. »Geschenkt. Sonst nehme ich fünf Euro das Stück.«

Unten im Haus machte sich Rieder ein kleines Abendbrot. Er genoss den frischen Fisch, der vor Fett triefte, zu einer Scheibe Schwarzbrot. »Das ist also gesunde Ernährung«, dachte er sich. Der wahre Kenner würde jetzt noch die Aalhaut durch die Zähne ziehen, aber so weit war er noch nicht.

Dann holte Rieder sein Rad und fuhr nach Neuendorf. Vor und im »Strandrestaurant« waren alle Tische besetzt. Charlotte Dobbert winkte ihm zu, als er die Kneipe betrat. Sie bediente gerade an einem großen Tisch. Rieder stellte sich an die Theke, denn selbst dort war kein Sitzplatz mehr frei. Charlotte kam bei ihm vorbei und flüsterte ihm ins Ohr: »Schön, dass du da bist.« Dann fragte sie ihn lauter: »Möchtest du was essen?«

Rieder lehnte ab. »Ich habe gerade einen Aal in meinem Magen versenkt und ich fühle, der will schwimmen.«

Charlotte grinste. Sie holte ihm ein Bier und stellte gleich noch einen Underberg dazu. »Das Bier fürs Schwimmen und der Rachenputzer, dass der Fisch dabei auch die richtige Richtung nimmt.«

Rieder prostete ihr zu. Er nahm sich die letzte Ausgabe der »Inselnachrichten« aus dem Zeitungsregal. Als Charlotte Dobbert vorbeikam, schlug sie ihm leicht auf die Schulter. »Sehr gut. Ich sehe, du machst dich mit den Bräuchen der Insel vertraut. Das gibt bestimmt Pluspunkte bei der Inselobrigkeit. Und die kannst du sehr gut gebrauchen!«

Rieder lachte. »Damp war wohl schon da? Und hat die Dienstgeheimnisse ausgeplaudert?«

»Ja, aber nur kurz. Wenn du weiter für so viel Ärger sorgst, machst du deinen Kollegen noch zum Alkoholiker.«

»Und welche Manöverkritik gab's von ihm?«

Charlotte Dobbert legte den Finger auf den Mund. »Wirte und Priester bindet das Beichtgeheimnis.«

Noch gut zwei Stunden herrschte im »Strandrestaurant« Hochbetrieb. Rieder las in den »Inselnachrichten«, wie schlecht es um das Zeltkino stand und das standesamtliche Hochzeiten, selbst für die Insulaner, in Vitte nicht mehr möglich waren.

Gegen halb elf leerte sich das Restaurant. Die meisten verbliebenen Gäste wollten nur noch Getränke. Charlotte Dobbert gab ihrem Koch ein Signal, läutete kurz die kleine Glocke über der Theke und rief: »Küchenschluss.«

»Wollen wir einen kleinen Spaziergang machen«, fragte sie Rieder, »ich muss hier mal raus aus dem Dunst.«

Vor dem Restaurant war gleich ein Strandübergang. Unter den Füßen quietschte der Sand. Charlotte meinte, das sei das Signal, dass es mal wieder regnen müsse. Andererseits würden dann natürlich weniger Leute auf die Insel kommen. Jetzt sei gerade die Saison der Spontanurlauber. Rieder hörte zu, genoss die Nähe der jungen Frau. Es war eine laue Nacht, obwohl sich der Himmel sehr klar über der Insel und der Ostsee ausbreitete.

»Das ist der Große Wagen«, zeigte Rieder in den Himmel.

»Kennst du auch noch ein anderes Sternbild?«, frotzelte sie.

»Den Kleinen Wagen.«

Sie schauten sich an und prusteten los. Gern hätte Rieder den Arm um Charlotte gelegt, doch er wusste nicht so recht, wie er es anfangen sollte. Er schaute in Richtung des kleinen Leuchtfeuers am Gellen. Man sah nur seinen Lichtstrahl in kurzen Abständen aufleuchten und über das Meer streichen. Allerdings bemerkte Rieder dabei, dass in der Nähe des Leuchtfeuers ein Boot lag und zwei oder drei Personen sich um das Boot bewegten.

»Was ist?«, fragte Charlotte Dobbert.

»Dort unten«, antwortete Rieder nur und wies in die Richtung des Leuchtfeuers. »Siehst du das Boot?«

Charlotte blickte genauer in die Richtung. »Wahrscheinlich ein paar Angler, die auf Dorsch gehen.«

»Aber würden die im Wasser stehen? Das vertreibt doch den Fisch oder?«

Sie lachte. »Du hast keine Ahnung! Beim Dorschangeln muss man in der Brandung stehen. Es könnten aber auch ein paar junge Leute sein, die ein romantisches Bad nehmen … in dieser herrlichen Nacht.«

Rieder kratzte sich sein Kinn. »Es ist ziemlich genau die Stelle, an der wir Thies gefunden haben.«

»Und?«

»Ich habe ein komisches Gefühl. Hast du ein Fernglas in deinem Restaurant.«

»Hab ich.«

Sie holten das Glas. Die Kellnerin guckte etwas verdutzt. Wieder am Strand, nahm Rieder die Leute und das Boot ins Visier. Da das Fernglas kein Nachtsichtgerät war, konnte er nur schemenhaft erkennen, was vorging. Aber an den Köpfen der Leute erkannte er Lichtpunkte.

»Sieht aus, als ob die mit irgendwelchen Lichtern hantieren.« Er reichte Charlotte das Fernglas.

»Du hast recht.« Sie schwenkte das Glas in Richtung Ostsee und hielt plötzlich in ihrer Bewegung inne. »Da ist auch noch ein größeres Schiff. Eine richtige Motorjacht«, sagte sie und gab Rieder das Glas zurück. Er sah die Positionslichter des Schiffes.

»Ich würde mir das gern mal aus der Nähe ansehen. Ich habe ein ungutes Gefühl.«

»Ich komme mit«, erklärte Charlotte Dobbert.

Rieder drehte sich zu ihr um, legte ihr die Hand auf die Schulter und sah ihr in die Augen. »Das ist lieb von dir, aber zu gefährlich. Ich möchte nicht, dass dir etwas passiert.«

Sie schüttelte den Kopf. »Und du bist wohl unverletzlich wie Siegfried. Wenn ich das richtig gesehen habe, sind das dort mehrere und du bist allein.«

»Ich werde Damp anrufen, dass er nachkommt.«

Rieder holte sein Handy heraus. Damp hatte schon geschlafen. Rieder bat ihn, ohne Scheinwerfer und andere Signale zum Leuchtfeuer Gellen zu fahren. Er selbst würde einen Strandabgang weiter auf ihn warten, damit sie im Schatten des Lichtkegels vom Leuchtturm Gellen blieben. Außerdem sollte er Gebauer Bescheid geben. Der solle auf alle Fälle die Küstenwache alarmieren, damit das Schiff in der Nähe des Leuchtfeuers Gellen kontrolliert werde. Rieder gab noch eine kurze Beschreibung der Jacht durch. Dann kettete er sein Fahrrad ab. Als er sich aufrichtete, umarmte ihn Charlotte. »Pass bitte auf dich auf.« Rieder hatte einen Klumpen im Hals. Sagen konnte er nichts, nur nicken. Dann radelte er los, ohne Licht.

Der Weg von Neuendorf zum Leuchtturm Gellen war schon am Tage kein Vergnügen, in der Nacht, ohne Licht, aber geradezu halsbrecherisch. Tiefe Spurrinnen in dem kleinen Wald hinter dem Deich von Neuendorf machten es kaum möglich, das Gleichgewicht beim Fahren zu halten. Rieder musste mehrfach mit dem Fuß einen Sturz verhindern. Hinter dem Wäldchen begann ein Sandweg durch die Magerwiesen. Damit die Fuhrwagen besser darauf fahren konnten, war er mit einer Schicht Stroh bestreut. Das war auch nicht viel besser, eigentlich viel zu glatt für Fahrradreifen, die immer wieder wegrutschten. Gut einhundert Meter vor dem Leuchtfeuer Gellen stieg Rieder ab und stellte das Rad an einen Baum. Langsam schlich er vorwärts, aber immer noch hinter der Düne und nicht am Strand. Er achtete darauf, nicht auf Äste zu treten, damit ihn das Knacken nicht verriet. Plötzlich hörte er ein Rascheln im Unterholz. Rieder erschrak, doch es waren nur zwei Hasen, die vor ihm Reißaus nahmen. Schnell rannte er am Leuchtturm vorbei. Am nächsten Strandabgang wagte er sich vor und legte sich dann auf den Bauch in die Düne. Er sah drei Personen im Wasser, ungefähr dort, wo ihm Zwilling, der Archäologe, die Fundamente der Gellenkirche im Wasser gezeigt hatte. Neben ihnen lag ein Schlauchboot mit Motor vor Anker. Es handelte sich um Männer, wie Rieder an ihrem Körperbau vermutete. Sie standen gebeugt und hatten irgendwelche Geräte in der Hand. Rieder hörte leichte Pumpgeräusche. Die Lichtpunkte erkannte er jetzt als Kopflichter.

So langsam müsste eigentlich Damp auftauchen, dachte Rieder. Er robbte ein Stück zurück und schlich dann noch einmal zum Weg hinter den Dünen. Doch Damp oder der Polizeiwagen waren noch nicht zu sehen. Rieder arbeitete sich wieder zurück auf die Düne. Er hatte das Fernglas von Charlotte Dobbert mitgenommen und versuchte zu erkennen, was die Männer dort trieben. Jedenfalls nicht angeln. Die Neugier fraß ihn fast auf und stachelte ihn an. Am liebsten wäre er losgestürmt, um die drei oder wenigstens einen dingfest zu machen. Aber einer gegen drei und dann noch unbewaffnet … Trotzdem glitt er etwas weiter vorwärts. Da traf ihn der Strahl des Leuchtturmes. Erschrocken blickte er kurz in die Richtung und sah eine schwarz gekleidete Person auf der Düne am Leuchtturm stehen. Auch auf die Distanz von gut einhundert Metern trafen sich ihre Blicke. Und Rieder registrierte, wie der Mann losrannte. Er hörte ein paar Rufe in Richtung der Männer im Wasser, allerdings nicht in Deutsch. Es konnte Französisch sein. Die Männer im Wasser blickten jetzt auch in Richtung Strand. Rieder sprintete aus seinem Versteck los in Richtung Hinterland der Dünen. Hinter sich hörte er einen Motor aufheulen, leider nicht vom Polizeiwagen, sondern vom Schlauchboot. Am Strandübergang kam ihm sein Verfolger entgegen. Offenbar hatte er Rieders Fluchtweg vorausgesehen. Er versuchte dem Polizisten den Weg abzuschneiden. So machte Rieder kehrt und lief wieder an den Strand. Er sah das Boot in Richtung Jacht davonjagen. Hinter sich hörte er durch den Sand Schritte näherkommen. Rieder drehte sich um. Etwas Langes kam auf ihn zu. Er konnte sich gerade noch ducken und der Knüppel fegte über ihn hinweg.

Doch schon schwang sein schwarzer Gegner das Schlaginstrument wieder zurück. Er traf Rieder an der Hüfte. Er stürzte in den Sand. Auch der Knüppel landete neben ihm im Sand. Der Mann kam auf ihn zu und hob das Bein. Geistesgegenwärtig griff Rieder nach dem Fuß und drehte ihn zur Seite, sodass auch sein Gegner zu Boden flog. Beide rappelten sich auf. Rieder hatte eigentlich keine Lust auf einen Ringkampf. Er befürchtete, dass er kräftemäßig den Kürzeren ziehen würde, denn der Schlag mit dem Knüppel war nicht von schlechten Eltern gewesen und seine Seite schmerzte heftig. Beide starrten sich jetzt auf gut zwei Meter Distanz an und Rieder erkannte Christian Montagne. In diesem Augenblick wusste er: Das war der Mann mit dem Fahrrad, der ihn nachts verfolgt hatte. Montagnes Augen blitzten vor Hass. Er hatte sich leicht vornübergebeugt. Seine rechte Hand glitt in die Hosentasche. Rieder sah, wie er ein Messer herauszog und die Klinge aufschnappen ließ. Rieder versuchte nach dem Knüppel zu greifen. Es gelang ihm nicht. Montagne nutzte sofort die Situation, um auf Rieder zuzuspringen und den Abstand zu verkürzen. »Wo bleibt bloß Damp«, flehte Rieder innerlich. Aber nichts rührte sich. Die beiden Männer bewegten sich leicht im Kreis und belauerten sich. Rieder rückte näher an den Knüppel. Er nahm seine ganze Kraft zusammen, wagte einen Sprung, griff den Knüppel und schlug auch gleich in Richtung der Hand mit dem Messer. Es flog Montagne aus der Hand. Aber der steckte das weg, ehe sich Rieder besinnen konnte, machte einen Schritt auf den Polizisten zu und Rieder erwischte ein schwerer Schlag auf die Brust. Die Luft blieb ihm weg. Es folgte ein zweiter Schlag mit der Faust auf Rieders Kinn. Im Fallen sah Rieder nur noch, wie sich Montagne nach dem Messer bückte, aber etwas Riesenhaftes flog von hinten auf ihn zu – wie aus dem Nichts – und warf Montagne nieder. Dann schwanden Rieder die Sinne.

XVI

Rieder schreckte hoch. Er setzte sich auf und fasste sich an die Brust. Im Traum war ihm die Luft weggeblieben. Immer wieder hatte er von dem Schlag geträumt und immer wieder hatte ihm im Traum der Atem gestockt. Er rieb sich über das Gesicht. Dabei blickte er sich erschrocken um. Wo war er eigentlich? Er befand sich in einem Doppelbett und hatte nur seine Unterwäsche an. Auf einem Stuhl daneben lagen seine restlichen Sachen. War er entführt? Er schwang die Beine aus dem Bett. Durch das Fenster konnte er erkennen, dass es schon heller Morgen sein musste und dass er sich in Neuendorf befand. Als er auf die Beine kommen wollte, schwindelte es ihm kurz. Ein höllischer Schmerz durchfuhr seinen Kopf. Er fiel wieder aufs Bett. Rieder unternahm einen zweiten Versuch. Das ging schon besser. Er blickte sich im Zimmer um. Es sah nicht aus wie ein Verlies, eher wie das Schlafzimmer einer Ferienwohnung. Ein heller Kleiderschrank aus Kiefer, dazu eine Kommode. Ein kleiner Schreibtisch am Fenster. Die Vorhänge waren freundlich mit großen violettfarbenen Distelblüten. Er hörte Schritte. Sie kamen eine Treppe hoch. Was tun? Gegenwehr konnte er sowieso nicht leisten. So ließ er sich auf das Bett plumpsen und wartete, bis sich die Tür öffnete. Charlotte Dobbert kam herein.

»Wie kommst du hierher?«, fragte Rieder verwundert.

Sie lächelte ihn an. »Ist die Frage nicht eher, wie du hierherkommst. Das ist mein Bett, in dem du liegst. Und ehrlich gesagt dachte ich nicht, dass du so schnell darin landen würdest.«

Rieder schüttelte den Kopf, als könnte er dadurch die Erinnerung herbeirufen.

»Keine Angst, du hast letzte Nacht allein darin geschlafen. Zu mehr wärst du auch nicht mehr fähig gewesen.« Sie kam näher und befühlte Rieders Gesicht. Der zuckte zusammen, als sie seine Wangen abtastete. »Na hoffentlich ist nichts gebrochen. Doktor Müselbeck will nachher noch mal vorbeikommen.« Dann machte sie eine Pause und setzte süffisant hinzu: »Bei unserem Helden.«

Rieder schaute verwundert zu ihr auf.

»Kannst du mir mal erklären, was eigentlich passiert ist? Wie ich hierherkomme?«

Sie streichelte seinen Kopf, wie eine Mutter ihrem Kind, was ihm aber nicht unangenehm war.

»Wo ist denn der Film gerissen?«

»Wenn ich mich recht entsinne, bei einer Faust, die auf mich zugekommen ist ...«

»Tja, dann ist dir wirklich einiges entgangen.«

Rieder erfuhr von Charlotte, dass genau in diesem Moment Damp an den Strand gekommen war und sich mit vollem Gewicht auf den Mann gestürzt hatte. Dann hatte er ihm Handschellen angelegt und versucht, ihn, Rieder, wieder wach zu bekommen. Als ihm das nicht gelungen war, hatte er Müselbeck und den Krankenwagen gerufen. Nachdem der Arzt an ihrem Haus vorbeigerast war, hatte sie sich auch auf den Weg zum Leuchtturm gemacht. Müselbeck hatte festgestellt, dass Rieder noch lebte und es war ihm auch gelungen, ihn immer mal wieder zu Bewusstsein zu bekommen. Aber die Schläge waren wohl so heftig gewesen, dass Rieder erst einmal nicht ansprechbar war. Müselbeck hatte aber sonst keine größeren Verletzungen feststellen können. Er hatte Rieder eigentlich zur Beobachtung ins Krankenhaus nach Bergen schicken wollen, aber das hätte ziemlich gedauert und so hatte sie angeboten, dass Rieder die Nacht über bei ihr bleiben könnte und sie dann den Arzt sogleich verständigen würde, wenn Rieder aufwachte – und das würde sie dann jetzt mal machen.

Charlotte Dobbert drehte sich in Richtung Tür, doch Rieder hielt sie am Handgelenk fest. »Danke.« Sie beugte sich zu ihm herunter. Sie küssten sich. Mit einem sanften Lächeln und einem kurzen Winken löste sich Charlotte Dobbert. »Ob das die richtige Medizin ist?«

Rieder räusperte sich und sagte mit belegter Stimme: »Ich denke schon.«

Dann ging sie und er hörte sie eine Etage tiefer mit Müselbeck telefonieren. Als sie wieder bei Rieder war, fragte er sie: »Was ist eigentlich aus Montagne geworden?«

»Dem schwarzen Mann? Den hat Damp zum Hafen Neuendorf gebracht. Dahin hat er euer Polizeiboot kommandiert. Er wollte ihn in Bergen abliefern oder in Stralsund. Zuvor hat er aber noch euren Polizeichef aus dem Bett geholt und gesagt, dass ihr *beide* Montagne festgenommen hättet und du verletzt seist.«

»Und haben Sie das Schiff draußen in der Ostsee kontrolliert?«

Charlotte Dobbert zuckte mit den Schultern. »Darauf habe ich nicht geachtet … Ehrlich gesagt hatte ich andere Sorgen.«

Rieders erneuter Versuch aufzustehen, gelang und er wankte ins Bad, um sich zu duschen. Auf dem Rückweg kam ihm Doktor Müselbeck schon entgegen. »Herr Kommissar, schon wieder auf den Beinen?«

»Es geht. Ich weiß noch nicht so recht, ob es *meine* Beine sind. Und mein Kopf fühlt sich an wie eine Kirchenglocke, die ständig schlägt.«

»Sie haben ganz schön eine vor den Ballon bekommen. Wir als Mediziner sagen: vor den Solarplexus.« Er untersuchte Rieder. »Ihre Brust wird noch eine Weile schmerzen und ihr Kinn wird auch eine schöne Färbung annehmen. Auf die Hüfte haben sie auch ganz ordentlich was abbekommen. Haben Sie dort Schmerzen?«

Obwohl sich dort ein deutlicher Bluterguss abzeichnete, verneinte Rieder, als der Arzt die Stelle abtastete.

»Keine inneren Verletzungen. Sie werden schon wieder auf Ihre Beine kommen. Heute würde ich Ihnen eher Ruhe empfehlen, aber ich kann mir denken, dass ich das in den Wind rede. Denn Sie wollen sicher Ihren großen Fang begutachten.«

Als Charlotte Dobbert Rieder im »Strandrestaurant« ein Frühstück servierte, rollte der grün-weiße Passat der Hiddenseer Polizei auf den Hof. Mit Damp stieg Tom Schade aus dem Auto. Schade redete auf Damp ein. Dabei rückte er seinen Pferdeschwanz zurecht. Wie oft hatte Rieder in Berlin dieses Ritual beobachtet, wenn für sie beide was Neues anstand: eine Zeugenbefragung, eine Tatortbesichtigung. Als Erstes hatte Tom Schade seine lange Haarpracht geordnet wie ein Samurai, der in die Schlacht zog. Und wie hatte Rieder diese ausgelassene Ruhrpottfröhlichkeit vermisst, die jetzt durch die Tür trat.

»Na, Jung, kann man dich nicht alleine lassen auf der kleinen Insel?«

Rieder und Schade umarmten sich. Damp stand daneben und wirkte fast ein bisschen eifersüchtig. Charlotte ging in die Küche, um noch zwei weitere Gedecke zu holen. Hinter ihrem Rücken zwinkerte Schade Rieder zu. »Hier lässt sich's leben, wie ich sehe.«

Rieder lachte. »Du verrückter Kopp!«

Hin und weg war Schade von der Fahrt mit dem Polizeiboot. »Es war besser als fliegen«, sagte er und machte mit der Hand eine Flugbewegung. »Das Boot hob richtig ab über den Wellen. Genial ... Und wo ihr euren Mann jetzt habt, da können wir am Wochenende voll einen losmachen.«

Rieder dämpfte etwas den Optimismus. »Ich brauche noch eine kleine Auszeit. Und dann muss ich auch noch einiges in Bergen klären mit unserem schwarzen Kämpfer aus Frankreich.« Dann sah er zu Damp, der still daneben saß. »Danke übrigens, dass Sie zur rechten Zeit da waren.« Der Polizist war verlegen, als ihm Rieder die Hand entgegenstreckte. Er murmelte: »Ist schon klar ...«

»Und wo ist nun Montagne?«

Damp erzählte während des Frühstücks, dass er ihn nach Bergen gebracht habe und dass er dort auf seine Vernehmung warte. Seit seiner Verhaftung habe Montagne aber keinen Ton gesagt. Die Küstenwache habe das Boot aufgebracht. Und das sei der eigentliche Knüller: An Bord hätten die Kollegen ziemlich viele Sachen aus Wracks aus der Ostsee und auch Diebesgut gefunden, das aus Brüchen entlang der Ostseeküste stammen würde. Das werde aber noch geprüft.«Das Schiff heißt übrigens ›Treasure Island‹, kommt aus Frankreich. Der Kapitän ist ein Deutscher, ein gewisser Voss. Er und die Besatzung sind in Stralsund festgesetzt worden.«

Rieder setzte seine Teetasse ab, dass es richtig knallte. »So hieß auch das Schiff, auf dem Montagne in die Messerstecherei verwickelt war. Und der Name Voss ... Wo ist der mir schon untergekommen?«

»Na, das ist der Mädchenname unseres Kurdirektors«, plauderte Damp weiter, als wäre diese Übereinstimmung der Namen die normalste Sache der Welt. »Und ...«, hob er die Stimme und machte plötzlich eine Pause, »die beiden sind Brüder!«

Rieder klatschte in die Hände. »Mensch Damp! Wie haben Sie das so schnell rausgekriegt?«

Damp zuckte mit den Schultern. Schade räusperte sich. »Dein Kollege hat dir vergangene Nacht nicht nur das Leben gerettet. Er hat auch noch eine Nachtschicht eingelegt. Ich habe ihn nämlich heute Morgen in Schaprode aufgesammelt. Er wartete auch auf das Polizeiboot.«

Damp winkte nur ab. »Übrigens, das Messer von Montagne ist schon bei Behm. Er will sich so bald als möglich melden ...« Damit stand Rieders Kollege auf, klopfte kurz auf den Tisch. »Ich mach mich mal los. Stell mich unter die Dusche ...«

Rieder stand auch auf. »Wollen wir in einer Stunde nach Bergen losfahren, um Montagne zu vernehmen?«

»Von mir aus.«

»Noch mal vielen Dank.«

Damp winkte ab. »Schon gut.« Dann verließ er das »Strandrestaurant«.

Als Damp draußen den Polizeiwagen ausparkte, meinte Rieder: »Das hätte ich ihm gar nicht zugetraut.«

Schade rührte in seinem Kaffee. »Ich glaube, dein Kollege steht mächtig unter Druck. Ist vielleicht nicht die glücklichste Lösung, ihr beiden in einem Revier. Der Dorfsheriff und der Vorzeigepolizist. Der hat einfach Angst, dass du ihm die Butter vom Brot nimmst.«

»Das will ich gar nicht«, verteidigte sich Rieder.

»Du vielleicht nicht, jedenfalls nicht mit Absicht. Aber deine Chefs sehen das wahrscheinlich anders ...«

XVII

Christian Montagne trug noch die gleichen Sachen wie in der Nacht: ein schwarzes T-Shirt und eine schwarze Jeans. Ein Beamter hatte ihn ins Vernehmungszimmer geführt, in dem Damp und Rieder bereits warteten. Montagne wirkte übermüdet. Unter seinen Augen zeichneten sich Ringe ab. Nachdem er Platz genommen hatte, begann er ständig mit einem Fuß zu wippen. Der Polizist vom Revier in Bergen hatte sich in der Nähe der Tür postiert.

Rieder schaltete das Tonbandgerät ein, nannte Ort, Datum und Anwesende. »Hauptwachtmeister Damp kennen Sie ja schon. Mein Name ist Rieder. Wir haben uns bisher nur auf andere Art und Weise bekannt gemacht.«

Montagne konnte ein Lächeln nicht unterdrücken und blickte Rieder etwas herausfordernd an.

»Mein Kollege Damp«, setzte er fort, »hat Sie gestern Nacht festgenommen unter dem dringenden Tatverdacht, Dr. Rainer Thies getötet zu haben. Was haben Sie zu diesem Vorwurf zu sagen?«

Montagne schaute auf seine mit Handschellen gefesselten Hände und schwieg.

»Haben Sie mich verstanden?«, fragte Rieder noch einmal nach.

Montagne schwieg weiter. Minutenlang saßen sich die drei Männer schweigend gegenüber. Nur das Laufen der Tonbandspulen durchbrach die Stille. Nach einiger Zeit bat Rieder den Beamten aus Bergen, Montagne die Handschellen abzunehmen. Der rieb sich kurz die Handgelenke. Dann erstarrte sein Körper wieder. Nur das rechte Bein wippte weiter auf und nieder. Rieder unternahm einen weiteren Versuch. »Vielleicht beginnen wir mit Ihren persönlichen Angaben? Sie brauchen nur zu nicken, wenn die Informationen stimmen.« Das wippende Bein war das Einzige, was sich an dem Franzosen bewegte. Ansonsten schienen sein Körper und auch seine Gesichtszüge erstarrt zu sein.

»Sie heißen Christian Montagne, wurden am 13. Juli 1970 in Straßburg geboren und sind von Beruf Lehrer. Vor sieben Jahren haben Sie Ihre Stelle an einer Grundschule in Paris aufgegeben. Ist das richtig?«

Keine Reaktion.

Rieder schüttelte den Kopf. »Wollen Sie vielleicht einen Kaffee oder etwas anderes zu trinken oder eine Zigarette?«, fragte Rieder. Nichts. Der Polizist bat seinen Kollegen von der Insel, vier Kaffee zu holen. Damp nickte und verließ den Raum. Rieder schaltete das Tonbandgerät ab, stand auf und stellte sich ans Fenster. Er hatte Montagne den Rücken zugedreht und schaute auf die Silhouette der Kleinstadt Bergen.

»Herr Treue, Ihr Chef in Neuendorf hat Sie sehr gelobt. Er meinte, Sie könnten sehr gut mit Pferden umgehen. Sie wären so etwas wie der Pferdeflüsterer. Ich habe vor Pferden immer einen mächtigen Respekt gehabt. Sie sind mir einfach zu groß. Wo haben Sie das gelernt? Hatten Ihre Eltern einen Pferdehof? Hat Ihnen das Ihr Vater beigebracht?«

Statt einer Antwort stieß Montagne seinen Stuhl zurück. Im Bruchteil einer Sekunde war er auf den Beinen und warf den Stuhl mit aller Wucht in Rieders Richtung. Der konnte gerade noch, aufgeschreckt durch das Geräusch, zur Seite springen. Der Stuhl krachte an die Wand. Schon war Montagne am Tisch und versuchte ihn an seinen Metallfüßen hochzuheben. Das Tonbandgerät rutschte an die Tischkante und knallte auf den Boden. Die beiden Polizisten stürzten sich auf Montagne, hielten ihn an seinen Oberarmen fest. Doch der Mann wehrte sich. Mit Mühe gelang es den beiden, Montagne auf den Boden zu drücken und ihm Handschellen anzulegen. Plötzlich zog der Franzose mit einer ruckartigen Bewegung seine Beine an und versuchte sich mit Tritten gegen die Polizisten zu wehren. Dann stieß er einen Schrei aus. Die Spannung in seinem Körper ließ schlagartig nach. Ihn überfiel ein Weinkrampf. Montagne krümmte sich am Boden. Er schlug seinen Kopf immer wieder auf den Steinfußboden des Vernehmungsraumes. Rieder rappelte sich auf, holte den umgeworfenen Stuhl und stellte ihn neben den Liegenden. Gemeinsam mit dem Beamten aus Bergen zog er Montagne hoch. Sie setzten ihn auf den Stuhl, damit er sich nicht selbst verletzen konnte. Damp kam herein und blieb in der Tür stehen mit vier dampfenden Plastikbechern. »Was ist passiert?«

»Ich weiß es nicht«, antwortete Rieder. »Ich habe ihn nur gefragt, wo er das mit den Pferden gelernt hat. Da ist er total ausgeflippt.« Er wischte sich den Schweiß von der Stirn. »Eine weitere Vernehmung hat keinen Zweck. Selbst wenn er etwas sagen würde, jeder Anwalt würde uns die Aussage unter diesen Umständen vor Gericht um die Ohren hauen.«

Damp nickte.

Rieder forderte den Beamten aus Bergen auf, Montagne in die Zelle zu bringen. Er sollte ihn aber nicht aus den Augen lassen. Der Polizist bugsierte Montagne aus dem Vernehmungsraum. Dann telefonierte Rieder nach einem Arzt, der den Gefangenen untersuchen sollte. Als er auf den Flur trat, kamen ihm drei Männer entgegen. Rieder erkannte sofort, es mussten zwei Zivilbeamte sein mit einem Verdächtigen. Der trug eine Seemannsuniform und eine Kapitänsmütze und ähnelte in Gestalt und Statur irgendwie Lars Sadewater, dem Kurdirektor von Hiddensee. Näher gekommen, erkannte Rieder, dass dieser Mann allerdings um einiges älter sein musste. Damp war zu Rieder getreten. »Das ist Karl Voss, der Bruder von Sadewater.« Als die drei Männer Montagne begegneten, schüttelte der den Beamten ab und stürzte zu Voss. Der umarmte den Franzosen. Die Zivilbeamten und der Revierbeamte versuchten die beiden auseinanderzubringen.

Rieder eilte mit Damp dazu. Er hörte, wie Voss französisch auf Montagne einredete. Offenbar versuchte er ihn zu beruhigen. Rieder gab den beiden Kollegen in Zivil ein Zeichen, sich erst einmal zurückzuhalten. Voss bemerkte das und sah Rieder an. »Sind Sie hier der Chef? Was haben Sie mit ihm gemacht?«, fragte er den Polizisten mit lauter Stimme.

Wenig später saß Voss auf dem gleichen Stuhl wie zuvor Montagne. Mit Mühe hatten die Beamten Voss bewegen können, Montagne loszulassen, nachdem sie ihm versichert hatten, dass ein Arzt bereits unterwegs sei, um Montagne zu untersuchen und vielleicht auch ein Beruhigungsmittel zu geben. Montagne hatte sich nur widerstrebend von Voss gelöst und immer wieder flehend zurückgeblickt. Die Zivilbeamten hatten noch einige Unterlagen für Rieder und Damp mitgebracht. Listen mit den Fundstücken von der »Treasure Island«. Rieder schaute sich die Papiere an. Damp hatte aus einem anderen Raum ein neues Tonbandgerät geholt und machte es bereit für das Verhör.

»Herr Voss, das sieht nicht gut für Sie aus«, begann Rieder. »Auf Ihrem Schiff wurden Gegenstände sichergestellt, die wahrscheinlich, nach Auskunft des Landesamtes für Unterwasserarchäologie, aus Wracks aus der Ostsee stammen und damit Eigentum des Landes Mecklenburg-Vorpommern sind.«

Voss lachte mit tiefer Stimme auf. »Was soll das? Jahrhunderte hat sich keiner drum geschert und jetzt soll es Staatseigentum sein ...«

Rieder legte die Akte auf den Tisch und setzte sich Voss gegenüber. »Wie auch immer. Aber die gestohlenen Figuren und Altargegenstände aus Kirchen von Rügen und der Halbinsel Darß haben sicher nicht herrenlos auf dem Meeresboden gelegen, sondern sind in den letzten achtzehn Monaten gestohlen worden.«

Voss knurrte kurz auf. »Die habe ich angekauft. Woher sollte ich wissen, dass die Sachen geklaut sind?«

Rieder schüttelte den Kopf. »Herr Voss. Zum Teil sind noch Inventarnummern zu erkennen. Und wenn ich Ihnen glauben würde: Von wem sind sie Ihnen angeboten worden?« Voss zuckte mit den Schultern. Rieder fixierte Voss mit seinem Blick. »Allerdings würde mich erst mal mehr interessieren, was Ihre Leute an der Stelle gesucht haben, an der Rainer Thies wahrscheinlich getötet wurde?«

»Das können Sie mir nicht beweisen. Mein Schiff wurde auf hoher See aufgebracht. Alle Männer waren an Bord. Es gibt keinen Beweis, dass wir uns dort aufgehalten haben.«

Rieder lehnte sich zurück. »Das Schiff der Küstenwache hatte sie sofort auf dem Radarschirm, nur wenig entfernt von der Stelle, wo ich gestern Abend das Schlauchboot gesehen habe. Und da war kein anderes Schiff. Also?«

»Ich sage dazu nichts … Nicht, bevor Sie mir sagen, was mit Christian passiert ist?«

Damp mischte sich kurz ein. »Ich denke nicht, dass Sie hier Forderungen stellen können.«

Rieder überlegte dann aber kurz und dachte an die Szene auf dem Flur. Vielleicht käme er über Voss auch an Montagne ran? »Gut. Gar nichts haben wir gemacht. Kollege Damp hat Kaffee geholt und ich wollte mit ihm über seinen Job als Pferdepfleger reden. Wo er das gelernt hat. Da flog mir aber schon ein Stuhl ins Kreuz. Können Sie mir das erklären?«

»Was haben Sie denn genau gefragt?«, fragte Voss.

»Ob seine Eltern einen Reiterhof gehabt hätten?«, erwiderte Rieder.

»Tja dann … Das ist wie ein rotes Tuch für Christian.« Voss erzählte, dass Christian Montagne auf einem Bauernhof in der Nähe von Straßburg aufgewachsen sei. Sein Vater habe eine Pferdezucht betrieben. Und dort habe er auch gelernt, so gut mit Pferden umzugehen. Montagne sei auch ein ganz passabler Jockey, aber ein Reitunfall habe eine große Karriere verhindert. Er habe immer Pferde trainiert, die bei seinem Vater untergestellt waren. Und Montagne sei ein absoluter Kindernarr. Deshalb sei er auch Lehrer geworden.

Aber vor allem hatte er an seiner kleinen Schwester gehangen, die wahrscheinlich so zehn Jahre jünger gewesen war. Nach seinem Studium hatte Montagne in Paris unterrichtet. Er musste damals wohl so um die fünfundzwanzig gewesen sein, als er einen Brief von seiner Schwester bekam. Sie schrieb ihm, dass ihr Vater sie immer wieder missbrauche und sie das nun nicht mehr aushalte. Sie kündigte ihren Selbstmord an. Montagne war dann sofort nach Straßburg gefahren, jedoch zu spät gekommen. Seine Schwester hatte sich schon an einem Balken im Pferdestall erhängt. Er hat seinen Vater fast erschlagen. Er konnte gerade noch fliehen, nachdem seine Mutter die Polizei geholt hatte. Aber Montagne gab sich die Schuld für das, was seiner Schwester passiert war, weil er sie allein gelassen hatte, um zu studieren. Allerdings besaß er keine Beweise außer dem Brief. Er hatte außer Landes gewollt.

»Und da traf ich ihn in einer Hafenkneipe in Marseille. Er saß da an der Bar, total besoffen, verheult«, berichtete Voss weiter. »Ich kannte den Kneiper, der für mich immer Ausschau hielt, nach Leuten, die billig eine Schiffspassage suchten und dafür bereit waren, auf einem Schiff als Matrose zu arbeiten. Montagne wollte nach Algerien, aber ich wollte ihn zunächst gar nicht anheuern, denn Weicheier kann ich auf meinem Schiff nicht brauchen. Aber dann hat er mich in seiner Verzweiflung irgendwie angerührt. Nach ein paar Wochen hat Christian mir seine Geschichte erzählt. Ich habe ihm angeboten, auf dem Schiff zu bleiben. Und so ist er ziemlich lange mit mir unterwegs gewesen. Wir haben seitdem so etwas wie ein Vater-Sohn-Verhältnis.«

Rieder und Damp hörten aufmerksam zu. »Und was war das mit der Messerstecherei, damals in St. Tropez?«

Voss stützte die Arme auf den Tisch. »Ich verdiene mein Geld mit den Schätzen des Meeres. Sie verstehen, was ich meine?«

»Ich denke schon«, antwortete Rieder. »Sie fahren mit Ihrem Schiff die Meere ab, tauchen nach Wracks und schlachten sie aus, wenn es noch etwas Brauchbares an Bord gibt. Danach verkaufen

Sie die Fundstücke für gutes Geld an irgendwelche Sammler. Und Sie rauben damit, jedenfalls gilt das, so glaube ich, für die Ostsee, den Anreinerländern ihr Eigentum. Im rechtlichen Sinne ist das Diebstahl.«

»Sie haben den Nagel auf den Kopf getroffen, wenn Ihre Beschreibung vielleicht auch etwas drastisch ist und ich mich gegen den Vorwurf, ein Dieb zu sein, verwahre. Es interessiert doch keinen, was da auf dem Meeresgrund rumliegt und die Behörden müssten mir dankbar sein, dass ich das Zeug raufhole. Schließlich ist es nicht mein Problem, dass viele Museen nicht das Geld haben, die Dinge dann auch von mir zu kaufen. Dafür gibt es andere. Und so bleiben viele verborgene Schätze wenigstens erhalten.«

Rieder stand auf und lehnte sich ans Fenster. »Das ist Ihre Sicht der Dinge. Meine ist eine andere. Aber was mich interessiert: Wie ging Ihre Beziehung zu Montagne weiter? Was ist damals geschehen in St. Tropez. Wo war er in den letzten Jahren, Monaten und Tagen? Welche Beziehung hatte er zu Thies? Oder kennen Sie den nicht?«

Voss drehte sich zu Rieder. »Davon wollte ich ja gerade erzählen. Also, wie gesagt, ich beschäftige mich damit, versunkene Schätze vom Meer wieder an die Oberfläche zu holen. Das ist eine sehr kostspielige Angelegenheit. Die ganze Ausrüstung für das Schiff und die Tauchexpeditionen kosten Hunderttausende, wenn nicht Millionen. Angefangen habe ich mal mit einem kleinen Kutter. Der Erfolg steigerte auch meine eigenen Ansprüche. Ich kaufte die ›Treasure Island‹. Und damit mir meine Fundstücke nicht gleich an Bord zerrieseln, habe ich auf dem Schiff eine richtige Konservierungsstrecke aufgebaut, um die mich jeder in dieser Branche beneidet.«

Damp, der bisher fast teilnahmslos zugehört hatte, räusperte sich. »Könnten Sie einfach unsere Fragen beantworten?«

Voss hielt kurz inne. »Sie haben recht und wieder auch nicht. Ich schweife vielleicht ein wenig ab.« Rieder erinnerte das Gerede und die Aufgeblasenheit von Voss sehr an seinen Bruder, den Kurdirektor.

»Ich kann meinem Kollegen Damp nur zustimmen. Wenn es auch sehr interessant sein mag, etwas über Ihr Tun, um es einmal vorsichtig auszudrücken, zu erfahren, wir wollen vor allem alles über Montagne und Thies hören.«

»Dazu wollte ich gerade kommen«, wiederholte Voss. »Also um Geld für meine Expeditionen zu bekommen, nehme ich zahlungskräftige Kunden mit auf Tour. Und sie können dann auch einige Stücke, die sie selbst gefunden haben, mitnehmen. Natürlich ist ihr Anteil nicht sehr groß, weil ich auch die ganze Ausrüstung stelle. Jedenfalls hatte ich auch damals in St. Tropez zwei Kunden mit an Bord. Sie waren mit Ihrem Anteil nicht einverstanden und wollten kurz vor ihrem Abgang vom Boot noch einige Teile abstauben. Sie brachen in den Raum für die Fundstücke ein. Christian bekam das mit und versuchte sie aufzuhalten. Dabei kam es zu einer Schlägerei, und als einer der beiden mit einem Bootshaken auf Christian losging, zog er sein Messer und ...«, hier stockte Voss, »... wehrte sich. Unglücklicherweise starb der Mann wenig später an den Verletzungen.« Voss machte eine Pause und starrte sekundenlang vor sich hin, bevor er fortsetzte. »Er hat es für mich getan. Er wollte mich schützen. Ich sagte ja, wir sind wie Vater und Sohn ... aber ich hatte auch kein großes Interesse, dass sich die Polizei mehr für mich und das Schiff interessiert, denn – sie deuteten es bereits an – es ist nicht so ganz legal. Also half ich Christian zu verschwinden.«

»Und wohin?«, fragte Damp nach.

»Ich wusste ja von seiner Leidenschaft für Pferde«, berichtete Voss. »Und so habe ich ihn bei Bekannten untergebracht, denen ich ein paar gute Fundstücke beschafft habe und die mir einen Gefallen schuldig waren. Sie besitzen Pferde und da fiel ein neuer Stallknecht nicht auf ... Wenn mal wegen Montagne zu viele Fragen gestellt wurden, suchte ich einfach einen neuen Reiterhof. Oder er tat es selbst. Er hat wie gesagt einen sehr guten Ruf als

Trainer. Aber vor einem Jahr hatte Montagne einen schweren Reitunfall. Er konnte nicht weiter mit Pferden arbeiten. In der ersten Zeit ist er wieder in Straßburg gewesen, wo er sich mit Klavierunterricht über Wasser hielt, seine zweite Leidenschaft. Doch dann ist in seiner Wohngemeinschaft eine Deutsche aufgetaucht. Sie hat sich unsterblich in Montagne verliebt und sich immer mehr für seine Herkunft und Vergangenheit interessiert. Und da ist er untergetaucht ...«

»... und kam hier nach Hiddensee?«, erkundigte sich Rieder.

Voss wog den Kopf bedeutungsschwer hin und her. »Mir kam Christians Problem gerade recht. Ich wollte mein Operationsgebiet vom Mittelmeer in die Ostsee verlegen. Ich hatte immer wieder gelesen, dass es hier eine Menge Wracks gibt, vor allem aus der Hansezeit. Um an sie ranzukommen, braucht man nicht so einen großen technischen Aufwand wie im Mittelmeer. Die Wracks hier liegen meist nicht in großer Tiefe. Und da brauchte ich einen Mann vor Ort.«

»Und wie kam da Thies ins Spiel?«

»Einer meiner Kunden wohnt in Hamburg. Er sammelt Münzen aus dem Mittelalter, aber auch besonders aus den Zeiten der spanischen und portugiesischen Goldflotten. Und schon manchen guten Fang habe ich an ihn verkauft. Er hatte mich zu seinem Firmenjubiläum eingeladen. Da war auch Thies. Mein Kunde stellte mich vor, prahlte etwas mit meinen, sagen wir mal Umsätzen, und Thies war ganz Ohr. Er war eher zufällig dort, denn er wollte den Sammler überreden, für die neue Dauerausstellung im Berliner Geschichtsmuseum ein paar seiner Münzen abzutreten.«

Da hakte Rieder ein, dem das alles zu lange dauerte. »Und da haben Sie ihn angeheuert?«

»Wissen Sie, Thies war der typische Kleinbürger, der immer das Gefühl hatte, zu kurz gekommen zu sein, der mit Neid auf die Besserverdienenden schielte. Und ich brauchte eine Art Makler. Gerade hier in Deutschland, wo nichts ohne Genehmigung geht.

Einen, der ein bisschen Ahnung hat vom Metier und den Boden bereitet. Und so kamen wir zusammen.«

»Und Montagne?«, fragte Damp nach.

»Der sollte auf Thies ein bisschen aufpassen.«

»Was heißt das?«

»Ich traute Thies nicht. Sein Neid und sein Drang, schnell viel Geld zu verdienen, machten mich misstrauisch.«

Damp klappte sein Notizbuch heftig zu. »Und als er nicht spurte, haben Sie Ihrem getreuen Diener Montagne befohlen, ihm den Garaus zu machen. Gleiche Methode wie in St. Tropez. Ein sauberer Stich. Und tschüss.«

Voss schüttelte den Kopf. »Nein, so war es nicht!«

»Wie soll es dann gewesen sein?«, setzte Damp nach und in seinen Augen blitzte das Jagdfieber auf, den Verdächtigen zur Strecke zu bringen.

Rieder war erstaunt über Damps Entschlossenheit. Doch ihm ging es etwas zu schnell. Ihm fehlte noch ein Zwischenstück. »Moment. Ich möchte noch mal ein Stück zurück. Was tat Thies hier für Sie genau? Und wie hängt da Montagne mit drin?«

Voss schien ungerührt von Damps Attacke. Im Plauderstil erzählte er weiter, dass Thies für ihn auskundschaften sollte, wo in der Ostsee was zu holen sei, wo die Wracks liegen würden. Und so kamen sie auf Hiddensee. Und natürlich kam Voss dabei auch zugute, dass, was ja sicher den Herren Polizisten nicht verborgen geblieben sei, sein Bruder dort als Kurdirektor arbeitete. Das wusste aber Thies nicht. Er sollte einfach mal zeigen, was er so drauf hatte, wie er Leute rumkriegt und aus ihnen die richtigen Informationen rausholt. Montagne sollte ihn dabei beobachten. Deshalb hatte er, mit Vermittlung seines Bruders, Montagne bei dem Fuhrunternehmer Treue untergebracht. Als Voss dann aber immer mehr, auch durch Montagnes Beobachtungen und Berichte, den Eindruck hatte, Thies arbeite auf eigene Rechnung, hätte er Montagne mal vorgeschickt, um Thies auf den Zahn zu fühlen und ihm ein wenig auf die Finger zu klopfen.

»Bei den meisten Wracks, die uns Thies genannt hat, war nichts mehr zu holen. Das nervte. Denn es ist nicht ganz ungefährlich und auch nicht gerade unauffällig, mit einem Riesenkahn wie der ›Treasure Island‹ die flachen Ufergewässer an der Küste hier anzulaufen. Meist war uns schon das Amt für Unterwasserarchäologie zuvorgekommen oder jemand anders.«

»Und als Sie ihn dann erwischt haben am Strand beim Leuchtturm Gellen«, warf Damp ein, »haben Sie ihn auch gleich alle gemacht. Oder vielmehr nicht Sie, denn Sie machen sich nicht die Finger schmutzig. Dafür haben Sie ja Ihren Knecht Montagne!«

»Nein!«, schrie Voss auf.

»Ach, hören Sie doch auf! Irgendwas muss Thies doch dort gefunden haben. Wo ist denn der Handwagen? Wo ist denn die Ausrüstung von Thies? Wir wissen, dass er entsprechendes Werkzeug mit auf die Insel gebracht hat. Die Verpackung haben wir gefunden.« Damp war bei seinem Wutausbruch aufgesprungen. »Spielen Sie uns doch hier nicht den Saubermann vor! Schätze retten, Ihr Gerede von den Sammlern, alles Blabla. Sie sind in meinen Augen ein Gauner. Ihnen geht es doch nur ums Geld!« Damp stand jetzt drohend vor Voss, der sich weit über die Stuhllehne zurückgebeugt hatte. Rieder hatte sich vom Fenster gelöst und ging langsam auf den Tisch zu, jederzeit bereit, einzugreifen, falls Damp völlig die Beherrschung verlieren sollte und auf Voss losginge. Der schrie weiter auf Voss ein: »Sie sind für mich der Mörder von Thies, Montagne ist nur Ihr Werkzeug. Geben Sie es endlich zu!«

Voss schob mit einer ruckartigen Bewegung den Stuhl zurück, sprang auf und wandte sich Hilfe suchend an Rieder. »Halten Sie Ihren Kollegen zurück. Ich habe Thies nicht getötet und auch nicht töten lassen!«

Rieder wechselte kurz einen Blick mit seinem Kollegen. Damp hielt inne. Er schüttelte seinen großen Körper, als müsste er etwas abwerfen. Dann setzte er sich wieder auf seinen Stuhl. Die ganze Spannung der letzten Minuten fiel von ihm ab.

Rieder forderte auch Voss auf, sich wieder zu setzen, was dieser auch widerwillig tat. »Mein Kollege Damp hat recht. Die Indizien sprechen gegen Sie und auch Ihre Erklärungen hier. Thies hat Sie offenbar hintergangen und für uns ist das ein klares Mordmotiv. Und Montagne, der alles für Sie tun würde und den Sie auf Thies angesetzt haben, hat Sie, wie sagten Sie so schön, beschützt. Diesmal hat er es wahrscheinlich wieder getan wie damals in St. Tropez. Wir nehmen Sie beide fest. Sie wegen Anstiftung zum Mord und Ihren Kumpan Montagne wegen Mordes. Ich werde jetzt die Staatsanwaltschaft informieren. Die hat sicher auch noch ein paar Fragen an Sie wegen der zahlreichen Reisesouvenirs an Bord Ihres Schiffes. Enge Kabinen sind Sie ja gewohnt. Da ist das für Sie keine große Umstellung.«

Rieder schaltete das Tonbandgerät aus und gab dem anwesenden Beamten vom Bergener Revier ein Zeichen, Voss abzuführen. Da schlug der mit der flachen Hand auf den Tisch und brüllte: »Das stimmt nicht! Weder Christian Montagne noch ich haben Thies umgebracht. Und dafür gibt es einen Zeugen!«

In diesem Moment klingelte Rieders Handy.

XVIII

»Es kotzt mich an«, fluchte Damp, als sie endlich das Polizeiboot in Schaprode erreicht hatten. »Der Lackaffe von Sadewater als Zeuge. Der Bruder von Voss. Das ist doch faul. Oberfaul. Und dass er Montagne über Tage versteckt hat, ohne uns reinen Wein einzuschenken. Was haben wir uns von diesem Idioten anhören müssen …?«

Rieder konnte die Wut seines Kollegen zwar verstehen, aber gerade weil ihm Voss und sein Bruder abgebrüht erschienen, wollte er keinen Fehler machen und ihnen keine Vorlage bieten. Außerdem war da auch noch der Anruf von Behm, dem Chef der Spurensicherung. Das Messer von Montagne, mit dem er Rieder attackiert hatte, konnte auf keinen Fall die Tatwaffe sein, mit der Thies getötet worden war. Die Einstichverletzung bei Thies stimmte nicht mit dem Schnittprofil des Messers von Montagne überein. Da konnte sich Damp aufregen, wie er wollte, sie mussten noch einmal ran.

Voss hatte behauptet, Montagne habe sich in der Mordnacht bei seinem Bruder Lars Sadewater aufgehalten und ihm Nachhilfe in Französisch gegeben. Er selbst hätte Thies vom Boot aus beobachtet, wie er irgendetwas auf der Höhe des kleinen Leuchtturms am Gellen im Wasser gesucht habe. Irgendwann wäre ein zweiter Mann am Strand aufgetaucht und hätte sich von hinten an Thies herangeschlichen. Plötzlich wäre Thies ins Wasser gestürzt und der andere hätte irgendetwas an den Strand getragen. Erst da hätte Voss seinen Bruder angerufen und Montagne gebeten, an der Stelle am Leuchtturm Gellen nachzuschauen. Rieder und Damp hatten ihn gefragt, warum er das nicht selbst getan habe. Darauf hatte Voss erwidert, dass sein Schiff zu großen Tiefgang habe, um an den Strand am Gellen heranzufahren und die motorisierten Schlauchboote hätten mit ihrem Krach sowohl Thies als auch den Unbekannten aufschrecken können. Ihm sei es um den Überraschungseffekt gegangen. Vor allem, um die Illoyalität von Thies zu beweisen. Rieder zweifelte genau wie Damp an dieser Aussage. Es klang geradezu nach Absprache. Der mutmaßliche Mörder Montagne bekam vom Bruder seines Auftraggebers ein Alibi. Und die Polizei hatte keine wirklichen Beweise, sondern nur Indizien und Vermutungen. Und natürlich fehlte ihnen auch die Tatwaffe.

Rieder stand im Polizeiboot im Führerstand neben dem Kommandanten des Bootes Uwe Gebauer. Damp hatte sich in Richtung Bug verzogen und saß nun auf dem Dach der Kabine. Der Fahrtwind blies seine Uniformbluse auf, sodass er einen riesigen Buckel zu haben schien. »Der schmollt ganz schön. Gab's wieder Krach zwischen euch beiden?«, fragte Gebauer.

»Nein«, schüttelte Rieder den Kopf, »diesmal nicht. Bloß Frust.« Er erzählte dem Mann von der Wasserschutzpolizei von der Aussage.

»Klingt ziemlich abgekartet. Kann man denn den Brüdern und ihrem französischen Kumpan nicht irgendwie eine Falle stellen?«

»Darüber denke ich auch schon die ganze Zeit nach. Mir ist aber noch nichts eingefallen.«

Der Hafen von Vitte kam in Sicht und das Boot bog auf den Tonnenweg zum Hafen ein. Damp erhob sich und schlängelte sich an der Reling entlang zum Führerstand. Rieder und Gebauer beobachteten, wie er dabei mit sich selbst sprach. Als Damp dann in die Kabine kam, hörten sie, wie er vor sich hin grummelte. »Nachhilfe in Französisch. Dass ich nicht lache.« Er hielt plötzlich inne, als er in die verwunderten Gesichter seiner Kollegen sah und er sich seines Selbstgesprächs bewusst wurde. »Na ist doch wahr. Die bescheißen uns doch von vorn und bis hinten und wir spielen hier Hase und Igel. Diese ganze Bagage um den Voss gehört eingebuchtet!«

»Mensch Damp«, versuchte Rieder seinen Kollegen zu beruhigen, »wir kriegen die schon. Voss und Montagne kommen uns nicht davon. Die haben genug auf dem Kerbholz. Den Mord an Thies müssen wir nur wasserdicht bekommen.«

Damp schaute ihn an und winkte ab. Die Wasserschutzpolizisten hatten schon das Boot festgemacht. Rieder und Damp gingen von Bord in Richtung Rathaus, wo sie Kurdirektor Sadewater vernehmen wollten.

Es war früher Nachmittag. Die Cafés und Imbissstände am Hafen und im Ort waren voll besetzt. Gegenüber vom Rathaus, vor der alten Bäckerei, saß Tom Schade. Er winkte Rieder und Damp zu. »Wie steht es um eure Schatzgräber? Habt ihr sie dingfest gemacht?«

»Schön wär's.«

Rieder berichtete kurz. Damp stand dabei und wischte sich den Schweiß von der Stirn, denn die Sonne brannte wieder ganz schön heiß. Dann gingen Rieder und Damp weiter zum Rathaus. Die Touristeninformation war menschenleer. Rieder klopfte am Büro des Kurdirektors und öffnete, ohne eine Antwort abzuwarten. Die Sekretärin im Vorzimmer von Kurdirektor Sadewater wurde von den beiden Polizisten beim Zeitunglesen gestört. »Herr Sadewater ist nicht da?«

»Können Sie uns sagen, wo wir ihn finden«, fragte Rieder ungeduldig.

»Das möchte ich auch gern wissen. Ich habe ihm vor einer halben Stunde die Post reingebracht. Kurz darauf ist er aus seinem Zimmer gestürmt, ohne ein Wort«, antwortete sie zickig. »Ich will hier auch nicht mehr ewig warten. Ich bin gleich mit den anderen Damen vom Amt zum Nordic Walking verabredet.«

Rieder hörte ihr gar nicht mehr richtig zu, sondern ging einfach in Sadewaters Zimmer. Die Frau aus dem Vorzimmer stürzte ihm hinterher. »Ich weiß nicht, ob das Herrn Sadewater recht ist!« Doch Damp hielt sie auf und brummte. »Das hat schon alles seine Richtigkeit. Gefahr im Verzug!« Rieder schaute bei diesen Worten kurz auf und zwinkerte seinem Kollegen zu. Dann fragte er: »Welche Post haben Sie ihm denn heute gebracht?« Doch ehe sich die Frau an Damps mächtigen Körper vorbei zum Schreibtisch ihres Chefs vorarbeiten konnte, war Rieders Aufmerksamkeit schon von einer kleinen goldenen Münze gefesselt, die neben einem braunen Umschlag lag. Er nahm die Münze in die Hand. Sie glich dem Goldstück aus der Hand des toten Rainer Thies wie ein Ei dem anderen. »War diese Münze bei der Post?«

Die Sekretärin trat näher heran. »Ja. Die war in dem braunen Umschlag und dazu noch ein Brief, der aber an Herrn Sadewater persönlich gerichtet war. Den habe ich selbstverständlich nicht geöffnet.«

Rieder winkte auch Damp heran. »Sehen Sie! Komisch nicht. Die gleiche Münze wie die von Thies. Lassen Sie uns noch mal den Schreibtisch absuchen, ob wir nicht noch den dazugehörigen Brief finden.«

Unter dem argwöhnischen Blick der Sekretärin schauten sie alle Dokumente durch. Da fiel Damp auf, dass noch etwas Asche von verbranntem Papier in einem Aschenbecher lag. Er beugte sich nach dem Papierkorb unter Sadewaters Arbeitsplatz und entdeckte weitere Aschekrümel. »Rieder! Ich glaube, ich habe den Brief gefunden!« Damp holte Stück für Stück des verkohlten und zerrissenen Stücks aus dem Papierkorb und Rieder versuchte die Teile wie ein Puzzle zusammenzusetzen. Offenbar war die Hitze nicht groß genug gewesen, um alles vollständig zu verbrennen. Nur die Ränder der Schnipsel waren verkohlt. Und so waren noch ein paar Zeilen zu erkennen. Rieder buchstabierte: »Kleiner Leuchtturm … Boot … Geld mitbringen …« Damp versuchte auch den Text zu entziffern, der auf einem Computer oder einer Schreibmaschine geschrieben wurde. »Das sind noch vier oder fünf Nullen und ein Euro-Zeichen.«

Rieder rieb seine Augenbrauen, wie immer wenn er heftig nachdachte. »Sadewater wird zum kleinen Leuchtturm am Gellen gefahren sein. Hat er ein Boot?«

Im Chor antworteten Damp und die Sekretärin »Ja!« Das Boot, erklärte die Sekretärin, läge im Seglerhafen, so eine weißes, schnelles, flaches Boot mit einem riesigen Motor hinten dran. Der Name sei »Dragon Lady«. Rieder sammelte schnell die verkohlten Teile des Briefes zusammen und kippte sie in eine Klarsichthülle, die auf Sadewaters Schreibtisch lag. Dann gab er Damp ein Zeichen zum Aufbruch. »Wir nehmen den Wagen. Erst mal zum Seglerhafen«, sagte Rieder im Gehen zu seinem Kollegen und Damp ergänzte: »Und danach zum Gellen.«

»Genau.«

Draußen am Polizeiwagen lehnte Tom Schade. »Nun, alles klar?«

»Unser Vogel ist ausgeflogen. Hat irgendeinen Brief erhalten, dass er sich mit jemanden treffen und Geld mitbringen soll. Er ist wahrscheinlich zum Seglerhafen.«

»Wie sieht er denn aus?«

Rieder war schon fast eingestiegen und Damp ließ schon den Motor aufheulen. »So ein Blonder. Typ Surfer.«

»Der ist definitiv nicht zum Seglerhafen«, bemerkte Schade wie beiläufig.

Rieder hielt inne. »Und wohin dann?«

»Wenn ihr mich mitnehmt, verrate ich es euch!«

Rieder öffnete die Verriegelung für die hintere Tür. Schade sprang geradezu in den Wagen. »Die Dorfstraße runter, nach rechts.«

Damp bog nach rechts auf die Straße nach dem Ortsteil Süderende von Vitte. »Also nach Neuendorf! Zum Gellen!«

Rieder dachte nach. »Vielleicht auch nicht. Halten Sie doch mal an der Sparkasse an.«

Bei dem Tempo, mit dem Damp den Wagen durch Vitte lenkte, waren sie an der Sparkasse schon fast vorbei. Damp bremste, dass die Reifen quietschten. Rieder sprang aus dem Wagen und sprintete in den Vorraum der Sparkasse. Die Filiale war eigentlich über Mittag geschlossen, aber Rieder sah eine der Mitarbeiterinnen noch an ihrem Schreibtisch sitzen. Er klopfte an die Scheibe der Eingangstür. Sie schaute auf und zeigte mit dem Finger auf die Uhr. Rieder holte seinen Dienstausweis heraus und endlich bewegte sich die Frau zur Tür und öffnete. »So geht das aber nicht. Nur weil Sie Polizist sind, machen wir nicht extra auf«, mokierte sie sich.

Rieder überhörte das. »War Kurdirektor Lars Sadewater vor Kurzem hier?«

»Muss ich Ihnen darüber Auskunft geben?«

»Ich denke, damit verraten Sie nicht das Bankgeheimnis. Also ...«

Die Bankfrau sah Rieder von oben bis unten an. Dann stemmte sie einen Arm in die Hüfte. »Und wenn ja?«

Rieder versuchte die Fassung zu bewahren. »Gute Frau, es geht hier um einen Mordfall. Ich steh hier nicht zum Spaß rum. Haben Sie mich verstanden?«

»Ist ja schon gut. Plustern Sie sich mal nicht so auf wie der dicke Damp immer ... Ja, er war hier. Vor gut einer halben Stunde.«

»Und was wollte er?«

»Das geht aber nun doch ein wenig zu weit. Ich habe schon gehört, wie Sie unseren netten Kurdirektor traktieren. Sie geben wohl nie Ruhe!«

Rieder konnte nur die Augen verleiern. Er hatte nicht bemerkt, wie ihm Tom Schade in die Bank gefolgt war. Der drängte sich nun vor, hielt der Frau kurz seinen Ausweis vor die Nase, sodass sie ihn definitiv nicht lesen konnte, und sagt dann in einem Ton, der keinen Widerspruch duldete: »Bundeskriminalamt. Sie behindern unsere Ermittlungen, wenn Sie nicht kooperieren. Darf ich bitte mal sofort die Nummer Ihres Vorgesetzten erfahren und Ihren Namen.« Dabei zog er sein Handy aus der Tasche.

Der Kassiererin stockte der Atem. Dann sprudelte es aus ihr heraus: »Okay. Er hat sich Geld geholt. Gott sei Dank hatten wir gerade Einnahmen aus dem Supermarkt und einigen Hotels reinbekommen, die nachher eigentlich von unserer Sicherheitsfirma abgeholt werden sollten.«

»Wie viel wollte er?«, fragte Rieder nach.

»Eigentlich einhunderttausend. Aber wir hatten nur zwanzigtausend Euro vorrätig.«

»Und wissen Sie, wohin er gegangen ist?«, fragte Rieder.

»Ich dachte, zurück zum Rathaus, jedenfalls in die Richtung.«

Damit wandten sich die Polizisten ab und eilten zum Auto, in dem Damp mit laufendem Motor wartete.

»Die Nummer mit dem BKA kann dich noch teuer zu stehen kommen«, gab Rieder seinem Freund Schade zu bedenken.

»Egal. Die kommt doch aus dem Osten. Die stehen auf Autorität. Da musste nicht lange rumlabern über Rechte und Tralala wie in Berlin-Charlottenburg.«

Sie fuhren weiter in Richtung Neuendorf und Leuchtturm Gellen.

Rieder wählte die Nummer vom Hafenmeister. Der bestätigte, dass Sadewater mit seinem Boot ausgelaufen und mit hoher Geschwindigkeit außerhalb der Fahrrinne in Richtung Kloster gerast war, aber Kurs am Bessin vorbei in Richtung Ostsee genommen hatte. Die Polizisten alarmierten Gebauer und baten ihn, die Verfolgung aufzunehmen. Wahrscheinlich würde Sadewater die Insel nördlich umfahren und dann den Leuchtturm Gellen ansteuern. Außerdem sollte Gebauer die Küstenwache aktivieren und Sadewaters Boot, die »Dragon Lady« in die Fahndung geben. Er gab die Beschreibung des Bootes durch.

Die vielen Touristen, die vom schönen Wetter angelockt auf die Insel gekommen waren, machten das Vorwärtskommen für Damp schwierig. Oft mussten sich die Polizisten Drohungen gefallen lassen, wenn sie die Menschen mit einem kurzen Hupen von der Straße scheuchten. Hinter Neuendorf, auf dem Sandweg zum Leuchtturm Gellen, ging es besser. Der Sand flog in hohen Fontänen hinter dem Auto in die Luft. Rieders Handy klingelte. Er sah eine Nummer aus Stralsund. Am Apparat war Carsten, das Computergenie von der Spurensicherung. Rieder wollte ihn abwimmeln, doch dann hörte er zu. Er fluchte und fragte: »Was hat das zu bedeuten?«

Dann meinte er noch kurz, »Das ist die einzige gute Nachricht.«
Rieder unterbrach die Verbindung und meinte: »Ich denke, wir werden gleich eine Überraschung erleben!«

Doch bevor er seine Worte den Kollegen erklären konnte, rief Damp: »Seht, da drüben!«, und zeigte nach rechts. Sie waren gerade am Fahrradparkplatz am Leuchtfeuer Gellen angekommen. Die kleine Eisentür am Fuße des weißen Gebäudes mit der gläsernen roten Kuppel stand offen. Als sie aussteigen wollten, hielt Rieder seinen Kollegen Schade zurück. »Tom, ich möchte nicht, dass du Schwierigkeiten bekommst. Du darfst hier eigentlich nichts tun. Warte im Wagen. Außerdem kannst du aufpassen, ob sich Gebauer oder die Küstenwache melden.« Damit drückte er Schade sein Handy in die Hand. Der verdrehte die Augen. »Du kannst es aber auch ganz schön kompliziert machen.« Dann zog er seine Waffe unter dem Hemd hervor und reichte sie Rieder. »Jung, du hast doch bestimmt wieder keine mit?«

Rieder lächelte kurz und nickte. »Da hast du wie immer recht.«

Damp drängte. »Können wir jetzt endlich?«

Die beiden Polizisten stiegen aus. Auch Damp zog seine Waffe. Als sie sich dem Leuchtturm näherten, kamen zwei Personen hintereinander durch die kleine Metalltür. Rieder erkannte vorn Sadewater, dessen Augen vor Angst weit aufgerissen waren. Der Mann dahinter hatte seinen rechten Arm um den Hals des Kurdirektors gelegt und schob ihn vorwärts. In der linken Hand hielt er ein Messer.

»Gerber!«, entfuhr es Damp und an Rieder gewandt, »war das die Überraschung?«

Rieder nickte kurz und konzentrierte sich dann wieder auf die beiden Männer. Gerber zerrte Sadewater weiter nach vorn zu der kleinen Treppe, die vom Leuchtturm zur Düne führte. »Haut ab!«, brüllte Gerber den Beamten entgegen, »oder das Zuckerpüppchen hier erlebt sein letztes Stündlein.« Sadewaters Kehle entrann eine Art Japsen und Keuchen.

»Gerber«, rief Rieder, »das hat doch alles keinen Zweck! Sie kommen hier nicht weg.«

Gerber lachte laut auf. »Mit ihm schon und seinem Boot. Ihr werdet ihn schon nicht über die Klinge springen lassen. Ich habe nichts zu verlieren, wie Sie sicher wissen. Aber ich will mir wie gesagt noch ein paar schöne Tage machen!« Gerber drängte Sadewater weiter in Richtung Düne. Die Polizisten folgten ihm. So gelangten sie langsam, Schritt für Schritt, hinunter in Richtung Strand.

»Was wollen wir machen?«, fragte Damp Rieder leise.

»Zeit gewinnen. Er darf uns nicht abhauen«, gab er leise zurück und laut rief er: »Wieso haben Sie Thies umgebracht? Wegen der Karte?«

Gerber lachte auf. »Ihr Amateure«, höhnte er, »habt ganz schön lange gebraucht, um mir draufzukommen ... Der wollte mich bescheißen und mir meinen *Schatz* wegnehmen. Aber dafür hat er seine Strafe bekommen«, und fügte dann noch süffisant hinzu: »Außerdem war er ein überflüssiger Zeuge für mein kleines Nebengeschäft.«

»Was meint er damit? Und wieso hat Gerber Thies umgebracht? Kann ich auch mal erfahren, was hier läuft?«, knurrte Damp zu Rieder hinüber.

»Das wollte ich doch gerade im Auto erzählen«, flüsterte Rieder. »Gerber hat seinen Computer manipuliert. Dieses Computergenie aus Stralsund hat uns doch mitgeteilt, dass Gerber zum Zeitpunkt des Mordes Mails geschrieben und Überweisungen getätigt hat. Die Mails sind auch zu dem Zeitpunkt abgegangen, als Thies umgebracht wurde, aber Gerber war nicht anwesend, sondern hatte seinen Computer so programmiert, dass dies automatisch zu diesem Zeitpunkt passierte und damit hatte er ein Alibi. Hängt irgendwie mit dem Internetprovider zusammen. Was weiß ich! Jedenfalls haben die das in Stralsund jetzt rausgekriegt. Und so ist das Alibi von Gerber hinfällig. Und wie wir jetzt gehört haben, hat er Thies umgebracht.«

Inzwischen tauchte das Polizeiboot hinten an der Buhne hinter dem kleinen Leuchtturm auf. Die Crew hatte Blaulicht eingeschaltet. Durch das hohe Tempo schob das Boot eine riesige Bugwelle vor sich her, am Heck spritzte das Wasser in Fontänen in die Höhe. Gebauer stand mit einem Fernglas vorn auf dem Bug. Er gab dem Beamten am Steuer ein Signal. Das Boot verringerte seine Fahrt, stoppte fast. Aus südlicher Richtung preschte ein weiteres Schiff mit großer Geschwindigkeit heran. An der Bordwand erkannte Rieder die Aufschrift »Küstenwacht«. Als es sich auf Höhe des Leuchtturms befand, bremste es ab und auch dort standen Beamte mit Ferngläsern an Bord und sahen zu den vier Leuten, die sich langsam von der Düne hinunter dem Strand näherten. Zwei Mann der Küstenwacht ließen ein Schlauchboot zu Wasser und sprangen hinein. Ein Motor heulte auf. Das Boot schoss in Richtung Strand. Dort schaukelte ein weißes Motorboot mit einem riesigen Außenmotor am Heck auf den Wellen, die »Dragon Lady«. In diesem Moment hörte er Sadewater brüllen: »Nun machen Sie doch was! Der Typ ist wahnsinnig!« Gerber lachte bei diesen Worten auf. »Da hast du recht!«

Jetzt erreichten Gerber und Sadewater das Ende der Düne, dort wo der Weg auf den Strand traf. Eine Gestalt hechtete von rechts auf Gerbers Rücken und riss ihn gemeinsam mit Sadewater nieder. Gerber ließ Sadewater los, der geistesgegenwärtig hektisch wegzukriechen versuchte. Der andere Mann drückte Gerber zu Boden und schlug immer wieder dessen linken Arm mit dem Messer auf den Boden. Damp und Rieder stürmten auf die beiden am Boden zu und halfen, Gerber zu überwältigen. Rieder hatte an dem fliegenden Pferdeschwanz erkannt, dass der Mann aus dem Nichts nur Tom Schade sein konnte. Offenbar hatte er einen anderen Strandzugang benutzt, um sich im Schutz der Düne von hinten an Gerber und Sadewater anzuschleichen. Gemeinsam drehten sie den strampelnden und widerstrebenden Gerber auf den Rücken und legten ihm Handschellen an. Das Schlauchboot der Küstenwacht war nun auch am Strand angekommen. Die Polizisten sprangen ins Wasser und rannten mit gezogenen Waffen an den Strand. Rieder stand auf und hob eine Hand. »Alles unter Kontrolle. Aber trotzdem danke! Vielleicht könnt ihr euch mal um Sadewater kümmern?« Der saß immer noch völlig verdattert im Sand und rang um Fassung. Als die Polizisten ihm dann aufhelfen wollten, war er aber schon fast wieder der Alte. Lässig winkte er ab. »Geht schon. Alles in Ordnung!« Dann stand er auf, klopfte sich den Sand von seiner Kleidung und wollte zu seinem Boot gehen. Rieder, der eigentlich noch mit Gerber beschäftigt war, drehte sich um und rief Sadewater zu: »Wohin wollen Sie?« Sadewater hielt kurz inne. »Ich würde gern erst mal etwas zur Ruhe kommen.«

Rieder ging auf ihn zu. »Das können Sie gern. Aber als unser Gast. Herr Sadewater. Ich nehme Sie fest wegen Diebstahls von Kunstschätzen in mehreren Fällen.« Dann gab er den Beamten ein Zeichen. Sie nahmen Sadewater in ihre Mitte. Einer holte seine Handschellen aus dem Etui am Gürtel und legt sie dem Kurdirektor an.

Sadewater sah entsetzt zu Rieder. »Aber was soll das …?«

Auch Damp schaute verdutzt auf. »Unsere Experten haben auf mehreren Fundstücken auf dem Boot Ihres Bruders, die aus Einbrüchen entlang der Ostsee stammen, Ihre Fingerabdrücke gefunden. Jedenfalls ergab sich da eine Übereinstimmung mit Ihrem Eintrag in der Datei. Denn ein unbeschriebenes Blatt sind Sie ja nicht gerade. Als Sie noch unter dem Namen Voss lebten, wurden Sie zweimal verurteilt wegen Einbruchs in Kirchen und Museen. Und vielleicht wäre uns das auch eher aufgefallen, aber Sie haben nie offiziell den Namen Ihrer Frau angenommen, sondern ihn nur gebraucht, um Ihre wahre Identität zu verschleiern. Um an den Job zu kommen, um interessante Objekte auszuspüren. Unsere Kollegen haben nämlich auch herausbekommen, dass es da auffällige zeitliche Übereinstimmungen gibt zwischen ihren Dienstreisen nach Rügen und Mecklenburg und den Einbrüchen dort. Ihnen muss ja wohl auch klar sein, dass Sie unsere Ermittlungen massiv behindert haben, einen Mörder, nämlich Christian Montagne wahrscheinlich über Monate dem Zugriff entzogen haben. Da kommt einiges auf Sie zu!«

Sadewater hatte Rieders kleinem Vortrag ziemlich verblüfft zugehört und meinte jetzt nur: »Ich habe Sie unterschätzt, Rieder. Sie sind eben doch ein anderes Kaliber als unser Damp.«

»Geschenkt«, antwortete Rieder, »Kollege Damp hat Ihre wahre Identität entschlüsselt und Verbindung zwischen Ihnen und Karl Voss hergestellt.« Rieder bat die Kollegen, Sadewater abzuführen.

»Und nun zu Ihnen, Gerber!«, wandte sich Rieder an den Nationalparkwächter, der gefesselt im Sand lag. Schade reichte seinem Kollegen eine Plastiktüte, in der er Gerbers Messer verpackt hatte, damit keine Spuren vernichtet wurden. »Ist das die Tatwaffe, mit der Sie Thies umgebracht haben?«

Gerber nickte.

»Und was meinten Sie vorhin mit ›Schatz‹?«

Gerber deutete mit dem Kopf in Richtung Leuchtturm. »Dort finden Sie alles. Es ist jetzt sowieso egal.«

Die Polizisten halfen Gerber auf. Sie stapften gemeinsam durch den Sand zum Leuchtturm. Als Damp und Rieder durch die kleine Luke schauten, leuchtete ihnen das Wort »Überbreite« entgegen. Erst langsam erkannten sie in der Dunkelheit, dass es auf der Rückseite eines Handkarren stand, so wie es der Hoteldirektor Eckardt beschrieben hatte. Im Wagen befanden sich eine Art Unterwasserstaubsauger, ein Metalldetektor und zwei Gefäße. Der Inhalt funkelte im Licht der wenigen hereinfallenden Sonnenstrahlen. Damp holte seine Polizeitaschenlampe aus dem Multifunktionsgürtel seiner Uniformhose und leuchtete in die Behälter. Es waren zwei Metallkrüge, gefüllt mit goldenen Münzen. Rieder nahm eine heraus und hielt sie vor den Lichtkegel der Taschenlampe. Ein König mit einem Zepter war aufgeprägt, genau wie bei den Münzen, die er bei Thies und auf dem Schreibtisch von Sadewater gefunden hatte. Er reichte das Goldstück an Damp weiter. »Dafür musste Thies nun sterben, für zwei Krüge Gellengold.«

XIX

Mittlerweile hatte sich eine ganze Schar von schaulustigen Urlaubern um den Strandzugang am kleinen Leuchtturm versammelt, angelockt von den beiden Polizeibooten, die nah am Strand auf den Wellen schaukelten. Damp hatte mithilfe von Gebauers Leuten das Gelände im wahrsten Sinne des Wortes weiträumig mit rot-weißem Band abgesperrt. Rieder wunderte sich nur wieder, welchen Vorrat sein Kollege davon im Polizeiwagen gehortet haben musste. Rund um den Leuchtturm wuselten drei Männer in weißen Plastikoveralls. Behm war mit seinem Stab von der Spurensicherung angerückt, um sowohl an dem Goldfund als auch an den Gerätschaften auf dem Handwagen Spuren zu sichern.

Rieder hatte sich mit Gerber auf das Polizeiboot von Gebauer zurückgezogen. In der Kabine saßen sie sich bei einer Tasse Tee gegenüber. Die beiden Beamten vom Polizeiboot hatten vor der Tür und im Führerhaus Posten bezogen. Rieder schaltete ein Diktiergerät ein, das zur Ausrüstung des Bootes gehörte, und nahm Gerbers Aussage auf.

Gerber hatte im Winter, als durch Niedrigwasser die Fundamente der alten Gellenkirche freigespült worden waren, dort eine alte Münze gefunden und zunächst für sich behalten. Aber dann war Thies wiedergekommen und hatte ihn erneut erpresst, weil bei den Wracks auf der Karte nichts zu holen gewesen war und er nun fürchtete, dass Voss ihn fallen lassen würde.

»Thies verlangte, dass ich eine aktuellere Karte besorgen sollte. Aber woher? Da drohte er mir wieder, Förster von den Bildern mit den nackten Kindern und Frauen zu erzählen und ihm mal anonym einen Link zu meiner Homepage zu senden. Der würde schon eins und eins zusammenzählen können. Und um ihn ruhigzustellen, habe ich ihm dann von der Münze erzählt und sie ihm gezeigt. Dieses Leuchten in seinen Augen hätten Sie sehen müssen. Er hielt die Münze in der Hand wie ein zerbrechliches Stück Glas oder Porzellan und stürmte mit Fragen auf mich ein, wo ich sie gefunden hätte, ob es noch mehr davon gäbe …«

»Und dann?«, fragte Rieder.

»Thies schlug mir vor, noch mal an die Stelle zu fahren, an der ich die Münze gefunden hatte und nachzusehen. Er hätte das entsprechende Werkzeug dafür. Und falls wir etwas finden sollten, wollte er mit mir teilen, aber Voss außen vor lassen. Mir war es egal. Ich wollte nur meine Ruhe und hoffte, vielleicht durch einen Schatzfund an so viel Geld zu kommen, dass ich diese blöde Insel endlich verlassen könnte.«

»Woher wussten Sie, dass es sich gleich um einen Schatz handeln würde?«

»Thies hatte alle Funde, die es mal auf der Insel gegeben hatte, genau studiert. Und wenn was gefunden wurde, dann immer gleich eine ganze Menge. So seine Theorie. Und so war er auch überzeugt, wir würden da richtig viel finden und damit einen Haufen Schotter machen.« Gerber wirkte beim Erzählen abgeklärt. Jede Erregung war verschwunden. Emotionslos berichtete er, wie sie dann bei einer ersten Exkursion zu den Fundamenten der Gellenkirche vor gut einer Woche nichts gefunden hatten. Thies hatte mit dem Metalldetektor den Boden rund um die Fundamente abgesucht, war aber auf nichts Metallisches gestoßen. Aber Gerber hatte den Eindruck, dass Thies ihn täuschen wollte, weil er ihn nie selbst an das Gerät ließ. Das hatte Gerbers Misstrauen geweckt und er hatte begonnen, Thies zu beobachten.

»Ich kenne hier auf der Insel fast jeden Winkel, um mich heimlich auf die Lauer legen zu können. Und dann sah ich Thies letzten Freitag mit dem Stallknecht von Treue, der ja auch im Heidehof wohnte. Und da ging mir ein Licht auf.« Gerbers Stimme war erregt. »Nun war mir klar, wer da in meinem Zimmer herumgestöbert hatte ... Dieses Schwein!«

Heftig schlug Gerber mit seinen gefesselten Händen auf den Tisch. Sofort öffnete sich die Kabinentür und die beiden Beamten stürmten herein. Doch Rieder hob beschwichtigend die Hand. Er wollte es jetzt wissen und den Redefluss von Gerber nicht unterbrechen.

»Thies und dieser Berg trafen sich am Hafen. Es sollte zufällig aussehen«, berichtete Gerber erregt weiter, »aber mir war sofort klar, wie der Berg auf den Thies einredete, dass die was im Schilde führen.«

Gerber hatte dann beobachtet, wie beide – wenn auch getrennt und mit einigem zeitlichen Abstand – zum Hof des Fuhrunternehmers Treue gegangen waren. Gerber war hinterhergeschlichen und hatte sie auch im Stall reden gehört, aber nichts verstanden.

»Ich sollte ausgebootet werden!«, zischte Gerber. »Aber das wollte ich ihnen vermasseln!« Er erzählte weiter, dass er den Stallknecht und Thies im Auge behalten hatte.

»Wussten Sie, dass Berg eigentlich Franzose ist?«, hakte Rieder nach.

Gerber schüttelte den Kopf. Rieder erzählte Gerber, dass Bergs wirklicher Name Christian Montagne war und er wegen eines Tötungsdelikts gesucht worden und auf Hiddensee untergetaucht war.

»Komisch kam der mir immer vor. Der quatschte immer so verquer.«

»Haben Sie denn dann Berg alias Montagne und Thies auf frischer Tat ertappt?«

»Nicht wirklich.«

»Was soll das heißen?«

Gerber hatte bemerkt, wie Berg am Sonntagabend den »Heidehof« verließ und war sich sicher, die beiden wollten ohne ihn nach dem angeblichen Schatz am Gellen suchen. Berg hatte den Weg zur Straße zwischen Neuendorf und Vitte genommen. Gerber hatte geglaubt, er würde von dort zum Strand am Gellen laufen. Um nicht aufzufallen, war Gerber am Strand entlang in Richtung Gellen geeilt. Dort angekommen, hatte Gerber seinen Verdacht bestätigt gesehen. Thies hatte mit dem Metalldetektor im Wasser gestanden, genau an der Stelle der Fundamente der Gellenkirche, wo Gerber die Münze gefunden hatte. Von Berg aber keine Spur. Aber Thies' Hinterhältigkeit hatte Gerber wütend gemacht.

»Da ist eine Sicherung bei mir durchgeknallt! Ich wollte ihn einfach nur noch erledigen.«

Detailliert beschrieb Gerber den Tathergang. Thies hatte die Kopfhörer des Metalldetektors auf und konnte nicht hören, wie er sich von hinten anschlich und mit dem Messer zustieß. Nachdem Thies ins Wasser gestürzt war, hatte sich Gerber die Kopfhörer genommen und das klickende Signal für einen Metallfund gehört, genau an den Steinen, die einst als Fundament der Gellenkirche dienten. Gerber hatte nicht lange den Sand und Schlick absaugen müssen, da war er auch schon auf die beiden Metallkrüge gestoßen. Er hatte sie ausgegraben, an Land getragen und in den Wagen gepackt. Vorsichtig hatte er alles vom Strand zum Leuchtturm geschoben und im kleinen Leuchtturm versteckt.

»Ich habe mir dafür mal einen Schlüssel nachgemacht, um mich bei Sturm und Regen unterstellen zu können. Und wer sollte schon auf das Versteck kommen?«

Gerber berichtete weiter, dass er dann plötzlich Stimmen gehört hatte. Von seinem Versteck im Leuchtturm hatte er durch den Türspalt beobachten können, wie Sadewater und Berg plötzlich mit ihren Rädern aufgetaucht und dann zum Strand gegangen waren. Gerber war ihnen gefolgt und hatte beobachtete, wie Sadewater und Berg im Wasser den toten Thies entdeckten. Er hatte gehört, dass Sadewater sofort seinen Bruder anrufen wollte, um zu klären, was zu tun sei. Montagne dagegen hatte nur weggewollt. Und dann waren die beiden abgehauen, hatten sich auf ihre Räder geschwungen und waren davongefahren.

»Dann habe ich den Sonnenaufgang abgewartet. Ich dachte mir, wenn ich die Leiche melde, ist es am wenigsten verdächtig.«

»Das hat ja auch erst mal geklappt«, gab Rieder zu.

»Aber leider sind Sie mir in die Quere gekommen. Sie stellen mehr Fragen als Damp und dann noch die richtigen. Ich habe schon am Strand gemerkt, dass Sie mir nicht trauen.«

Rieder lächelte.

»Aber warum sind Sie nicht einfach mit dem Gold abgehauen?«

»Haben Sie die Krüge mal angehoben? Und wie sollte ich das Zeug zu Geld machen. Da blieb mir nur Sadewater. Nachdem er mit Berg am Strand aufgetaucht war, wusste ich, der Knabe sitzt an der Quelle und könnte ein paar Scheinchen sprudeln lassen für die Taler. Doch den hatten Sie auch auf dem Kieker. Und erst heute hatte ich eine Chance, nachdem Damp und Sie nach Bergen abgedampft waren, beim sauberen Herrn Kurdirektor Kasse zu machen ... oder es jedenfalls zu versuchen.«

»Hatten Sie von vornherein die Absicht, Thies zu töten, als Sie den Heidehof verließen?«

Gerber ließ sich Zeit mit der Antwort. Er schaute auf und sein Blick ging durch die Bullaugen hinaus aufs Meer. Dann sagte er ganz ruhig: »Töten wollte ich ihn nicht. Ich wollte nur meinen Anteil, um hier fortzukommen und um irgendwo Ruhe zu finden ...«

»Aber Sie haben Ihren Computer so programmiert, dass die Mails und Überweisungen genau zu dem Zeitpunkt abgingen, als Sie Thies am Strand töteten«, bemerkte Rieder. »Das nenne ich Vorsatz!«

Gerber begann zu lächeln und schüttelte den Kopf. »Schon mal was von Zeitschaltuhr gehört?«

»Ich verstehe nicht ...«, meinte Rieder verdutzt.

»Ich liebe Pünktlichkeit. Sie ist für mich oberstes Gebot. Ich bin ein Zeitfreak, programmiere gern Abläufe und so ist es auch mit meinem Computer. Ich lege immer über ein Programm meines

Providers genau den Zeitpunkt fest, wann meine Mails und Überweisungen rausgehen.«

Rieder zuckte mit den Schultern.

»Klingt zunächst überzeugend, aber es muss auch den Richter überzeugen. Zwischen Vorsatz und Affekt liegen vor Gericht Jahre.«

Gerber winkte ab. »Für mich spielen Jahre keine Rolle mehr. Der normalen Gerichtsbarkeit bin ich doch längst entzogen ...«

Rieder schaltete das Aufnahmegerät aus.

XX

Rieder hatte gerade noch das letzte Schiff von Stralsund nach Hiddensee geschafft. Ein Polizeiwagen hatte ihn mit Blaulicht durch die Straßensperren gebracht, die überall schon errichtet waren, weil am nächsten Morgen der amerikanische Präsident die alte Hafenstadt besuchen wollte. Und die Polizeidirektion lag mitten in der gesperrten Zone. Ohne besonderen Ausweis konnte man nun nicht einmal mehr vor die Tür gehen. Schon in den letzten Tagen hatten ihn die ganzen Sicherheitsmaßnahmen genervt. Er hatte in einem Büro seinen Bericht für die Staatsanwaltschaft fertig geschrieben. Aber alle zehn Minuten riss jemand die Tür auf und fragte, wo welcher Beamte zu finden sei. Nun war die Arbeit erledigt und er war froh, die Stadt endlich zu verlassen. Langsam verschwanden die Umrisse der drei Stadtkirchen der alten Hansestadt im Abenddunst, während das mit Touristen überfüllte Schiff Kurs auf Hiddensee nahm.

Bökemüller hatte ihm kräftig die Hand geschüttelt, ihn fast umarmt, nachdem er ihn über den Ausgang des Falles gleich nach Gerbers und Sadewaters Verhaftung informiert hatte. Der Polizeichef war besonders glücklich, dass es nun auch keine diplomatischen Verwicklungen geben würde, da sich Christian Montagne nicht als der Täter herausgestellt hatte. Der wartete in einer Zelle in Stralsund auf seine Auslieferung nach Frankreich.

Lars Sadewater hatte die ihm zur Last gelegten Einbrüche gestanden, nachdem man im Keller seines Hauses in Kloster noch weitere gestohlene Gegenstände gefunden hatte und auch entsprechendes Einbruchswerkzeug. Sein Bruder hatte die Beute meist an

Sammler in Frankreich und Spanien verkauft, wo die Gefahr gering war, dass Besucher aus Deutschland das eine oder andere Stück erkennen konnten. Um die Fundstücke aus den Wracks, die auf der »Treasure Island« sichergestellt worden waren, kümmerte sich nun das Landesamt für Unterwasserarchäologie. Dessen Chef, Ralf Zwilling, hatte Karl Voss aber ausrichten lassen, dass er wirklich sehr professionell mit den Sachen umgegangen sei und sie sehr gut für die Nachwelt konserviert habe. Es sei eben nur schade, dass Voss auf der falschen Seite gestanden habe, sonst hätte sich sicher eine gute Zusammenarbeit mit ihm ergeben können. Jedenfalls sei Voss ein ausgesprochener Experte auf seinem Gebiet.

Behm hatte Rieder berichtet, Zwilling seien Tränen in die Augen gestiegen, als er zum ersten Mal den Goldschatz vom Gellen besichtigte. Es waren genau eintausendzweihundertvierzehn Golddukaten und der Unterwasserarchäologe schätzte ihren Wert auf über eine Million Euro, wenn auch historisch dieser Fund in Geld nicht zu bemessen sei.

Gerber wartete im Gefängniskrankenhaus auf seine Verhandlung. Der Gefängnisarzt hatte ihn nach Absprache mit der Staatsanwaltschaft dort eingewiesen. Gegenüber Rieder hatte der Mediziner deutlich gemacht, Gerber werde das Ende seiner Haftzeit bei der zu erwartenden Strafe sicher nicht erleben, wenn er vorher nicht auf Bewährung freikäme. Er werde in seinem Gutachten empfehlen, Gerber in eine Haftanstalt einzuweisen, die seiner Krankheit und seinem Gesundheitszustand Rechnung tragen würde.

Neuendorf kam in Sicht. Der Bootsführer drehte leicht Backbord bei, um in die Fahrrinne zum Hafen des Ortes zu gelangen. Rieder überlegte kurz. Dann stand er auf und verließ mit einigen Reisenden das Schiff. Auf einer Bank im Hafen saß der alte Hotelier Eckardt. Als er Rieder erkannte, hob er die Hand zum Gruß. Rieder ging zu ihm. »Erwarten Sie Gäste?«

»Vielleicht«, sagte der alte Mann vieldeutig. »Ihr Kollege Damp war bei mir, hat den Wagen zurückgebracht. Und er hat mich nochmals belehrt, dass er ein Auge auf mich und mein Hotel hat.«

»Ich werde für Sie ein gutes Wort bei ihm einlegen.«

»Müssen Sie nicht mehr. Ich habe mein Übernachtungsgewerbe wieder angemeldet. Und nun warte ich, bis er wiederkommt und ich ihm den Wisch unter die Nase halten kann. Aber verraten Sie mich nicht. Lassen mir den kleinen Spaß mit unserem Dorfsheriff.«

»Gern. Und viel Erfolg!«

Rieder wanderte durch den Ort zum »Strandrestaurant«. Mit Charlotte Dobbert hatte er in den letzten Tagen immer mal telefoniert, aber seit dem Morgen nach der Schlägerei mit Montagne hatte er sie nicht wiedergesehen. Als er jetzt ihr Restaurant betrat, ging ein Lächeln über ihr Gesicht, und obwohl der Laden voll war, kam sie auf ihn zugestürmt und umarmte ihn.

»Schön, dass du da bist«, flüsterte sie ihm ins Ohr.

»Ich hätte dir gern Blumen mitgebracht, aber das bietet die Insel im Moment nicht.«

»Höre ich da etwa Kritik an unserem schönen Eiland, das euch beide gerade als Helden feiert?«

»Ich würde es nie wagen.«

»Dein Kompagnon ist übrigens auch hier.«

»Tom Schade?«, fragte Rieder.

»Nein, der nicht. Bloß gut, dass dein Berliner Hallodri wieder an der Spree ist. Nachdem er bei mir nicht landen konnte, hat er ein ganzes Wochenende hier die Damen ab vierzig verrückt gemacht. Ich sage nur Hahn im Korb. Ich soll dich schön grüßen. Ich meine Damp. Der sitzt dahinten und verspielt seinen Ruhm.«

Rieder sah Charlotte erstaunt an.

»Er will nachher los und wieder Fahrräder kontrollieren!« Dabei verleierte sie die Augen. »Ich muss wieder an die Arbeit. Willst du Hering nach Art des Hauses?«

»Gern«, antwortete Rieder und arbeitete sich dann zu seinem Kollegen durch, der auf sein Bier starrte. Rieder tippte ihm auf die Schulter. »Na, Damp, wie ist die Lage?«

Damp schaute etwas missmutig auf. »Tag, Rieder. Haben Sie jetzt die Stelle?«

»Welche Stelle?«

»Die des Revierleiters hier auf Hiddensee?«

Rieder schüttelte den Kopf. »Wie kommen Sie denn da drauf?«

»Bei dem Erfolg ...«

Rieder konnte nur den Kopf schütteln.

»Damp, das war unser gemeinsamer Erfolg. Und ...«, Rieder arbeitete sich auf einen Barhocker neben Damp, »es lief doch ganz gut.«

Damp starrte auf sein halb leeres Bierglas und meinte: »Ich dachte ja nur ...«

»Mensch Damp!«

Als Charlotte Rieder das Essen hinstellte, stand Damp auf. »Ich geh dann mal auf Streife.«

Rieder hielt mit dem Essen inne. »Muss das sein?«

Damp gab trotzig zurück: »Ja, das muss sein ... Wir sind hier nicht in Berlin, wo jeder machen kann, was er will. Und wohin das führt, haben wir an Thies und Co. gesehen.« Damit straffte er seine Uniform und stapfte aus dem Restaurant.

Die Nacht hatte sich über die Insel gesenkt. Rieder saß mit Charlotte am Strand. Draußen über der Ostsee braute sich ein heftiges Gewitter zusammen. Rieder hatte seinen Arm um ihre Schultern gelegt. Sie beobachteten die mächtigen Blitze, die sich über dem Meer entluden. Der Polizist blickte nach links und sah den kleinen Leuchtturm Gellen sein Licht übers Wasser senden wie eh und je. »Du solltest bei einem solchen Unwetter nicht nach Vitte fahren«, sagte Charlotte mit Blick auf den Horizont. Rieder schaute sie von der Seite an. »Außerdem ist am Rad das Licht kaputt.«